SERENIDAD SAGRADA

AUDREY CARLAN

- LA CASA DEL LOTO 2 -

SERENIDAD SAGRADA

TITANIA

Argentina • Chile • Colombia • España
Estados Unidos • México • Perú • Uruguay

Título original: *Sacred Serenity*
Editor original: Waterhouse Press
Traducción: María Laura Saccardo

1.ª edición Mayo 2021

ISBN: 978-84-16327-99-7
E-ISBN: 978-84-17981-67-9
Depósito legal: B-4.556-2021

Fotocomposición: Ediciones Urano, S A U

Impreso por Romanyà Valls, S.A. – Verdaguer, 1 – 08786 Capellades (Barcelona)

Impreso en España – *Printed in Spain*

DEDICATORIA

A Emily Hemmer

He decidido dedicarte este libro a ti,
porque no hay otra persona en mi vida
que comprenda la verdadera pasión y el deseo
que se necesitan para crear belleza a través de las palabras.

Gracias por ser mi hermana de libros.
Con todo mi amor.

Namasté

1

Chakra sacro

Durante siglos, la práctica del yoga ha venido acompañada de muchos tipos de disciplinas. El yoga tántrico, en particular, se combina muy bien con la alineación y la apertura de cada uno de los chakras, en especial el segundo, o chakra sacro. Conocido como el origen de la pasión y el placer, este chakra es la fuente de nuestros sentimientos, gozo y sensualidad. Se ubica en la zona de la pelvis y del bazo.

AMBER

—¿Sexo tántrico? ¿De entre todas las personas, has de ser precisamente tú quien escoja ese tema para el trabajo final de la asignatura de Sexualidad? —El cabello rubio platino, largo hasta los hombros de Genevieve, relucía y rebotaba mientras daba vueltas por el estudio de yoga. Su vientre abultado parecía guiarla por la sala mientras encendía las velas.

La ayudé a colocar los almohadones con forma cilíndrica y los bloques con los que sus clientas de yoga prenatal harían las diferentes posturas que trabajarían durante la clase.

—¿Por qué es tan difícil de creer? —pregunté, incapaz de evitar un rastro de sarcasmo en mi tono.

Mi mejor amiga se detuvo, se llevó las manos al vientre de siete meses de embarazo y lo frotó en un movimiento circular. El bebé debía de estar dándole alguna patada o empujando en alguna zona que hacía que se sintiera incómoda.

Genevieve suspiró y se presionó un lado del vientre.

—No lo sé. Me parece raro en alguien que no... —Bajó la voz y miró a su alrededor. La clase aún no había comenzado, ni lo haría en los siguientes veinte minutos. No había un alma a la vista.

—¿Que no se ha acostado con nadie? —dije sin rodeos. Que yo fuera virgen no era ningún secreto. Era una elección, un compromiso que había hecho, no solo por mi fe en Dios (al que respetaba por encima de todo), sino por la fe que tenía en mí misma y en mi fuerza de voluntad.

Genevieve hizo un gesto de asentimiento.

—Sí. —La palabra sonó como un siseo—. Tiene sentido que estudies el papel del sexo en la sociedad o cómo se relaciona con tu disciplina médica, pero la práctica del Tantra en su conjunto puede tener una naturaleza abiertamente sensual. Física, espiritual... —Soltó un suspiro—. Lo que quiero decir es, ¿cómo piensas entender de verdad lo que es la práctica del sexo tántrico sin ni siquiera experimentarlo?

Puse los brazos en jarras y la taladré con la mirada.

—Solo porque no me haya acostado con nadie no significa que no haya estudiado cada faceta del cuerpo humano. ¡Demonios, Vivvie! Estoy segura de que sé cómo provocar un orgasmo vaginal mejor que el noventa por cien de la población que practica el coito.

Genevieve puso los ojos en blanco y respiró hondo.

—Bien, ¿qué quieres de mí? No sueles contarme muchos detalles de tus estudios. ¿Por qué ahora sí?

—Necesito tu ayuda —dije con una sonrisa.

Mi amiga ladeó la cabeza y me miró fijamente con sus ojos oscuros mientras extendía una esterilla de yoga.

—¿Para qué?

—Para que consigas que el instructor de yoga tántrico me deje asistir como espectadora a su clase.

Parpadeó, como si esperara que fuera a decir algo más.

—¿Eso es todo? Me refiero a que es una persona muy accesible. ¿Por qué no se lo preguntas tú misma a Dash?

Dash.

El nombre encajaba a la perfección con el hombre. Poseía todos los atributos capaces de volver loca a cualquier mujer en su sano juicio: alto, con un cuerpo increíble, cabello rubio oscuro, y los ojos color caramelo más asombrosos que hubiera visto jamás. Unos ojos que podrían haber sido tallados en la piedra que me daba nombre: ámbar. Nunca había hablado con él; me había autoimpuesto guardar las distancias porque despedía un carisma especial, un aura masculina única que me confundía por completo y hacía que volviera a sentirme como una adolescente. No como la mujer de veintidós años que acababa de ser aceptada, con una beca completa, en un programa médico de élite impartido conjuntamente por la Universidad de California en Berkeley (UC Berkeley) y la Universidad de California en San Francisco (UC San Francisco).

Podía haber elegido otras Facultades de Medicina (Stanford, Irvine...), pero no había querido dejar a mis abuelos, que ya eran mayores, solo. Habían cuidado de mí desde que mi madre murió al darme a luz. Les debía estar con ellos hasta el final de sus vidas. Y Genevieve era lo más parecido a una hermana para mí. Valoraba mucho nuestra amistad, más que ninguna otra. Ella *me* entendía y aceptaba mis decisiones, como muy pocas personas. No quería dejar San Francisco, ni a mis abuelos, ni a Genevieve; sobre todo ahora que su hijo nacería en un par de meses.

Moví el cuello para aliviar la tensión que se me había acumulado en la zona por el mero hecho de pensar en Dash Alexander.

—Le envié algunos correos electrónicos y le dejé una nota en su taquilla. Él respondió a un correo, diciendo que sus clases eran privadas y que no quería espantar a su clientela con alguien ajeno observándolos.

Genevieve sonrió de oreja a oreja.

—Lo entiendo. Sus clases son… bastante *intensas*. —Pronunció las dos últimas palabras como si fueran un chorro de miel cayendo sobre una gruesa rebanada de pan *Focaccia*. Una combinación opulenta y divina.

—Por eso estoy aquí. Necesito que hables con él. Ambos os lleváis bien. Además, le ayudaste en alguna de sus clases, ¿no?

Genevieve abrió mucho los ojos.

—Sí, lo hice, pero no te *atrevas* a mencionárselo a Trent. —Se frotó el vientre en el que crecía el hijo de dicho hombre—. Si recuerda el tiempo que pasé con Dash, volvería a perder la cabeza.

Sentí un intenso calor en el rostro y apreté los dientes.

—¿Tuviste algo con Dash? —Una incómoda sensación de escozor ascendió por mi columna. Vivvie podría notar cualquier cambio sutil en mi postura y se aferraría a ello como un niño con un juguete nuevo. Apreté los molares con fuerza, intentando mostrarme lo más impasible posible.

—No, claro que no. Al menos no del modo en que estás pensando. —Se retiró el cabello del cuello y se abanicó—. Lo que quiero decir es que, cuando haces de ayudante en sus clases, el contacto físico es inevitable, pero no nos hemos acostado ni nada por el estilo. Aunque reconozco que, después de sus clases, he tenido que darme alguna ducha de agua fría para calmar los ánimos. Ese hombre tiene un don. Abre los chakras de una forma muy intensa, como si estuviera quitando, una a una, las capas de una cebolla. Llega directamente a tu parte más sensual a una velocidad de vértigo. —Continuó abanicándose con un ligero rubor en las mejillas.

Habría dado cualquier cosa por ser yo quien se sonrojara. O mejor aún, por sentir al hombre que lo había provocado.

Me aparté el espeso cabello del cuello, ahora húmedo por el sudor, y la miré a los ojos.

—Por favor, Vivvie. Necesito que me ayudes. Es la única asignatura que me queda antes de ir a la Facultad de Medicina en otoño. La he dejado para el último semestre porque… Bueno, tú ya sabes por qué.

Es la única clase en la que sabía que no tendría ninguna experiencia. Quiero sacar buena nota. —Por supuesto que no estaba siendo del todo sincera sobre el verdadero motivo, pero ella no tenía por qué saberlo.

Genevieve se detuvo frente a mí, tan cerca, que su vientre chocó con mi estómago y ambas nos reímos.

—No me acostumbro a mi nuevo volumen —protestó.

Coloqué las manos sobre su abultado abdomen para sentir a mi futuro sobrino, e intenté distinguir dónde tenía los diminutos pies, la cabeza o el trasero.

—Mira, eres mi mejor amiga. Te considero una hermana. Por supuesto que le pediré que te ayude. Pero tienes que prometerme que tendrás la mente abierta. Las parejas acuden a sus clases porque quieren alcanzar una conexión más profunda con sus compañeros y con su yo superior. Sé que puede ir en contra de tus creencias personales, pero intenta que esto no empañe tu experiencia.

Le agarré las manos y les di un apretón.

—Lo prometo. Tendré la mente abierta y seré respetuosa.

Genevieve esbozó una sonrisa traviesa y enarcó una ceja con gesto inquisitivo antes de resoplar.

—De acuerdo, hablaré con él. Usaré mis poderes de persuasión para convencerle.

—¿Poderes de persuasión? —La sola idea de que esos poderes incluyeran algo de naturaleza sexual o personal hizo que me hirviera la sangre.

—Sí... usaré la culpa —respondió con una risita.

Solté un bufido y noté cómo ese hervor disminuía hasta convertirse en una cocción a fuego lento. *Jesús bendito, tengo que calmarme un poco.*

—Hablando de culpa... ¿cuándo vas a acabar con el sufrimiento de Trent y casarte con él? —pregunté deliberadamente.

Genevieve gimió en voz alta y alzó la mirada al cielo. El techo estaba pintado con vibrantes remolinos de arcoíris. Unos colores que, cuando me tumbaba en la esterilla, me parecían impresionantes y me provocaban una serenidad que me permitía abstraerme mientras mi cuerpo se relajaba.

—¡Uf! No me lo recuerdes. ¿Sabes que me pide que me case con él a diario? —Negó con la cabeza.

—¿Y puedo volver a preguntarte por qué le niegas, a él y a ti, la dicha del matrimonio? Viv, en un par de meses traerás a su hijo al mundo. Sabes cómo me siento con respecto a los niños que nacen fuera del matrimonio, teniendo en cuenta que he sido una de ellos. Pero tú puedes elegir. Amas a Trent. Él te quiere. Vas a tener un hijo suyo. ¿Por qué no le ahorras el estigma de ser un bas...?

—¡No te atrevas a decirlo! —Vivvie me silenció clavando con fuerza un dedo en mi esternón.

¡Ay!

—Mi hijo *no* será un bastardo. Ahora mismo no necesito tu opinión de superioridad moral experta en la Biblia. Sé que mi hijo crecerá con el amor de Dios, sin importar que nazca dentro o fuera del matrimonio. Ya hemos tenido esta discusión y no voy a volver a hablar del asunto. Quiero que Trent se case conmigo por *mí* y que pase su vida a mi lado porque soy la mujer con la que quiere envejecer, no porque llevo a su descendiente en mi interior.

Ahora fui yo la que protesté.

—¿Acaso no sabes que te adora?

Se mordió el labio.

—Sí, lo sé. Pero ¿es porque voy a tener un hijo suyo?

Estuve a punto de ahogarme por la frustración.

—¡No! ¡Santo Dios! Eres una de las mujeres más inteligentes, cariñosas y amables que conozco, ¡pero también eres un poco lenta para darte cuenta de lo que tienes delante! ¡Cásate con ese hombre de una vez! ¡Por favor! Si no lo haces por ti, hazlo por él, por el bebé que llevas en tu vientre. —Elevé la voz cargada de convicción.

Genevieve me apuntó con el dedo índice y su uña pintada de rojo.

—¡Para ya! Sé lo que piensas. Y me casaré con él. Cuando llegue el momento. —Apretó los labios y endureció el mentón.

Perdón, Dios. Lo he intentado.

—Lo siento. —Y lo decía de corazón. Rezaba por ella cada noche, para que viera la luz, para que superara la muerte de sus padres, para que se mantuviera fuerte por sus hermanos y por las personas de su alrededor. Y también rezaba todas las noches para que se casara con Trent Fox y salvara a su hijo de cualquier comentario despectivo. Los niños y los adultos podían ser muy crueles. Lo sabía por experiencia propia.

Genevieve frunció el ceño y luego rio.

—Gracias. Pero deberías centrarte en ti misma. ¡Estoy deseando saber lo que pensará de ti el Gran Jefe de allá arriba cuando te desmelenes con Dash Alexander después de una de sus clases! —Cuando dijo eso sus ojos parecieron brillar bajo la luz del techo.

Abrí y cerré la boca.

—¿Lo sabes? —repuse sin aliento.

Ella resopló.

—Tú tienes a Dios... Y yo tengo intuición femenina. Y mi intuición me dice que llevas dos años suspirando por Dash. Seguro que esa es la razón por la que has evitado pedirle tú misma asistir a sus clases.

Sabía que no tenía ningún sentido negarlo. Además, la Biblia nos enseña que tenemos que ser honestos y directos en todo.

—Dash es un hombre atractivo. No voy a negarlo. —Alcé el mentón y esperé a que ella respondiera.

Genevieve sonrió de oreja a oreja y miró por encima de mi hombro.

—Hola, Dash, llegas en el momento oportuno. Estábamos hablando de ti. —Sonrió con suficiencia.

Me quedé congelada. Si alguien me hubiera tocado, me habría quebrado en mil fragmentos y dispersado con el viento. Respiré hondo y me di la vuelta. Allí estaba él, el hombre que había protagonizado cada pensamiento pecaminoso que había tenido desde la primera vez que lo vi, hacía más de dos años. El hombre en el que pensaba cuando me procuraba satisfacción a altas horas de la madrugada, debajo de mi edredón tejido a mano, en casa de mis abuelos.

Dash Alexander.

DASH

Con los brazos cruzados, sonreí a aquella morena increíblemente sexi. Así que pensaba que yo era atractivo. Interesante.

Había visto a la mejor amiga de Genevieve en La Casa del Loto. La había observado en algunas clases. Tenía un cuerpo largo y esbelto, perfecto para las *asanas* más complejas, o posturas de yoga, como las llaman en Occidente.

Mientras yo seguía allí de pie, en silencio, sus ojos brillaban como esmeraldas al mirarme. Su forma felina le sumaba atractivo. Pero no era eso lo que hacía que me temblaran las rodillas. Su espeso y largo cabello castaño, que llevaba suelto, liso y con la raya en medio, y que le cubría los generosos pechos, era lo que había captado toda mi atención. Seguro que no se lo había teñido, porque el color había sido el mismo en los dos años que habían pasado desde que la vi por primera vez. Ahora, su brillo natural resplandecía con la luz del sol que entraba por una ventana que Genevieve tendría que cerrar antes de comenzar la clase. Cómo me habría gustado sujetarlo, enroscarlo alrededor de mi muñeca y tirar suavemente de él para darme un festín con la parte expuesta de su largo cuello.

Su aspecto natural provocaba los instintos más profundos de un hombre. El deseo de abrazar y proteger a esa mujer era un potente afrodisíaco. Me resultó raro que esos sentimientos salieran a la superficie, pero gracias a la práctica del Tantra, hacía tiempo que había aprendido a no negar, ni a esconder, mis reacciones a quienes me rodeaban. En este caso, además, la excitación que corría por mis venas no solo se debía a una atracción física. Su energía me llamaba. El campo magnético que la rodeaba crepitaba y se entrelazaba con el mío en la más sensual de las caricias, haciendo que quisiera rodearla con mis brazos y mantenerla cerca, empaparme de su verdadero espíritu.

Mi miembro se tensó y se agitó, despertando de un largo reposo. Bajé las manos y las coloqué por delante de la entrepierna. Al fin y al cabo, no quería asustar a aquel pajarillo. Aun así, me di cuenta de que se revolvía, encogiéndose por el peso de mi mirada satisfecha, lista para echar a volar. Quería que hiciera lo opuesto. Que me respondiera, como lo hubiera hecho un cisne orgulloso. Quería contemplar no solo su cuerpo desnudo, sino también su alma en libertad.

Aunque era una mujer alta, de más de un metro setenta y cinco, curvaba hacia abajo los hombros en mi presencia, como si estuviera sometiéndose a mí en silencio, o peor aún, como si me tuviera miedo. Alargué la mano y esbocé una sonrisa dirigida a calmarla.

—Dash Alexander. Creo que no nos han presentado formalmente.

Ella me miró la mano y, como si se estuviera preparando para la batalla, enderezó los hombros y la espalda y me dio un apretón firme. Con una sonrisa, tiré de su mano, tomándola por sorpresa; que era precisamente lo que pretendía. Cuando cayó sobre mi pecho, la tomé por la cintura y la besé deprisa en una mejilla y luego en la otra. Permití que mis labios ascendieran en un suave contacto por la piel sedosa de su mejilla, hasta la sien, donde deposité otro suave beso. Ella jadeó, y esa breve inhalación de aire, junto con la presión de sus dedos alrededor de los míos, me dijeron todo lo que necesitaba saber.

Aquel pajarito asustado me deseaba. No solo pensaba que era guapo, sino que la atracción que sentía hacia mí brillaba a su alrededor como un fino manto de bruma. El aroma a fresas me envolvió. Presioné su cuerpo contra el mío en un breve abrazo, antes de alejarme de mala gana, para poner una distancia más apropiada entre ambos.

Cuando la dejé ir, me miró con ojos vidriosos y desenfocados. Después, negó con la cabeza y parpadeó repetidas veces.

—Esto... Soy Amber... Amber St. James.

Sonreí y le acaricié la mejilla. Ella se apoyó en mi mano y una oleada de orgullo masculino me atravesó el pecho. Le acaricié el pómulo con el pulgar, disfrutando del rubor que lo tiñó. No iba maquillada, justo como me gustaban las mujeres. Con su belleza natural.

—Encantado de conocerte, Amber.

Nos miramos durante unos instantes; nuestras energías corporales se atrajeron la una a la otra de un modo cósmico que estaba acostumbrado a experimentar en mis clases, pero nunca en privado.

—Dash, ¡qué bien que estés aquí! —Genevieve interrumpió nuestra seducción visual—. Amber está cursando un pregrado de Medicina y necesita aprender todo lo posible sobre la práctica del sexo tántrico para su asignatura de Sexualidad. Como instructor experto en la materia, he pensado que podrías ayudarla.

Desvié la mirada hacia Genevieve. Ella hizo un mohín y se llevó las manos al redondeado vientre, recordándome el problema que había provocado entre ella y su pareja medio año atrás. La revancha algunas veces podía ser un fastidio. Pero entonces, me vino a la cabeza una idea. Una idea absolutamente brillante, con la que no solo echaría una mano a Amber con su asignatura, sino que también me ayudaría a resolver un asunto que me preocupaba.

Miré a Amber y luego a Genevieve, que había cruzado las manos sobre el pecho como si estuviera rezando; solo que no estaba rezando. Me estaba suplicando directamente, mientras murmuraba en silencio: «Por favor, por favor, por favor».

—De acuerdo, con una condición.

Los ojos verdes de Amber brillaron aún más a medida que esbozaba una tímida sonrisa.

—Dímela. —Se notaba que estaba muy agradecida, y eso me encantó. De hecho, quería mucho más; estaba deseando ver toda esa gratitud dirigida a mi persona en una conexión mucho más primitiva.

Imágenes de ella en innumerables posturas de sexo tántrico cruzaron por mi mente. Me la imaginé en la postura *Yab-yum*, sentada en mi regazo, cara a cara conmigo, hasta que yo echara su cabeza hacia atrás y su cabello colgara y me acariciara los muslos. Adoraría sus pechos y los succionaría hasta convertirlos en pequeños y duros brotes. Nuestros chakras raíz y sacro se fundirían en una alineación perfecta al tiempo que penetraría en su cuerpo y despertaría a la loba que se escondía bajo esa piel de cordero.

—¿Qué mejor manera de observar la clase que participando de forma activa en ella?

Dos jadeos simultáneos resonaron en la estancia, hasta que Genevieve rompió el silencio.

—Esto..., Dash..., creo que hay algo que deberías saber sobre...

—¿A qué te refieres exactamente con «participar de forma activa»? —Amber entornó los ojos y se cruzó de brazos en una típica actitud defensiva que no me había esperado. La mujer que acababa de admitir que se sentía atraída por mí y que había respondido instantáneamente al contacto de mis brazos no parecía muy dispuesta a tener un mayor acercamiento físico. Tal vez estaba con alguien. Noté un ardiente picor en el pecho que se extendió por todo mi cuerpo.

Celos. Algo a lo que no estaba para nada acostumbrado. No podía recordar la última vez que había sentido celos de una pareja (ya fuera potencial, actual o pasada) y mucho menos de una mujer a la que ni siquiera conocía.

Bajé la voz para no sonar demasiado contundente o exigente.

—Mi asistente ha vuelto a dejarme tirado. Por lo visto no puedo conservar a una misma ayudante más de ocho semanas —reconocí a regañadientes.

Amber frunció el ceño.

—¿Eso es lo que dura un taller normal de Tantra? ¿Ocho semanas?

—Sí —asentí—. Aunque a algunas parejas les gusta repetir y trabajar con más detalle secciones específicas del taller.

—¿Y eso de ser tu asistenta, tendría que hacerlo desnuda?

Me resultó imposible contener la risa. Genevieve y yo estallamos en carcajadas, divertidos por la delicada mujer que teníamos delante. Estaba increíblemente pálida, rezumando inocencia por cada uno de sus poros.

—No, aunque debo confesar que la idea me resulta atractiva..., mucho.

Empezó a respirar de forma audible, con inhalaciones lentas y exhalaciones largas. Estaba siguiendo un patrón, lo que me indicó que ya había practicado esa técnica antes. Probablemente en otras situaciones más extenuantes o incómodas. Ahí fue cuando me sentí como un canalla. En general, la gente tenía un montón de ideas equivocadas con respecto a la práctica del Tantra, y el taller se llamaba *Sexo tántrico y yoga para parejas*; no era de extrañar que ella hubiera venido con ciertas nociones preconcebidas sobre su contenido.

Al notar lo incómoda que estaba, di un paso al frente y apoyé la mano en su hombro. No estaba seguro de si ese gesto iba encaminado a calmarla a ella o a mí mismo, pero tocarla hizo que me sintiera mejor.

—Todos los participantes llevan ropa de yoga normal, aunque recomiendo algunas prendas más sueltas en áreas específicas, para poder tocar o acariciar ciertas partes del cuerpo. Aunque te aseguro que ninguna se considera abiertamente sexual.

Amber se mordió el carnoso y rosado labio inferior; un gesto que no pasó desapercibido a mi miembro, que se irguió dentro de los pantalones holgados. De nuevo, crucé las manos por las muñecas delante de la entrepierna.

—Lo haré —declaró con absoluta confianza.

Genevieve abrió la boca y parpadeó despacio.

—Amber, cariño, no sabes en lo que te estás metiendo.

En ese momento miré a su amiga.

—¿Estás sugiriendo que podría hacer algo inapropiado?

—No, no es eso. —Resopló y se llevó las manos a las caderas—. Pero Amber es... —Clavó los ojos oscuros en la mujer con la que estaba empezando a obsesionarme a una velocidad asombrosa—. Amber es dulce.

En eso estábamos de acuerdo. Tan dulce que quería lamer cada porción de su piel y descubrir toda la suavidad que se escondía debajo de su ropa.

—¡Cielos, gracias, mamá! —Amber soltó un suspiro—. ¿Vas a enviarme a mi habitación por portarme mal? —se burló.

—Amber, sabes que solo intento protegerte. —Genevieve estaba actuando como una madre sobreprotectora, pero lo que dijo me dolió.

—¿De quién? —intervine—. ¿De mí? —Una mezcla de sorpresa y frustración impregnó el ambiente.

—No. Es solo que... ¡Uf! Estoy embarazada. No sé lo que estoy diciendo. Podéis apañaros vosotros solos. Amber, te lo advertí. Dash, a ti también. Ahora, ¿podéis continuar con esta conversación en la sala de descanso? Estáis alterando a mi pequeño talismán. —La piel alrededor de los ojos y de las mejillas de Genevieve se tensó cuando apretó los labios y apartó la vista. El tono perlado de su piel hacía resaltar aún más el rojo con el que llevaba pintados los labios mientras se frotaba el vientre en amplios círculos.

—Vamos, Amber. ¿Qué te parece si te invito a un café?

Amber ladeó la cabeza y asintió, aunque había vuelto a encorvar los hombros.

—Claro. Gracias.

Me detuve frente a ella y le di un toquecito en la barbilla con un dedo hasta que levantó la vista.

—No camines con la cabeza baja. El mundo debería disfrutar de tu belleza, pero nadie podrá hacerlo si vas mirando al suelo.

2

Postura del zapatero

(En sánscrito: Baddha Konasana*)*

Siéntate cómodamente, con los isquiones tocando la esterilla. Flexiona las rodillas y lleva los pies hacia la pelvis, de modo que las plantas de ambos estén en contacto, para crear una red de energía. Puedes sujetarte los pies y luego, mientras exhalas, inclinarte lentamente hacia delante con el pecho. Esta postura clásica abre las caderas y alivia la tensión en la zona lumbar.

AMBER

Dash me tomó de la mano y me guio por La Casa del Loto hacia la calle. Después, giró a la izquierda y me llevó a través de las puertas de la pastelería Sunflower. Había una fila de siete personas; algo normal en el local. Jamás había tenido la suerte de entrar allí y pedir directamente sin tener que esperar, como mínimo, un cuarto de hora. El lugar siempre estaba atestado. Pero me gustaba tanto su ambiente alegre, la decoración de girasoles y esos deliciosos aromas que atraían a los sentidos que no me importaba la espera. Y aguardar junto a Dash Alexander tampoco era ningún sacrificio.

Mientras contemplaba la oferta del día, mi estómago protestó. Cambiaba cada mañana. Los Jackson, la familia que regentaba la pastelería, solían preparar los bollos y pasteles según el estado de ánimo que tuvieran. Hoy parecía predominar la influencia danesa. Me incliné hacia delante y apoyé una mano en la vitrina para leer las pequeñas tarjetas junto a cada pastel: arándanos, melocotón, fresa, manzana, canela, crema de vainilla, crema de chocolate, crema de avellana y más; todo un despliegue. Reí y elegí los de canela y manzana. Serían un complemento fantástico al café con leche y vainilla.

Me lamí los labios y oí un suave gemido al mismo tiempo que sentía una mano cálida posarse en la zona baja de mi espalda.

—¿Siempre miras la comida como si fueras a devorarla?

Alcé la vista y nuestras miradas se encontraron.

—¿Perdón? —Volvió a sonarme el estómago.

Dash se colocó a mi lado y me susurró al oído.

—No te disculpes. Me encanta que una mujer sea capaz de apreciar los placeres carnales de ese modo. Me da esperanzas.

Ladeé la cabeza, evaluando su exceso de confianza.

—¿Esperanzas? ¿Esperanzas de qué?

Sonrió con suficiencia, haciendo que se le formara un hoyuelo de lo más sensual en el lado derecho de la boca. Luché con todas mis fuerzas por no volver a lamerme los labios y ceder al deseo de besar ese hoyuelo.

—Esperanzas de un futuro juntos —respondió con una chispa en los ojos. Eso, junto con su fuerte mandíbula, el cabello alborotado y el ardor con el que me miró casi hizo que me desmayara.

Un futuro juntos. ¡Dios bendito!

Una oleada de calor me recorrió por completo. Debía de tener la cara roja como un tomate. ¿Estaba ligando conmigo? Dash Alexander. El hombre que protagonizaba todas mis fantasías nocturnas estaba coqueteando. Conmigo. Una aburrida y discreta estudiante obsesiva-compulsiva. Con una chica normal y corriente. Con Amber St. James.

—Lo siento, Dash. Creo que no te he entendido. ¿Qué quieres decir?

—Tenía que preguntar. No había forma de evitarlo. Si no me aclaraba sus intenciones, estaría dando vueltas y vueltas a sus palabras hasta volverme loca.

Él sonrió y el hoyuelo increíblemente sexi volvió a aparecer. Quería besarlo. Ponerme de puntillas y presionar los labios en esa pequeña marca.

—Lo harás. Cuando sea el momento.

Y como era de esperar, como si fuera cosa del destino, la fila se despejó y llegamos al mostrador.

—¿Qué tal, doctora? —me saludó Dara Jackson. No solo era la hija de los propietarios de la pastelería, también la instructora de meditación de La Casa del Loto. Había asistido a sus clases durante las temidas semanas de los exámenes finales para obtener la diplomatura. Ella solía ayudarme a relajarme y a encontrar perspectiva en mis estudios.

—¿Doctora? —preguntó Dash.

Puse los ojos en blanco.

—Todavía no. Me quedan unos cuantos *años* en la Facultad de Medicina.

Dara me miró con esos penetrantes ojos azules que tenía. Su deslumbrante sonrisa contrastaba con su piel de color caramelo.

—Sí, pero Genevieve no ha parado de hablar de cómo obtuviste una beca para entrar en esa fabulosa Facultad de Medicina. ¡Bien hecho! —Levantó la mano y yo le choqué los cinco—. ¡Hurra! De eso estaba hablando. Nos viene bien tener un médico por aquí. Con la nueva clase de *acroyoga*, estoy segura de que vamos a necesitar un médico solo para nosotros.

Me reí con ganas.

—No voy a ser esa clase de médico.

Dara frunció el ceño.

—Cualquier médico es mejor que ninguno. Esas esterillas acolchadas tienen sus límites. Y he oído que ese potro italiano de Nick Salerno no da abasto besando las magulladuras de sus clientas. —Soltó un sonido que solo podría describirse como una mezcla entre un bufido y una risa.

Aunque en ella sonó bien. Cuando una mujer era un regalo caído del cielo, como Dara y Genevieve, podría gruñir como un cerdo y los hombres seguirían cayendo rendidos a sus pies.

—Muy bien, ya basta de charlas. ¿Qué quieres comer y beber mientras discutimos los detalles para que me ayudes con mis clases? —nos interrumpió Dash.

Dara abrió los ojos como platos.

—¿Vas a ser su ayudante en el taller de Tantra para parejas? —Su sonrisa se transformó en un gesto cómplice—. ¡Qué interesante! ¿Te portarás bien? —Desvió su atención hacia Dash.

Ahora fue él quien frunció el ceño.

—¿Por qué eres la segunda mujer en el día de hoy que cree que deshonraré o faltaré al respeto a cualquiera que haga de mi ayudante?

Dara puso su mano sobre la de Dash y sonrió con delicadeza. Un gesto que me erizó el vello de la nuca.

—Dash, querido, eres uno de los instructores *disponibles* más sensuales y sexis que tenemos. Cualquier mujer quiere que le faltes al respeto en una de tus ardientes y sudorosas clases de cuerpos entrelazados, pero no creí que fueras a permitir que participara nadie que no se tomara la práctica en serio. —Se dirigió a mí—. Simplemente me ha sorprendido que te haya elegido a ti como asistente, doctora. Ya sabes, una estudiante de Medicina y no una instructora de yoga.

Me crucé de brazos. Un movimiento que no pasó desapercibido ni a Dash ni a Dara.

—Es por mi asignatura de Sexualidad. —No necesitaba dar explicaciones, pero no quería que se hiciera una idea equivocada. Y, sobre todo, no me apetecía que Dash pensara que tenía alguna reserva en ser su ayudante. Aunque sí me preocupaba que tantas personas lo hubieran dejado. Tendría que preguntarle sobre el asunto.

—¡Ah! Bueno, eso tiene sentido. Estoy segura de que será una experiencia *esclarecedora*. —Sonrió y, por fin, atendió nuestro pedido.

Dash pidió un par de donuts y un bollo danés de melocotón, con una taza grande de café colombiano. Yo, un bollo de manzana y canela y un café con leche. Él se hizo cargo de la cuenta y se negó varias veces cuando intenté pagar mi parte. Luego me llevó a una mesa que había en el rincón más apartado, donde tendríamos un poco más de privacidad.

Las palabras de Dara seguían resonando en mi mente.

—¿Puedo hacerte una pregunta?

Sonrió.

—Me preocuparía que no lo hicieras. —Me miró con un brillo de diversión en sus ojos color miel.

—¿Por qué no consigues que tus ayudantes te duren más de un curso? —Mordí el bollo y, al instante, sentí una explosión de sabor a manzana tierna y caliente en la lengua. El pegajoso relleno me goteó por el labio, pero antes de que pudiera lamerlo, Dash estiró el pulgar para deslizar la dulce sustancia por mis labios y llevarla de vuelta a mi boca. Cuando le chupé la punta del pulgar, vi cómo se le hinchaban las fosas nasales mientras me miraba fijamente la boca. Después, muy despacio, se llevó ese mismo pulgar a los labios y lo lamió.

¡Virgen santa! Apreté los muslos en cuanto noté la humedad entre las piernas. Un solo roce, y mi cuerpo ya estaba listo para algo mucho más lascivo. Estaba claro que aquí estaba funcionando el principio científico de causa y efecto.

Dash inhaló y exhaló lentamente antes de limpiarse la boca y la mano con una servilleta.

—El curso puede ser intenso.

Ladeé la cabeza.

—¿En qué sentido?

Él se mordió el labio inferior y acercó su silla a la mía para poder adentrarse aún más en mi espacio personal. Nada más percibir su esencia masculina, otra oleada de calor fluyó entre mis muslos. Menta y eucalipto, mezclados con algo más oscuro, más rico, intenso y viril.

Su voz, que ya era sedosa como el chocolate negro, bajó a un tono más sugestivo.

—Es mejor que te lo muestre, para que puedas formarte tu propia opinión.

—¿Y si me das una pista?

Dash dejó escapar un sonoro suspiro y su aliento me hizo cosquillas en la mejilla. Su cálida presencia era como un acogedor refugio que me ofrecía una intimidad que jamás había experimentado con el sexo opuesto. Aunque claro, tampoco tenía mucha experiencia con los hombres, porque siempre estaba enfrascada en mis libros.

Dio un buen mordisco a uno de sus donuts y masticó lentamente, contemplando cómo me retorcía en mi asiento. Por mi mente pasaron todo tipo de imágenes subidas de tono, mientras pensaba en las infinitas razones por las que una persona podía no querer seguir trabajando con él. Dash se encogió de hombros y miró por la ventana de la pastelería que daba a la calle.

—Algunas de mis ayudantes sintieron cosas que yo no compartía. Como dije antes, el curso es muy íntimo, y cuando dos personas se unen de una forma tan profunda, tanto física como mentalmente, pueden surgir sentimientos; de hecho, es lo que suele suceder. Y yo no correspondía a esos sentimientos, lo que provocó un desencuentro entre ellas y yo.

Pensé en sus palabras durante un rato.

—¿Estás diciendo que se enamoraron de ti? —pregunté directamente. No hacía falta suavizar las palabras. Éramos adultos.

Él se sobresaltó y levantó la mirada.

—No me atrevo a ir tan lejos como para asumir eso, aunque sí tenían sentimientos más fuertes de los que yo estaba dispuesto a corresponder.

—¿Pero no con Genevieve? —No solo quería confirmar ese hecho, lo *necesitaba* para seguir adelante. De acuerdo con el código de mujeres, nunca, *jamás*, me pondría en una situación en la que tuviera algún tipo de relación romántica con un hombre que hubiera significado algo para mi mejor amiga.

Al escuchar el nombre de Genevieve, frunció el ceño.

—No, Genevieve y yo solo éramos amigos. Es probable que sea la mejor ayudante que he tenido, salvo que... —Su voz se fue apagando.

Esta vez sonreí. Conociendo a Trent y su mentalidad macho alfa, cuando se trataba de Genevieve, tenía sentido que no quisiera que su mujer hiciera de ayudante en una clase con un alto contenido sexual.

—Trent.

—Sí, Trent —asintió—. Pero en serio, a menos que seas la pareja de tu ayudante, es mejor dar el curso con alguien con quien puedas mantener una relación estrictamente de amistad o cambiar de ayudante de forma regular para que no se genere otro tipo de sentimientos.

Me enderecé en la silla, lo miré y me crucé de brazos.

—Bueno, conmigo no tienes que preocuparte por eso. Solo me interesa la información académica que me pueda proporcionar este curso, para poder entregar un trabajo final digno a mi profesor.

Dash esbozó una sonrisa enorme.

—¿Entonces crees que podrás dejar a un lado tu corazón? —preguntó.

—Por supuesto —dije con absoluta firmeza y confianza. Tal y como quería que pareciera.

Dicho esto, lo vi levantarse y recoger nuestros platos y servilletas para llevarlos a la basura.

—Ya veremos —repuso, guiñándome un ojo.

Me quedé perpleja y un tanto desconcertada.

DASH

—Dash, a mi marido y a mí nos hace muchísima ilusión poder participar por fin en tus clases. ¡Llevamos en la lista de espera medio año! —exclamó mi nueva alumna entusiasmada, con las manos sobre el pecho, como si hubiera recibido el regalo que había estado esperando todo el año. Me encantaba que todo el mundo estuviera deseando asistir a mi taller. Cuando venían con una mente tan receptiva, tenían más posibilidades de profundizar en el vínculo con su pareja más allá del plano físico. El objetivo primordial del curso era la iluminación y la conexión.

Sonreí y di una palmada a Rose en el hombro.

—Tu entusiasmo es fantástico. Espero que sea contagioso. —Sentí un soplo de aire haciéndome cosquillas en el hombro, acompañado de un ligero aroma a fresas. Cerré los ojos, volví a poner los pies en la Tierra, me di la vuelta y estuve a punto de quedarme sin habla—. Discúlpame, Rose, mi ayudante acaba de llegar.

Amber dejó el bolso y se quitó el calzado. Luego procedió a deshacerse del uniforme de estudiante de Medicina en prácticas, lo que la dejó solo con un par de pantalones cortos de licra y una camiseta de tirantes verde. La observé mientras se quitaba los calcetines y doblaba todo en una ordenada pila, antes de soltarse la coleta. Cuando vi su espesa melena cayéndole por la espalda tuve que ahogar el gruñido que ascendió por mi garganta. Esa mujer no tenía ni idea de lo sensual que podía ser una belleza natural como la suya para un tipo como yo. Joder, para cualquier hombre. Si alguna vez decidía dejar a un lado todas sus reservas y liberar a la auténtica mujer que llevaba dentro, tendría que quitarse a los hombres de encima a base de golpes.

Se volvió y nuestras miradas se encontraron. No pude evitarlo y la examiné de arriba abajo. Sin dejar lugar a dudas, de forma sórdida, comiéndomela con los ojos. Reconozco que fue un momento de debilidad. Normalmente resistía esos impulsos básicos, sobre todo cuando tenía enfrente al objeto de mi deseo físico, con una mano en sus exuberantes caderas, la cintura estrecha y el generoso pecho subiendo y bajando como si acabara de correr un maratón para llegar a tiempo. Increíble.

—¿Dash? —Amber me miraba con la cabeza ladeada. Estaba claro que no había pasado por alto mi descarado examen. Mejor. Tratar de esconder la atracción que sentía por ella no me sería útil ni en la vida ni en esa clase. Si quería que mis alumnos obtuvieran una conexión más profunda, no podía ocultar mis reacciones biológicas o emocionales, o habría sido un hipócrita.

Sonreí y me acerqué a Amber, que se estaba crujiendo los dedos con aire cohibido.

—¿Traigo la indumentaria apropiada? —preguntó, nerviosa—. Vine directamente del laboratorio y no quería llegar tarde. Intentaré estar lista antes, pero algunas veces no tendré más remedio que quitarme la ropa en cuanto llegue aquí. —Se mordió el labio y, cuando se dio cuenta de lo que acababa de decir, abrió mucho los ojos.

Al ser la clase de hombre al que no se le escapan los deslices sutiles en las reacciones humanas, me lancé sobre esa oportunidad como si fuera un colchón extragrande y volví a mirar su largo cuerpo con todas esas curvas sin ocultar mi reacción.

—Siéntete libre de quitarte la ropa delante de mí en cualquier momento, pajarito. En cualquier momento.

El encantador rubor que tanto me gustaba tiñó sus mejillas al instante. Luego negó con la cabeza y enderezó la espalda.

—¿Y ahora qué se supone que tengo que hacer?

De nuevo no pude evitar admirar su adorable figura. Ese cuerpo era como una fruta madura, lista para ser tomada, y yo lo único que quería era acariciarlo con las manos y la boca.

—Ya estás haciéndolo. Siéntate, ponte cómoda y comenzaré con la clase. Solo sigue mi ejemplo. Si algo te hace sentir incómoda, ráscate la nariz. Así no molestarás a los demás, pero yo sabré que tengo que dejar de hacer algo o volver más tarde sobre eso para que podamos discutirlo. ¿Te parece bien?

Asintió y luego se sentó en una esterilla ubicada en la plataforma elevada de la sala al frente de la clase. Escogió la naranja, antes que la púrpura que yo había seleccionado para ella. Esa simple elección reveló mucho.

Un recuerdo se coló en mi mente. Las palabras de la copropietaria de La Casa del Loto, Jewel Marigold, en un taller sobre chakras.

—Algo tan sencillo como el color que vistes con más frecuencia o el color con el que tiendes a rodearte puede determinar con qué chakra estás más conectado. Incluso el color de la esterilla que escoges puede ser un indicador. Por ejemplo, yo siempre elijo una de color azul, tengo mucha ropa de ese color, conduzco un coche azul y me rodeo de ese color siempre. ¿Por qué? —preguntó a la clase.

—¿Porque el chakra que te guía en tu día a día es el Vishudha, o chakra de la garganta? —respondí frente a otros treinta aspirantes a instructores de yoga durante mi formación, años atrás.

—Exacto. —Su sonrisa no solo me llenó de orgullo, también iluminó toda la estancia—. El chakra con el que más me identifico es el de la garganta o Vishudha, como se llama en sánscrito. Encaja con mi papel como instructora, docente y especialista de esta disciplina. ¿Estáis de acuerdo?

Yo lo estaba. Y gracias a sus clases y a posteriores estudios de los siete chakras y su influencia en el cuerpo, la mente y el espíritu, descubrí que yo me guiaba principalmente por el segundo chakra. El *Svadhisthana* o chakra sacro. La pasión era el motor que regía todo lo que hacía, por eso ahora enseñaba yoga y sexo tántrico a parejas que estaban interesadas en intensificar sus pasiones dentro y fuera del dormitorio.

Que Amber escogiera la esterilla naranja, el color asociado al segundo chakra, sobre el púrpura, que era el que solía elegir con más frecuencia la mayoría de las mujeres, me dio un rayo de esperanza de que tal vez, cuando se despertara su *kundalini* o energía interior, también se conectaría al chakra sacro y se guiaría por la pasión. Era obvio que estaba bloqueada. Incluso los gurús con menos experiencia se habrían dado cuenta de cómo evitaba tocar a otras personas o decir lo que pensaba en voz alta. Vestía con ropa holgada, sin forma; clara señal de que no estaba en contacto con sus atributos más femeninos y que tampoco los utilizaba de forma activa para buscar atención masculina. Algo que esperaba que cambiara tras las ocho semanas que duraba mi curso.

—Bienvenida, clase. Todos vosotros me conocéis, dado que hemos hablado en privado antes del comienzo de este taller. No obstante, quiero presentaros a mi ayudante, Amber St. James. Ha venido para conocer la disciplina y observar la clase para el trabajo final de una de sus asignaturas en la Universidad de California en Berkeley. Amber será mi compañera y me ayudará a mostraros los puntos más sutiles del Tantra que requieren de una pareja. ¿A alguien le supone algún problema? —Hice una pausa para asegurarme de que a ninguno de mis alumnos le molestara que ella observara. No esperaba que pusieran ninguna pega y me alegró que nadie dijera nada.

»De acuerdo, entonces, empezaremos con una rutina de treinta minutos de hatha yoga, para alinear nuestros cuerpos con nuestros seres físicos y nuestras respiraciones, o *pranayama*, como se llama en sánscrito.

Mientras guiaba a la clase a través de una serie de posturas, Amber participó como una auténtica yogui. Era obvio que había acudido a muchas clases antes, porque conocía cada postura por su nombre y entraba en cada una de manera fluida, sin las indicaciones detalladas que daba al resto.

Terminé la parte de las asanas con la postura del zapatero. Tenía a las quince parejas sentadas cara a cara, con las piernas frente a ellos y las plantas de los pies en contacto. Les indiqué que se sujetaran los tobillos y se inclinaran hacia delante para que sus frentes se tocaran.

Amber y yo también estábamos sentados frente a frente, como el resto de parejas. En el momento en el que mi frente tocó la de ella, cerré los ojos. Una chispa de electricidad vibró donde nuestra piel entró en contacto. A continuación, les dije a las parejas que colocaran la mano derecha en el corazón de su compañero y con la izquierda sostuvieran la mano del otro en el lugar donde los estaba tocando. Era una técnica básica. Sin embargo, en el instante en el que coloqué la mano sobre el corazón de Amber, en la porción de piel sedosa que había sobre sus pechos, comenzó a latirle el doble de rápido, al igual que el mío.

—Mírame —le susurré.

Abrió los ojos de golpe y su respiración se volvió irregular.

—Relájate. Respira conmigo. Inhala por la nariz contando hasta cuatro y exhala por la boca otros cuatro.

Ella asintió y respiramos juntos. Pude sentir cómo el fuerte estruendo de su corazón se convertía en un palpitar regular después de una ronda de respiraciones controladas y guiadas. Lo que permitió que se relajara y volviera a cerrar los ojos.

Y entonces sucedió algo absolutamente descabellado. Algo que nunca me había ocurrido, ni una sola vez, ni siquiera con otra compañera:

nuestros corazones empezaron a sincronizarse de manera espontánea. No solo estábamos respirando al mismo tiempo, nuestros latidos iban a la par.

Ese hecho, tan sencillo y extraordinario a la vez, envió oleadas de calor a través de mis brazos y hacia la mano que descansaba sobre el corazón de Amber. Mi mano se puso extremadamente caliente y los chakras de mis palmas se arremolinaron en vertiginosos círculos. Parpadeé y observé sorprendido cómo sus ojos se abrían y sus órbitas verdes penetraban directamente en mi alma.

A mi mente acudió un único pensamiento, tan rápido y tan simple como encender la luz.

Alma gemela.

Asustado, rompí la conexión. Amber movió la cabeza con pereza y medio abrió los ojos antes de parpadear varias veces en una rápida sucesión. Me levanté de un salto y caminé por la habitación, fingiendo que ayudaba a las parejas. En circunstancias normales, no solía ayudar a nadie en un sencillo ejercicio de respiración como aquel, pero necesitaba un momento para tranquilizarme y distanciarme del ser etéreo que me esperaba en la plataforma. ¿Qué demonios acababa de pasar?

El destello de conexión que había tenido con Amber estaba más allá de cualquier cosa que hubiera experimentado con otro ser humano. Y eso incluía a compañeros, amigos y antiguas amantes. Mientras la miraba desde el fondo de la sala, notaba cómo el eco de sus latidos seguía atrayendo a los míos. Ella contemplaba a las parejas y escribía algo en un cuaderno que mantenía al alcance, pero que no había utilizado desde el comienzo de la clase.

Con un escalofrío, continué observándola. Estaba relajada, completamente en paz, sentada en el escenario tomando notas, mientras yo estaba atrapado en un remolino de dudas e inseguridad, algo nada normal en mí. En general, me sentía orgulloso por la confianza y el equilibrio mental que siempre mantenía. Pero la sorprendente conexión tan profunda que había experimentado con esa mujer impedía que me centrara en mis reacciones.

¿Cómo había podido sentir algo tan único y que ella no estuviera afectada? ¿Tal vez me había equivocado y no había existido ningún vínculo entre nosotros? ¿O quizá solo quería que hubiera algo más?

Exhalando todo el aire de mis pulmones, me prometí que pronto encontraría esas respuestas.

3

Chakra sacro

*El chakra sacro es el que contiene un centro de energía espiritual que está
directamente conectado con la felicidad y la confianza en uno mismo.
Pero al igual que hay atributos positivos, también existen negativos.
El segundo chakra también puede estar ligado a la avaricia, al miedo
y a un incontenible deseo de autopreservación.*

AMBER

Dash apenas me miró mientras daba las orientaciones finales de la clase
y asignaba una tarea para los próximos dos días. Cada pareja debía
practicar técnicas de respiración sincronizada. Cuando la última persona se fue, recogí el cuaderno y me acerqué a él. Estaba enrollando una
esterilla en el rincón más alejado de la sala.

—Oye, ¿cuál es el propósito de la respiración sincronizada? —Di golpecitos en el cuaderno con el bolígrafo a la espera de su respuesta.

Se encogió de hombros con un gesto exagerado, como si estuviera tomando una respiración demasiado larga. Observé fascinada cómo los

músculos de su espalda se tensaban y movían de una forma tan deliciosa, que casi solté un suspiro. Tras otra respiración, dejó la esterilla que había enrollado dentro de la canasta de mimbre en la que estaban las demás.

—¿Por qué no me cuentas cuál ha sido tu experiencia? —preguntó antes de volverse para mirarme a la cara.

Pensé en el momento en el que nos habíamos sentado frente a frente, donde me invadió una sensación de conexión.

—No me sentí sola.

—¿Qué más? —Él sonrió y enrolló otra esterilla, que acabó junto con las demás —. ¿Qué fue lo que oíste?

Volví a buscar en mi memoria con sumo cuidado, para no olvidarme del más mínimo detalle.

—Tu respiración y la mía. Era como el eco de un océano.

Él asintió.

—Y sentí calor. Tu cuerpo estaba caliente. —Mientras hablaba, mi piel subió de temperatura.

—También el tuyo. Tienes mucha energía en tu interior. Cuando estabas dejándola salir, la pude percibir hormigueando a nuestro alrededor. ¿Tú también la sentiste?

—¿Eso es lo que era? Hubo un momento en el que sentí como si me hubieran colocado una manta cálida sobre los hombros.

Me respondió con una sonrisa enorme.

—Exacto. Ya estás entendiéndolo.

Yo también sonreí y tomé nota de lo que estábamos hablando, enumerando los puntos más importantes.

- Unidad
- Calor
- Energía
- Respiración = vida

—Me has dado una información muy buena, Dash. Estoy deseando que llegue la clase del viernes. —Seguí escribiendo mientras intentaba recordar cómo se había movido la pareja que había tenido sentada frente a mí. Lo que me costó un poco, ya que me había pasado casi todo el tiempo centrada en Dash. Aunque supuse que ese era el objetivo del taller: unirte a tu pareja, o en mi caso, a tu ayudante. No debía olvidarme de que él no lo había hecho para conectarse conmigo específicamente.

—En cuanto a la clase del viernes, ponte un sujetador deportivo, deja el abdomen al descubierto —dijo de forma casual, del mismo modo en que un extraño te preguntaría «cómo estás», y la respuesta siempre es un «bien».

Un escalofrío me recorrió la columna.

—¿Por qué?

Él enarcó las cejas, lo que me confundió aún más. ¿Me estaba tomando el pelo o hablaba en serio?

—Porque tocaré tu piel desnuda.

Eso no lo había esperado. Tragué saliva, tenía la garganta tan seca como el desierto de California.

—¿Puedes ser más específico? —Se me quebró la voz y me aclaré la garganta.

Dash se lamió los labios y enarcó una ceja rubia hasta casi llegarle al nacimiento del cabello.

—Preferiría que lo experimentaras de forma natural, como el resto de la clase. Es mucho más intenso si no sabes lo que voy a hacerte. Así tu reacción será más espontánea.

—¿Reacción espontánea? Mmm, de acuerdo. Pero no vas a tocarme en... ya sabes. —Hice un rápido gesto para señalarme los pechos y la entrepierna.

Él cruzó los brazos musculosos sobre el pecho y me miró con un brillo ocre en los ojos. Una postura que mostraba a las claras que la pregunta le había ofendido.

Vaya. Esa no había sido mi intención.

—En este taller hay mucho contacto corporal, pero nunca, jamás, se me ocurriría tocar a una mujer en cualquier lugar en el que no se sienta cómoda. Para eso tenemos la señal de rascarse la nariz.

Cierto. La señal de la nariz. Ni siquiera había pensado en usarla en toda la clase. Me había sentido más cómoda sentada con Dash, con nuestras frentes unidas y las manos en contacto, que envuelta en una manta, sobre el sofá de mis abuelos, viendo la televisión. Y lo último era algo que llevaba haciendo toda mi vida.

—¿Te ha parecido demasiado que te tocara el esternón por encima del corazón? —Me miró con la cabeza ladeada, a la espera de mi respuesta.

Quería decirle que hubiera preferido que me tocara los pechos, pero eso habría sido típico de la seductora Amber St. James, la mujer sexi que fingía ser en mis sueños, no mi verdadero yo. Durante el día, me mantenía firme en mi convicción de reservarme hasta el matrimonio. Por mí misma, más que por mis creencias. Porque era algo que deseaba. La mayoría de los hombres perdían el interés después de unas cuantas citas, cuando se daban cuenta de que no estaba dispuesta a ir más allá de unos besos y de algunas caricias. La gente no quería encontrar a sus compañeros de vida. El único objetivo que tenían era unir sus cuerpos de la forma más íntima posible. Yo, sin embargo, quería que ese objetivo fuera *para siempre* y quería cruzar esa línea con el hombre que me amara en todos los sentidos. Era un regalo que guardaba para mi marido. Solo él tendría todo de mí, incluida mi virginidad.

Por fin, negué con la cabeza.

—No, no me ha parecido demasiado.

—Nunca voy a obligarte a hacer algo que no quieras. —Se acercó, me acunó la mejilla con la mano y me acarició el pómulo con el pulgar del mismo modo que había hecho el día anterior. Sentí una oleada de calor recorriéndome la zona baja de la espalda, como un susurro—. Hay tantas maneras en las que quiero tocarte, Amber, y cada una de ellas esconde la promesa de una experiencia intensa y profunda. —Se inclinó hacia mí y apoyó su frente en la mía. Un gesto más íntimo de lo que esperaba—. Prométeme que vas a confiar en que cuidaré de ti.

Cerré los ojos y me centré en su fresco aliento a menta y el aroma de los aceites esenciales que llenaba el aire, pero, sobre todo, en la energía que se enroscaba en torno a mí como un abrazo.

—Lo intentaré.

—Me conformo con eso. Bueno, me muero de hambre. ¿Te apetece que vayamos a por un sándwich a Rainy Day? —Se apartó hasta que nuestras cabezas quedaron a unos treinta centímetros de distancia, pero entrelazó la mano en el espeso cabello de mi nuca. Antes de darme cuenta estaba asintiendo como una tonta, sin oír otra cosa que el zumbido que había comenzado en el instante en que hundió los dedos en las raíces de mi pelo. Y ahora estaba tirando de él y soltándomelo en un ritmo constante, masajeándomelo y tentándome con una pizca de dolor junto con un cosquilleo de placer. Sublime. Un escalofrío de excitación bajó por mi columna hasta encender un fuego entre mis piernas. Sentía la zona pesada y me palpitaba el clítoris.

¿Esto es lo que las mujeres sienten cuando están listas para *mantener una relación sexual*?

Tosí y me liberé a toda prisa de sus manos. La cabeza me daba vueltas.

—¿Te encuentras bien? —preguntó con el ceño fruncido.

—¡Ah! Sí, solo tengo hambre. ¿Vamos? —respondí con la garganta seca; otras partes de mi cuerpo, más íntimas, estaban húmedas.

—Adelante. —Estiró la mano delante de mí.

—No, está bien. Ve tú primero —sugerí. Necesitaba interponer un poco de distancia entre nosotros.

Él negó con la cabeza y volvió a acercarse.

—Si no vas delante, no podré contemplar tu bello trasero. Y eso, pajarito, sería una pena. —A continuación, colocó las manos en mis hombros, me dio la vuelta y me empujó suavemente hacia delante—. Estás buenísima... —gruñó mientras me apresuraba por el pasillo, acortando la distancia entre nuestra puerta y la de la salida del edificio.

Oírle decir aquello hizo que el pecho se me llenara de orgullo femenino y decidí balancear un poco las caderas. Si Dash iba a mirar, entonces le daría un espectáculo.

—¡Dios santo! —murmuró.

Fruncí el ceño, me detuve y le lancé una mirada de advertencia por encima del hombro. A nadie le gustaba que le sermonearan, pero me habían enseñado a no tomar el nombre de Dios en vano. Era algo que me ponía de los nervios. No obstante, tenía que recordar que no todo el mundo pensaba como yo. Además, su arrebato solo era un reflejo de lo que sentía por mí. O al menos, por mi cuerpo. Me fijé en su cara, se notaba que estaba reprimiendo una carcajada.

—¿Qué? —Sonrió con suficiencia y apretó la cuadrada mandíbula. Mirarlo debería estar penado por la ley. Era justo el tipo de tentación que una chica como yo no debería desear.

—¿Te gusta lo que ves? —dije, con tanta convicción como pude. Esperé su respuesta, alentada por el orgullo femenino que acariciaba mi piel y hacía que el corazón me latiera con más fuerza. Ese hombre increíblemente sexi me encontraba atractiva. A mí. A la aburrida, ratón de biblioteca, estudiante de Medicina, Amber St. James.

Dash me puso el brazo alrededor de los tensos hombros.

—Ese es mi cisne orgulloso. —Me frotó la mejilla con la nariz y casi me desplomo.

Todo mi cuerpo cobró vida, no solo por su aroma, sino también por su potente masculinidad. Su proximidad era casi como una caricia. La sensación fue abrumadora, prácticamente igual a la que experimenté cuando nos tocamos los corazones y sincronizamos nuestras respiraciones con las cabezas unidas..., solo que *aquella* había sido mil veces más intensa.

—Me preguntaba cuándo saldría a la superficie tu yo más combativa. Me resulta de lo más interesante.

—Estabas mirándome el trasero y mencionaste el nombre de Dios en vano. Estaba luchando con mi ángel bueno y con el malo.

—Parece que acabamos de encontrar nuestro primer tema de conversación para el almuerzo. Ángeles buenos y malos. —Me guiñó un ojo—. Vamos, pajarito, a volar. O en este caso, a caminar. —Deslizó la mano por mi brazo hasta cerrar los dedos en los míos sosteniéndolos con fuerza... otra vez.

Me agarró la mano con firmeza, a propósito y con determinación. Del mismo modo en que me había llevado a la pastelería el día anterior. En esta ocasión, salimos de La Casa del Loto de la mano y fuimos por la acera hasta el Rainy Day Café, como cualquier pareja normal.

Cuando le había pedido que me permitiera asistir a su clase, no había imaginado que acabaría yendo de la mano a tomar algo con el hombre que me volvía completamente loca.

Señor, ayúdame a no hacer el ridículo.

DASH

Coree, la propietaria de cabello rubio rojizo, nos tomó el pedido. Sonrió cuando entramos de la mano. En lugar de soltar a Amber, me agarré a ella. No sé qué se apoderó de mí, pero no quería dejarla ir. Cuanto más la tocaba, más deseaba tenerla cerca y sentir su energía fluyendo a través de mí.

Por lo general, después de una clase de Tantra para parejas terminaba agotado. Probablemente porque trabajar con una asistente significa que tienes que comportarte con un cien por cien de profesionalidad y evitar cualquier contacto innecesario. Siempre hago todo lo posible por desalentar cualquier sentimiento romántico, aunque a veces es imposible. Va en la propia naturaleza de la materia. El Tantra conlleva unión, acercarse en todos los sentidos. En la respiración, en el aspecto físico, en la conexión mental..., en todo lo que una persona quiere con su pareja. Solo que con Amber no estaba evitando mi inclinación natural hacia la unidad, me movía hacia eso... con ella. Su energía irradiaba un brillo suave alrededor de su cuerpo, ofreciendo una fuente de fuerza casi sobrenatural que me revitalizaba e impactaba en igual medida. Nunca había reaccionado de esa forma ante ninguna asistente u otra mujer.

—¡Cielos, Dash! Estás tan guapo como siempre. —Coree sonrió. Hoy las pecas de su nariz resaltaban más de lo normal.

Sonreí y me apoyé en el borde del mostrador. Cuando me acerqué a Coree, noté que la mano de Amber apretó la mía ligeramente, como si quisiera retenerme con ella. Miré de reojo a mi pajarito. Se estaba mordiendo el labio e intentaba no mostrar ninguna emoción, pero me di cuenta al instante. Los celos son una emoción que uno reconoce enseguida, solo hace falta mirar al objeto de tu deseo mientras hablas con otra mujer encantadora. Una explosión de excitación carnal se disparó a través de mi pecho, envolviéndome el corazón. Me gustaba ver a Amber celosa. Me daba esperanzas. Muchas esperanzas.

Pero como también quería que Amber volviera a encontrarse cómoda, levanté nuestras manos unidas, me llevé la suya al rostro y besé la cara interna de su pálida muñeca. La oí jadear cuando mis labios la tocaron y el vello de su brazo se erizó. Justo como había sospechado. Por más dura que la señorita Doctora quisiera parecer, no era inmune a mi tacto.

—Acabo de empezar un taller y he traído a mi nueva asistente a comer algo. Amber, ella es Coree, una de las propietarias de Rainy Day. —No mencioné que el año anterior había salido con Coree durante algunos meses. No tardamos mucho en percatarnos de que, excepto por el sexo increíble, no teníamos nada en común, así que decidimos romper de mutuo acuerdo y ahora solo éramos buenos amigos.

Coree hizo un mohín con los labios.

—¡Ajá! —dijo y frunció el ceño—. ¿Te conozco? —preguntó a Amber. Ella asintió.

—He estado aquí algunas veces con mi mejor amiga, Genevieve. Trabaja en La Casa del Loto, con Dash.

Coree se rascó la cabeza y tiró de su alta coleta.

—¡Ah! Sí, es cierto. Bueno, me alegra verte tan feliz, Dash. Eso es lo que quiero para ti —dijo Coree en un tono que no dejaba lugar a dudas sobre la naturaleza de nuestra relación anterior. Después, colocó una mano sobre la que yo tenía en el mostrador y me dio un apretón.

Ese gesto hizo que Amber me soltara la mano de inmediato y pusiera las suyas delante de ella.

—¿Podemos pedir ya? —preguntó, con un tono más punzante que las espinas de un erizo.

Coree abrió los ojos asombrada.

—Claro. Lo siento. Aquí estoy yo, parloteando, cuando seguramente estáis en medio de una cita. Lo siento, D. ¿Quieres tu sándwich preferido? ¿El que hago de jamón y queso suizo con pan de centeno?

Hice una mueca. Por supuesto que sabía cuál era mi favorito. Cuando salimos, le había dicho muchas veces que estaba riquísimo. Nunca me cansaba de comerlo.

—Claro. Gracias, Coree. ¿Amber?

La vi mirar hacia arriba, al tablero con las ofertas del día. Estaba apretando la mandíbula y sus labios, normalmente rosados y carnosos, ahora formaban una fina línea.

—Tomaré medio sándwich de pavo y queso suizo, con un tazón de crema de patatas. Gracias.

Me resultó interesante que reaccionara como lo haría una amante celosa. Eso, más que nada, demostraba que tenía sentimientos más fuertes por mí de los que dejaba entrever.

—¿Solo medio? —Le rodeé los hombros con el brazo y me acerqué—. ¿Será suficiente? Sé por experiencia que la comida de aquí es especial. Querrás más.

Todo su cuerpo pareció tensarse, pero no la solté.

—Estoy segura de que te has dado un buen festín en el pasado —repuso Amber mirando directamente a Coree.

Mi amiga se estremeció.

—¡Guau! ¡Qué frialdad! Me has dejado helada. Os dejo que busquéis una mesa. Si no os importa, haré que Bethany os lleve la comida.

Solté a Amber y coloqué ambas manos sobre el mostrador.

—Coree..., cariño —dije, intentando calmar sus ánimos.

—No pasa nada, D. —Negó con la cabeza y levantó una mano—. Sigue con tu cita.

Cuando me volví hacia Amber, ya estaba al otro lado de la sala, sentada en el rincón más alejado posible. Tenía las piernas y los brazos cruzados. Si hubiera existido un libro sobre posturas defensivas, la suya habría salido en la portada.

Me acerqué, retiré una silla y me dejé caer sobre ella.

—Eso ha sido interesante.

Amber levantó el mentón.

—¿Sueles traer a tus citas aquí?

—¿Estamos teniendo una cita?

Hundió los hombros y dejó las manos sobre su regazo.

—Lo siento. Pensé que esto era algo más. ¿Por qué me has invitado a comer?

Sonreí, listo para cambiar las tornas.

—Acabamos de dar nuestra primera clase. Quería saber qué te había parecido la experiencia. Responder las preguntas que puedas tener. Además, ¿por qué debería comer solo cuando puedo hacerlo acompañado de una mujer bonita?

Amber se enderezó y se colocó el pelo detrás de la oreja, antes de apoyar un codo en la mesa.

—¿Así que esta es una comida de trabajo?

—¿Trabajas para mí?

Fue como ver un globo desinflándose. El brillo de sus ojos verdes se apagó y se puso pálida.

—En realidad, no.

—Amber, te estoy tomando el pelo. Claro que estamos teniendo una cita. Quería saber más de ti. Además, vamos a trabajar juntos durante las próximas semanas. Tenemos que ser capaces de comunicarnos de forma abierta y honesta. Empezando con por qué estabas tan nerviosa por Coree. —Coloqué una mano sobre la que ella tenía en la mesa—. No me lo esperaba.

Ella apartó la mano y se sentó tan lejos como pudo. Estaba claro que prefería que hubiera más distancia entre los dos.

—Lo siento. No sé a qué te refieres.

Eché la cabeza hacia atrás y solté una sonora carcajada.

—¿Bromeas? ¡Si te hubieras mostrado más fría con mi amiga Coree te habrías convertido en un iceberg! —Reí y apoyé ambos codos en la mesa—. Obviamente, te has dado cuenta de que tuve una relación con ella en el pasado. Solo trato de entender por qué te ha molestado.

—¡No me ha molestado! —me contradijo al instante, con un tono cortante como un cuchillo.

Solté un resoplido.

—¿De verdad? Creí que, dadas tus creencias religiosas, tendrías más reparos para mentir o intentar engañar a la gente.

—¿Disculpa? No puedo creer que hayas dicho eso. Mira, que sea creyente y viva conforme a la Palabra de Dios, no significa que tenga algún complejo extraño al respecto. Además, prácticamente te abalanzaste hacia esa mujer, inclinándote hacia ella de esa forma y dejando que te tocara. Fue vergonzoso. —Resopló.

Volví a soltar una carcajada. Llevaba años sin divertirme tanto a la hora de discutir con una mujer. Amber era refrescante.

—Bien. Empecemos de cero. ¿Te parece? Te he traído aquí para que comiéramos juntos. Para saber más de ti. Pensé que, tal vez, también te gustaría saber más de mí. ¿Me equivoco? —Incliné la cabeza y le puse mi mejor mirada de cachorro. Las mujeres siempre me habían dicho que mis ojos eran la llave a sus corazones. Si eso me ayudaba a recuperar la confianza de Amber, lo usaría sin dudarlo.

Respiró hondo, se lamió los labios y asintió. Si hubiera sido mía, me habría inclinado sobre ella y la habría besado para disipar cualquier preocupación o inquietud. Pero como no lo era, solo podía imaginar que hundía los dedos en su espeso cabello, tomaba su rostro entre mis manos y la besaba hasta que sucumbía al poder que fluía entre ambos. Sería maravilloso. Salvaje. Desenfrenado. Exactamente el tipo de relación que había estado buscando durante media década. La única conclusión personal que había sacado en todos mis estudios del Tantra era que no había que comprometerse. Respetar a las mujeres que tuviera en mi vida o en mi cama, pero nunca involucrarse con todo el corazón y el alma con nadie que no sintiera que era la indicada. Mi otra mitad.

No sabía si la mujer que estaba sentada frente a mí, intentando mantener la compostura, con su rapidez para evaluar una situación, su ferviente relación con Dios y su lengua afilada era esa mujer, pero estaba ansioso por descubrirlo.

4

Guerrero II

(En sánscrito: Virabhadrasana II*)*

*El Guerrero II es una asana o postura que estimula la energía. En esta
posición, el yogui se siente fuerte y equilibrado. Coloca los pies a una
distancia equivalente al ancho de tus piernas sobre la esterilla. Asegúrate
de que la rodilla de la pierna delantera esté flexionada en un ángulo de
noventa grados. Haz como si quisieras romper la esterilla con los pies.
Estira los brazos en forma de «T» y concéntrate en la punta de los dedos de
la mano. Eres fuerte. Eres poderoso. Eres un guerrero.*

AMBER

Una mujer de cabello castaño con facciones similares a las de Coree nos
trajo la comida, y la dejó sobre la mesa con una pila de servilletas. Enseguida tomé una, la estiré y me la coloqué en el regazo, donde la alisé una
y otra vez. Tenía los nervios a flor de piel. El miedo y la ansiedad trepaban
por mi tráquea, como una araña en busca de una salida. Respiré hondo,

agarré mi vaso de agua y me bebí la mitad en varios tragos largos. El líquido frío se deslizó por mi garganta y me dio una sensación de calma y equilibrio... hasta que Dash puso la mano en mi rodilla. Un simple gesto que pareció marcarme a fuego.

—Muy bien, Amber, cuéntame más sobre ti. ¿Qué haces para divertirte? —Dash mordió su sándwich y esperó pacientemente a que pensara en la respuesta. Seguía con su mano en la rodilla.

Levanté la cuchara sopera, soplé el líquido cremoso e hice todo lo posible para ignorar la sensación de su cálida palma sobre mi piel desnuda.

En el momento en el que las patatas y el laurel tocaron mi lengua, disfruté de un breve respiro. Sabía a gloria. Solté un gemido mientras retiraba la cuchara de mi boca y la hundía de nuevo en el cuenco en busca de un poco más. Todavía no sabía cómo responder a su pregunta o cómo encontrar un modo de apartar educadamente su mano de mi rodilla. Dash no emitió sonido alguno hasta que levanté la vista.

—Increíble. —Negó con la cabeza y se recostó en la silla. Por fin apartó la mano.

Miré hacia otro lado, inquieta.

—¿Qué es increíble? ¿La comida? Estoy de acuerdo. La crema casera es espectacular.

Los ojos ámbar de Dash adquirieron un vívido color caramelo. Podría perderme en ellos durante días.

Entonces esbozó una sonrisa burlona y parpadeó lentamente, como si estuviera memorizando mi cara con una sola mirada.

—No... tú.

Tomé otro sorbo de aquella delicia aterciopelada. Por un instante, me pregunté si me darían la receta. Probablemente no. Seguro que era secreta. Un momento...

—¿Eh?

—No tienes ni idea de lo preciosa que eres. —Se frotó la barbilla con la mano—. Haces las cosas simples con una gracia poco usual en alguien de tu edad. Por ejemplo, la forma tan delicada con la que te retiras el pelo cuando te inclinas sobre el tazón para comer. —Clavó los ojos en mi boca—. Lo suculentos que se ven tus labios cuando soplas la cuchara. Me entran ganas de agarrarte por la nuca y hacer cosas pecaminosas con esa boca.

Sus palabras me dejaron tan estupefacta que solté un jadeo y la cuchara se me cayó en la crema, demostrando que era exactamente lo contrario a su encantadora descripción. La cuchara se hundió en el líquido salpicando y enviando goterones sobre el mantel.

A Dash no pareció importarle. Tenía los ojos clavados en mí. Parecía que se había olvidado por completo de su plato para darse un festín con lo que, mucho me temía, se había convertido en su nueva obsesión..., es decir, yo. Con una agilidad y una confianza en sí mismo que, según supuse, estaba basada en años de experiencia, se inclinó hacia delante y apoyó los codos sobre la mesa para acercar su rostro al mío.

Cuando volvió a hablar, su voz adquirió un tono áspero, como una caja llena de rocas sacudiéndose. Estiró una mano hacia mi pelo, acarició un mechón y lo frotó entre sus dedos. El sonido de los cabellos rozándose entre sí era hipnótico.

—Amber, voy a mostrarte lo deseable que eres. Acuérdate de estas palabras, pajarito. Llegará el día en que también podrás ver a la sirena que se esconde bajo la superficie. Y quiero ser el hombre que la haga emerger.

Su aroma me rodeó. Olía a hombre y a sudor después de la intensa clase, pero en él, era divino. Su cara estaba tan cerca de la mía que, si hubiera cruzado los escasos centímetros que nos separaban, nuestros labios se habrían encontrado. Pero no lo hice. Nunca daría el primer paso. El rechazo y yo éramos viejos conocidos y no hubiera podido soportar que el hombre por el que estaba colada me negara algo con lo que había estado soñando casi todas las noches durante los dos últimos años.

Me alejé despacio, interponiendo un poco más de distancia entre nosotros. Él sonrió e hizo lo mismo.

—Así que, volviendo a mi pregunta. ¿Qué haces para divertirte?

—¿Divertirme? —Resoplé—. ¿Esto? —Eché un vistazo a mi alrededor, contemplando a las personas que entraban y salían, y lo que los clientes habían pedido para comer y evité la mirada de Dash.

Él se rio y os juro que aquel sonido atravesó mis orejas como un cosquilleo y se fue deslizando por mi cuerpo hasta llamar a la puerta de mi clítoris palpitante para preguntar: «¿Hay alguien en casa?».

Crucé las piernas y me enderecé en la silla, en un intento por reprimir la reacción de mi cuerpo al atractivo instructor de yoga.

—No, en serio. ¿Qué haces? Sé que pasas mucho tiempo con Viv —insistió.

Me encogí de hombros.

—Algo así. La ayudo, más que nada, me quedo con sus hermanos. Ahora que está embarazada y Trent viaja tanto con los partidos, sobre todo intento distraerla para que no se preocupe por él. Desde que perdió a sus padres se ha mostrado muy protectora con sus hermanos y ahora le pasa lo mismo con su novio.

Dash asintió y por fin prestó atención a su sándwich para darle otro buen bocado. Me gustaba verlo masticar. Esa mandíbula en movimiento y los músculos de su cuello tensándose mientras comía hacían que se me acelerase el corazón y se humedeciera mi ropa interior. Si Dash hubiera estado durmiendo seguro que habría sido feliz solo con mirarlo. Todo en él emanaba virilidad y despertaba mi lado femenino más primitivo.

—Pero no me refiero a eso. —Negó con la cabeza y alzó el mentón—. ¿Cómo te diviertes tú? ¿Qué hace Amber St. James cuando quiere pasar un buen rato? —Sus ojos brillaron.

Sonreí y apoyé la cabeza en la mano.

—Si te soy sincera, no hago mucho. Estoy casi todo el día estudiando. Vivo con mis abuelos y paso muchas horas en la universidad. —Suspiré—. Demasiadas. Suelo hacer unos dieciséis créditos, pero ahora que me han aceptado en el Programa Médico Conjunto de la UC Berkeley y la UC San Francisco, sin duda estaré mucho más ocupada.

—Espera, espera, espera. —Dash levantó las manos para indicar que me detuviera, antes de sacudirlas—. ¿De verdad has entrado en ese programa? He oído hablar de él. Solo escogen a los mejores estudiantes. A la flor y nata de las universidades de los alrededores.

Una oleada de calor tiñó mis mejillas y bajó por mi cuello.

—Bueno, me he esforzado mucho y saqué buenas notas.

—¡Ah! Y que lo digas, Amber —comentó entre risas—. Es todo un logro. Seguro que tus padres están muy orgullosos de ti.

Mis padres. Forcé una sonrisa que no engañaría a nadie.

—En realidad no lo sé —admití al cabo de unos segundos—. Nunca los conocí.

Dash dejó el sándwich, apoyó los codos en la mesa y colocó el mentón sobre las manos entrelazadas.

—¿Eres adoptada?

—No. —Negué con la cabeza—. Mi madre murió al darme a luz. Me criaron mis abuelos.

Entrecerró los párpados, dejando solo visible una rendija de aquellos ojos fascinantes.

—¿Y tu padre? ¿Qué le pasó?

Volví a encogerme de hombros.

—No lo sé. Nadie lo sabe. Aunque tengo la ligera sospecha de que mis abuelos saben algo, intuyo que quieren llevarse esa información a la tumba.

Dash apretó los dientes.

—En realidad no les corresponde a ellos tomar esa decisión —dijo con rotundidad.

Sin darme cuenta, estiré la mano sobre la mesa y agarré la suya. Él respondió con un apretón inmediato.

—Tampoco es tan malo. No puedes echar de menos lo que nunca has tenido, ¿verdad?

Él se llevó mi mano a la cara, se inclinó y presionó los labios en el dorso.

—Según mi experiencia, el camino que más se echa de menos es el que no has recorrido. Y lo mismo puede decirse de las relaciones que nunca has tenido. —Sus ojos estaban clavados en los míos—. Creo que añoras a tus padres porque forman parte de lo que hace que seas *tú*. Al igual que el alma llama a su otra mitad. Por eso los hombres y las mujeres pasan por tantas relaciones, porque anhelan lo que les está faltando.

Contuve el impulso de reír.

—Te refieres a las almas gemelas. ¿Crees en eso?

Una sonrisa atravesó su rostro, una que pude sentir contra la piel suave de mi mano.

—¿Tú no? —preguntó arqueando una ceja.

Cerré los ojos y tomé una lenta bocanada de aire.

—Si de verdad existe, todavía no he conocido a la mía.

—Mmm, ¡qué interesante! Yo siento exactamente lo contrario. Puede que haya conocido a la mía hace muy poco.

Con la rapidez de un ninja, le solté la mano y me apoyé en el respaldo de la silla.

—¿Siempre eres tan directo?

—Sí. Solo se andan con rodeos las personas que intentan esconder quienes son. Que endulzan las cosas, diciéndoles a los otros lo que quieren oír. Eso es agotador. Yo creo en la honestidad.

—¿Y crees honestamente que somos almas gemelas? —Tosí y bebí un sorbo de agua. Tenía la garganta como si acabara de tragarme una bola de algodón.

Dash se cruzó de brazos, se echó hacia atrás y levantó una rodilla para apoyar el tobillo en la otra pierna.

—Todavía no puedo responder a esa pregunta, pero hay algo entre nosotros y estoy deseando descubrir qué es.

Justo después de que Dash soltara aquel comentario tan profundo, le sonó el móvil. Unos minutos más tarde, se disculpó y me dijo que tenía que marcharse. Le había llamado su editor porque había surgido algún problema con su manuscrito. Ni siquiera sabía que fuera escritor. Otra cosa más que tendría que preguntar al extremadamente directo instructor de yoga la próxima vez que nos viéramos, en la clase del viernes siguiente. Aquella en la que tendría que ir con pantalones cortos y un sujetador deportivo, y las manos de Dash estarían sobre mi piel desnuda. Me había costado soportar el calor de su mano en mi rodilla durante el almuerzo.

Suspiré y abrí la puerta del único hogar que había conocido. Mi nana lo llamaba «casita de campo», pero no creía que una vivienda de trescientos setenta metros cuadrados, con tres plantas, en el corazón de Berkeley, a pocas calles de la universidad, pudiera ser considerada una «casita». Estábamos rodeados por árboles grandes y frondosos con más años de vida que yo. Mis abuelos habían construido la casa con sus propias manos en la época en la que vivir en la zona de la bahía no costaba un riñón y parte del otro. En la actualidad, la propiedad valía millones, aunque ellos nunca la venderían. Siempre decían que querían morir allí y dejarme la casa en herencia. Yo, en cambio, les pedía que la vendieran y vivieran sus años dorados como reyes, pero no querían oír hablar del asunto.

Mi abuelo todavía trabajaba como conductor de un autobús escolar. Un empleo que me hizo mucha gracia los primeros años de colegio, pero no tanta cuando comencé el instituto. Al menos mi abuelo les caía muy bien a los pocos amigos que tenía. En cuanto a mí, solía pasar la mayor parte del tiempo con Genevieve, la vecina de al lado. Solo nos llevamos tres años de diferencia y, como me salté un curso en primaria, coincidimos dos años juntas en el mismo instituto. Los dos primeros cursos fueron los mejores. Después de eso, hinqué los codos todo lo que pude, para procurar ser la mejor de mi clase y estar al frente de cualquier club que pudiera tener en cuenta la junta de admisiones de Berkeley. Un esfuerzo que había merecido la pena ahora que me habían aceptado en el programa.

El Programa Médico Conjunto de la UC Berkeley y la UC San Francisco permitía que los estudiantes de Medicina obtuvieran su doctorado tras cinco años de clases presenciales y horarios intensivos. En realidad no necesitaba asistir al curso de Sexualidad como le había dicho a Genevieve. Si os soy sincera, *quería* hacerlo. Que hubiera decidido conservar mi virginidad no significaba que no sintiera curiosidad. Durante mi adolescencia, nunca había dejado que un chico fuera más allá de unos pocos besos. Al cumplir veinte años, mis hormonas me estaban volviendo loca, como si necesitara acostarme con alguien o mantener algún tipo de intercambio sexual para tranquilizarme. Entonces, compré un pequeño estimulador de clítoris. En cuestión de segundos, me transportaba al séptimo cielo y flotaba en una nube de placer. Pero ahora, a los veintidós, quería algo más que satisfacción sexual. Ansiaba... compañía. Un hombre al que amar, y que también me correspondiera. Una persona con la que deseara pasar el resto de mi vida y que quisiera envejecer conmigo.

Puede que sí deseara lo que Dash había sugerido: encontrar a mi alma gemela. Aunque no creía que esa persona fuera un lujurioso instructor de yoga tántrico. Solo pensar en la cantidad de mujeres con las que probablemente había estado me ponía los pelos de punta. Al fin y al cabo enseñaba Tantra. Y me imaginaba a los expertos en esa disciplina manteniendo relaciones sexuales cada dos por tres. Puede que a diario. La mujer de la cafetería parecía tenerle mucha confianza y él había reconocido que había salido con ella. O lo que es lo mismo: que habían pasado mucho tiempo debajo de las sábanas. Incluso Vivvie había mencionado muchas veces lo atraídas que se sentían tanto las clientas como las otras instructoras por Dash. ¿Y quién era yo? Una estudiante, y encima virgen. No sabía absolutamente nada sobre el mundo espiritual del Tantra. Aunque se me daba muy bien el yoga. No como para ser instructora, pero como quería pasar más tiempo con Viv, cuando tenía algún rato libre la había acompañado a sus clases. Había aprendido mucho sobre la práctica y su lado espiritual. Y había encauzado todo ese conocimiento para mejorar mi relación con Dios. Mientras practicaba las posturas, rezaba. Orar en silencio, en una habitación llena de personas, me reportaba un maravilloso ejercicio de meditación.

Solté un largo suspiro y dejé la esterilla sobre la encimera de la cocina. Mi abuela entró desde el jardín trasero, con los guantes de trabajo aún en sus manos y con un sombrero de paja de ala ancha sobre la cabeza.

—Hola, tesoro. ¿Cómo te ha ido de asistente en esa clase de yoga? ¿Vivvie estaba allí?

—No, nana. Estoy ayudando en una clase de yoga para parejas. El instructor es un amigo suyo llamado Dash Alexander. Un buen chico.

Bastante majo. —Al sentir que me ruborizaba, me di la vuelta y me dirigí al frigorífico en busca de agua.

Mi abuela rio y comenzó a calentar la tetera en el fogón.

—¿Y ese Dash es un hombre apuesto? —preguntó como si nada.

¡Ay, no! Mi abuela estaba indagando, y casi siempre obtenía lo que quería.

—Sí, es muy guapo. Algunos años mayor que yo. Tiene un auténtico don para el yoga y conecta de inmediato con sus alumnos. Creo que voy a aprender mucho en su clase. —Busqué un vaso en el aparador y lo llené hasta arriba de agua.

Nana empezó a canturrear mientras preparaba el té de la tarde. La hora del té era una costumbre que mis abuelos habían adquirido durante su estancia en el extranjero. A pesar de que la familia St. James había abandonado Inglaterra hacía mucho tiempo, mis abuelos habían vivido allí los años en los que mi abuelo sirvió en la Fuerza Aérea. En aquel entonces, mi abuela enseñaba en la iglesia local y hoy seguía impartiendo clases en la escuela dominical para los pequeños de St. Joseph.

—¡Ah! Hablando de clases, te han llamado desde el despacho del profesor Liam O'Brien. Bueno, en realidad era su ayudante. Alguien llamado Landen. Da igual, el caso es que van a hacer una presentación para los nuevos alumnos del programa el jueves, en el auditorio de la Universidad de California en San Francisco. Tienes toda la información en el cuaderno de allí, cariño.

—Gracias, nana. ¡Qué emoción! No veo la hora de conocer a los otros quince estudiantes. —Sacudí la cabeza y me moví de un lado a otro descalza. Llevaba las uñas de los pies pintadas de rosa neón; un tono que contrastaba con mi piel—. ¿Crees que mi madre habría estado orgullosa de mí?

Mi abuela me rodeó los hombros con un brazo y me atrajo hacia ella.

—Tesoro, habría llorado hasta quedarse sin lágrimas. Estás haciendo todo lo que tu madre habría querido. Sabes que ella también estaba en un pregrado de Medicina cuando se quedó embarazada. Y, a pesar de eso y de que solo tenía veinte años, me dijo que se aseguraría de que tuvieras todo lo que el mundo pudiera ofrecerte. Por desgracia, el Señor se llevó a mi dulce ángel y nos dejó otro regalo. Cuando la enfermera te puso en los brazos de mi Kate, ella bajó la vista, besó cada centímetro de tu rostro rosado y dijo: «Eres un regalo de Dios, Amber, y te amaré incluso más allá de este mundo». Y bueno, ya sabes el resto. —Nana sollozó y me besó en la sien unas cuantas veces.

Sí, sabía el resto. La placenta no se separó correctamente del útero y mi madre sufrió una hemorragia en la que perdió más sangre de la que los médicos pudieron suministrarle. Se desangró hasta morir minutos después de mi nacimiento, llevándose con ella el secreto de quién era mi padre.

—Gracias, nana. ¡Cómo me gustaría haberla conocido!

Mi abuela me colocó un mechón de pelo detrás de la oreja y me miró a los ojos.

—Solo tienes que mirarte al espejo, tesoro. La veo en ti cada día. En tu forma de caminar, en cómo hablas y en tu radiante sonrisa. En tu increíble inteligencia, tu tenacidad con los estudios y tu humilde fe en nuestro Señor y Salvador. Has recibido todos esos dones de mi Kate. Ella siempre está contigo, cariño. Creo que es tu ángel de la guarda, que te muestra el camino en la vida y te cuida. Estaría muy orgullosa de ti. Tan orgullosa como lo estamos tu abuelo y yo.

Asentí, me eché el cabello hacia atrás y me sequé los ojos. Le había dicho a Dash que no había conocido a mis padres, pero mi abuela se había asegurado de que supiera todo lo posible sobre mi madre. Había fotografías de ella por toda la casa, incluso una de veinte por veinticinco de ella embarazada de mí. Y era cierto que nos parecíamos mucho.

Dios, por favor, dile a mi madre que la quiero y que la echo mucho de menos. Que no creo lo que le dije antes a Dash. Él tenía razón. Puedes echar de menos lo que nunca has tenido.

Me aclaré la garganta y me limpié los ojos todavía húmedos.

—¡Nana, siempre consigues emocionarme!

Ella se rio dulcemente. En ese momento se abrió la puerta trasera y entró mi abuelo.

—Hola, abuelo, ¿has tenido un buen día? —pregunté.

Se acercó a abrazarme y su redonda barriga chocó conmigo del mismo modo que la de Vivvie, aunque en su caso se debía a la comida de mi abuela y a las galletas nocturnas. Nana siempre bromeaba diciendo que, si tuviera suficientes, sería capaz de comerse su peso en galletas. Lo que no sabía era que mi abuelo tenía sus propios paquetes escondidos. Lo descubrí sin querer una noche cuando era niña, e hicimos la promesa de que siempre las compartiría conmigo si no lo delataba. Sabía que había dado con una mina de oro y, desde entonces, solíamos sentarnos juntos a tomarnos un vaso de leche con galletas a altas horas de la noche, sobre todo cuando me quedaba despierta estudiando para los exámenes finales de la Universidad. En esos momentos, el abuelo colocaba un plato de galletas y un gran vaso de leche en la mesa y me acariciaba el pelo de camino a su sillón reclinable en su despacho.

—Hola, calabacita. Pues sí que lo he tenido. Me ha tocado un grupo de adolescentes revoltosos. ¡Cielos! Me han tenido bien ocupado.

Nana negó con la cabeza.

—Tienes que jubilarte, Harold. Ya hemos pagado la casa, los automóviles, y a Amber ahora le han concedido una beca completa en la Universidad. Tienes la pensión del Gobierno y la del instituto. Descansa.

Mi abuelo refunfuñó.

—Mujer, ¿puedes dejar de fastidiar a un hombre mayor? Me jubilaré cuando esté muerto. ¿Sabes, cariño? Un hombre mayor como yo no puede jubilarse porque sí. Cuando lo hace es cuando se muere.

—¡Pero qué tontería es esa! ¡Cómo te gusta el drama! —Mi abuela chasqueó la lengua con desaprobación.

—No lo sé, nana. —Me encogí de hombros—. Hace poco leí un estudio en el que se afirmaba que los obreros tienen una tasa de mortalidad más alta. Básicamente, el estudio demostraba que los trabajadores tenían dos meses menos de esperanza de vida por cada año que se jubilaban antes de tiempo. Creo que al final el estudio sugería que siguieran trabajando, pero menos horas.

—Gracias, calabacita. —Mi abuelo me rodeó por la cintura, me atrajo hacia él y me dio un beso en la mejilla—. ¡Lo ves, Sandy, hasta los médicos lo dicen!

Nana soltó un suspiro.

—Amber, preferiría que no respaldaras su neurosis con estudios científicos. —Negó con la cabeza y se llevó las manos a las caderas.

—Lo siento, nana, pero es verdad. Hay muchas estadísticas al respecto... —Intenté continuar, pero mi abuelo me tapó la boca con la mano.

—Es suficiente. Dejemos que tu abuela se enfurruñe en paz. Vamos al despacho para que me cuentes cómo te ha ido hoy.

Lo seguí hasta su despacho, uno de mis lugares favoritos del mundo. Prácticamente cada centímetro de la estancia estaba cubierto de estanterías de caoba repletas de libros. Mi abuelo era un lector voraz; un rasgo que me había transmitido. Le gustaban todos los géneros. Ficción, no ficción, biografías, novela histórica, periódicos y revistas. Lo que fuera. Si formaba parte del mundo de la palabra escrita, él lo leía. Siempre me decía: «El conocimiento es poder, calabacita. Sé más lista de lo que necesitas y llegarás lejos en la vida». Era un consejo que había seguido al pie de la letra y me había ido bien.

—Me he encontrado con Vivvie afuera. Estaba muy guapa y redonda. —Rio, se sentó en su sofá y extendió el reposapiés.

Me senté en el diván mullido frente a él y me hice un ovillo.

—No le digas que está redonda o llorará durante días.

—Las hormonas del embarazo —asintió él—. Las recuerdo, pero preferiría olvidarlas, si sabes a lo que me refiero.

—Te entiendo —dije con una sonrisa.

—Es curioso. Ha mencionado algo sobre que estás ayudando al instructor en la clase de yoga tántrico. Debo decir, calabacita, que eso me ha dejado un poco sorprendido. —Frunció el ceño, haciendo que aparecieran dos arrugas profundas en medio; una clara señal de que el asunto le preocupaba.

Si hubiera existido un modo de teletransportarme a mi habitación y evitar aquella conversación, lo habría hecho.

—Abuelo, no es lo que piensas.

Había tenido bastantes canas antes de los setenta, pero ahora tenía el cabello de un blanco reluciente que le daba una apariencia distinguida. Mi abuela, sin embargo, mantenía su pelo oscuro yendo cada dos meses al salón de peluquería que Genevieve tenía en su casa.

Mi abuelo abrió los ojos como platos durante un instante y se ajustó las gafas. Después, apartó el reposapiés a una velocidad que no esperaba y se levantó de su asiento como si tuviera un objetivo en mente. Se acercó a uno de los estantes y revisó los títulos con un dedo.

—¡Ah, aquí está! —Sacó un libro y comenzó a pasar sus páginas—. Bueno, calabacita, si vas a ayudarlo en sus clases, lo mejor que puedes hacer es familiarizarte con la disciplina. Este libro me lo dio un hombre que decía ser sanador cuando estaba de viaje por Asia. Fue hace tanto tiempo que no recuerdo los pormenores, pero el Tantra es una práctica sagrada que se basa principalmente en la unión con la pareja. Eso no es lo que te hemos enseñado en esta casa, ni tampoco está bien visto a los ojos de la Iglesia, pero ya sabes lo que siempre digo...

—El conocimiento es poder... Lo sé, lo sé. No te preocupes. Ya no soy una niña. Puedo cuidar de mí misma.

—Ese rasgo lo has heredado de mí.

5

Chakra sacro

El estado interior del chakra sacro son las lágrimas. Si este es tu chakra, y está bien equilibrado, eres una persona que llora con facilidad. Seguramente también te dejas llevar por las emociones, buscas la intimidad, estrechar lazos y a un compañero que sea igual de apasionado que tú en todos los ámbitos.

AMBER

Era un auditorio demasiado grande para un grupo tan pequeño. Tenía por lo menos doscientas sillas disponibles, pero los quince estudiantes del programa se habían colocado en los asientos del centro. Mentes ávidas de conocimiento. La estancia olía a pergamino viejo, como los pasillos de la biblioteca del condado; un poco anticuada, pero igualmente fascinante. Bajé las escaleras hasta la sección central y me senté junto a un chico de cabello oscuro que escribía furiosamente en una tableta. Intenté no molestar al señor Tip-Tip, dejé mi mochila en el suelo y saqué un bloc de notas. El chico me miró, después a su dispositivo y de nuevo a mí.

—¿Vas a tomar apuntes a mano? —Sonrió mientras volvía a fijarse en mi corriente bloc amarillo.

Eché un vistazo a mi alrededor y me revolví en la silla.

—Eh, sí. ¿Cuál es el problema?

El chico se sentó derecho y alargó una mano.

—Landen, estudiante de segundo y ayudante del profesor. ¿Y tú eres...? Le estreché la mano.

—Amber St. James.

—La mejor de tu clase, supongo. —Sonrió con suficiencia y volvió a escribir en su tableta.

—Sí, ¿y qué problema hay con mi bloc?

Alzó ambas cejas y sonrió.

—Ninguno. Solo que es un poco anticuado. —Hizo un gesto con la mano para señalar al resto de estudiantes. Algunos tenían portátiles abiertos sobre la amplia barra de madera que servía como mesa. Otros tenían dispositivos móviles y allí estaba yo, con mi bloc pasado de moda.

Suspiré, me enderecé y dejé el lápiz perfectamente afilado sobre el bloc.

—Sí, bueno, me gusta hacer las cosas a la antigua usanza. Los apuntes por escrito me ayudan a recordar mejor la información.

—Como el acto de la repetición —comentó entre risas.

Moví la cabeza de un lado a otro para descargar la tensión de la zona del cuello.

—Supongo. Y dime, ¿cómo es el profesor?

Él sonrió y me miró de soslayo. Tenía unos deslumbrantes ojos verdes y una sonrisa que, aunque agradable, parecía demasiado grande para su rostro. También tenía un hoyuelo en la mejilla derecha que parecía parpadear cuando hablaba. Siempre había encontrado atractivos los hoyuelos en un hombre. Ese chico no era la excepción.

—Es todo un personaje, eso seguro. Pero lo amo. —Se encogió de hombros y volvió a centrar la atención en su dispositivo.

Amar. Mmm. Una no solía oír a un chico hablar de sus sentimientos de un modo tan espontáneo, sobre todo cuando se refería a un profesor.

—Estoy emocionada de estar aquí —comenté, por seguir con la conversación. Los nervios del primer día bullían en mi estómago.

Volvió a reírse.

—Los estudiantes de Medicina del primer año siempre lo están. ¿Ves a ese de allí? —Señaló a un joven asiático que parecía de nuestra edad y que escribía como un loco en su portátil. No hacía más que pasarse la mano por el pelo, hasta que al final dejó caer la cabeza sobre la mesa—. Es Hai. Está en su quinto año. ¿Ves lo estresado que está? ¡No quiero llegar a eso!

Observé cómo Hai seguía tirándose del cabello, se colocaba la corbata y retorcía los dedos. El programa era inusual, por decirlo suavemente. Mezclar estudiantes de primero con estudiantes de quinto para una capacitación interdisciplinaria me pareció una idea estupenda cuando recibí el material del curso. Pero ver lo agobiado que estaba Hai me hizo marcar una X en la columna de los contras del formato no tradicional. Había elegido aquel programa porque me atrajeron las diferencias que presentaba con respecto a la carrera normal de Medicina. Los aspectos que me habían conquistado fueron saber que los estudiantes más avanzados dirigirían algunas partes del curso junto con profesionales acreditados, y una capacitación práctica más intensiva, que permitía avances más rápidos que un programa promedio. Por desgracia, ahora que veía a Hai, empecé a dudar de si había tomado la decisión correcta.

—Sí. Espero no terminar así —susurré y me sentí realmente mal por Hai.

—Depende de cuál sea tu especialidad. Él quiere ser neurocirujano, y eso conlleva una presión emocional, mental y física mayor que la que tenemos que soportar muchos de nosotros, que solo queremos ser médicos de familia.

Neurocirugía. Ni por asomo era el objetivo que me había marcado.

—Me interesa sobre todo pediatría o ginecología, aunque creo que no escogeré especialidad hasta que comience con la residencia.

—Tiene sentido. —Landen asintió—. Yo creo que me decantaré por la medicina general. Tal vez por las urgencias. Aún no lo he decidido. Lo que sí vas a descubrir con este programa es que, a excepción de los nuevos, normalmente solo hay un par de estudiantes de cada año. Hay dos de quinto, de cuarto, de tercero y de segundo, los otros ocho son estudiantes de primero como tú. Es bueno tener un compañero más avanzado. Quizá podamos hacer un tándem.

Landen puso su mano sobre la mía y me la apretó. Al principio, pensé que era un simple gesto de solidaridad, pero cuanto más tiempo sujetaba mi mano y no la soltaba, más nerviosa me ponía. ¿Estaba interesado en mí? Sonreí con suavidad y aparté la mano, aunque sin que se notara demasiado. Lo último que quería hacer era molestarlo o espantarlo. Necesitaba un compañero y Landen no solo iba un año por delante, sino que era el ayudante del profesor. Eso significaba que tenía talento, o el profesor no lo habría escogido.

Lo miré.

—Eso estaría genial, Landen. Gracias —dije.

—Fantástico. ¡Ah, aquí está el viejo!

En el centro de la parte delantera del auditorio había un escritorio de madera y, junto a él, un podio con un micrófono. Dado que la clase era reducida y no nos habíamos dispersado demasiado, seguramente no haría falta el micro. El profesor O'Brien caminó hacia el escritorio y dejó caer su maletín sobre la superficie de roble con un ruido sordo. Lo que fuera que tuviese en su interior debía de ser pesado, porque el golpe resonó en las paredes de la sala casi vacía.

El profesor era mucho más joven de lo que había esperado. No llegaba a los cincuenta años, algo que me sorprendió, pues la información que había encontrado sobre él decía que llevaba veinte años en la docencia. O se conservaba muy bien para su edad, o las fechas estaban mal. Era muy alto, alrededor del metro noventa, y tenía una barriga un poco prominente, pero que no le quedaba mal. Tenía el cabello rizado, castaño oscuro y un poco despeinado en las sienes, de esa forma con la que suelen ir los hombres mayores y que tanto atrae a las mujeres de todas las edades. Llevaba unas gafas de montura plateada que resaltaba sus ojos claros.

El profesor rodeó el escritorio y se sentó con las manos apoyadas en el borde mientras cruzaba las piernas. Cuando vi sus zapatillas Vans desgastadas estuve a punto de echarme a reír. El hombre vestía una bata blanca de laboratorio que reflejaba su estatus en la comunidad médica, por no hablar de la insignia del prestigioso Centro Médico de la UC San Francisco que colgaba de su bolsillo, e iba con un calzado propio de un patinador adolescente. Me gustaba que una persona tuviera sus rarezas, ya que yo misma a veces sentía que no encajaba con lo que se consideraba normal.

El doctor O'Brien se agarró al extremo del escritorio y observó a cada miembro del grupo. Cuando su mirada encontró la mía, echó la cabeza hacia atrás, se quitó las gafas, las limpió con un pañuelo que se sacó del bolsillo y volvió a ponérselas. Me miró una vez más. Frunció el ceño, abrió la boca y negó con la cabeza, como si quisiera quitarse de encima un recuerdo o algo en lo que no quería pensar.

—Bienvenidos al Programa Médico Conjunto de la UC Berkeley y la UC San Francisco. Habéis sido elegidos porque sois los mejores en vuestros campos de estudio. El programa dura cinco años y es bastante duro. Habrá muchas noches en las que tendréis vuestros traseros en las mismas sillas en las que estáis ahora, solo que durante veinticuatro horas completas. Algunos días ayudaréis en el hospital como asistentes de otros médicos. Podrán hacer que corráis a la sala de suministros, que toméis la tensión a pacientes, que coloquéis vías intravenosas, escuchéis ritmos cardíacos, midáis el pulso, etcétera. Por ahora, la mayoría de vosotros sois meros peones. En cinco años, seréis médicos.

Volvió a mirarnos uno a uno. Cuando llegó a mí, sus ojos eran duros, fríos y agudos. Me estremecí e intenté sacudirme la sensación de inquietud.

—Este programa sentará las bases de vuestra carrera profesional. Consideradlo como un campo de entrenamiento médico, porque así os sentiréis a veces. Si no podéis mantener el ritmo o no estáis dispuestos a ofrecer el nivel de compromiso que implica este programa... —Levantó una mano y señaló las puertas dobles sobre las que había encendido un cartel rojo con la palabra «SALIDA»—. Ahí está la puerta. Usadla. Tenéis quince minutos para tomar la decisión.

Nunca había estado en una estancia que se sumiera en un silencio tan sepulcral. Si en ese momento hubiera caído una gota de lluvia sobre el techo habría sonado como una bomba atómica. Nadie habló, se movió o emitió sonido alguno. Estoy casi segura de que estuve conteniendo el aliento durante cinco minutos, respirando lo justo para poder sobrevivir.

—Muy bien entonces, comencemos. Para empezar a conocernos, vais a presentaros de uno a uno y decid el nombre de vuestra posible especialidad. —Volvió a mirarme cuando terminó de hablar—. Al finalizar la tarde, os emparejaremos y os daremos una bata blanca. Espero que acudáis a cada clase con ella limpia y sin una arruga. Lo primero que un paciente observa cuando entráis en una habitación es vuestra bata. Demostrad a ellos, y a mí, que os merecéis nuestro respeto y dais lo mejor de vosotros. —El profesor señaló a Hai—. Preséntate.

Hai se levantó y apretó los puños.

—Hola, soy Hai Cheng. Este es mi último año en el programa. Voy a ser neurocirujano. Mi padre falleció por un tumor cerebral cuando era niño y quiero ayudar a salvar las vidas de las personas que sufren trastornos neurológicos. Gracias. —Hizo una breve inclinación de cabeza y volvió a sentarse.

Señor, por favor, bendice a Hai y a su familia, y ayúdalo a lograr sus sueños. Confío en ti. Amén.

Cada uno de los alumnos se levantó y se fue presentando. Cada vez que terminaban, elevaba una silenciosa plegaria por ellos. Hasta entonces, nadie más tenía la intención de escoger pediatría, pero todos tenían en común que habían elegido su especialidad por razones muy personales.

Por fin le llegó el turno a Landen.

—Hola, soy Landen O'Brien y el profesor es mi padre. —La declaración fue recibida con otro silencio absoluto. Landen miró a su alrededor—. Y no, no me da un trato especial. Os juro que es mucho más duro conmigo de lo que será con vosotros. —Toda la clase se echó a reír, volviéndose a romper el hielo.

Lo miré sorprendida y negué con la cabeza. Menudo farsante. Me había tomado el pelo por completo al comienzo de la clase, actuando como un alumno más y fingiendo que no conocía del todo al profesor. Bueno, tendría que pensar en una forma de devolvérsela. Por lo menos ahora entendía por qué lo quería. Landen bajó la vista y me guiñó un ojo. Un gesto que me llegó al corazón, pero no del mismo modo que cuando Dash lo hacía. Los guiños del instructor de yoga iban directos a mi entrepierna y anulaban mi capacidad de hablar. En este caso, estaba claro que no sentía nada romántico por Landen, aunque era guapo y tenía un futuro brillante por delante.

—Es probable que sea el estudiante más aburrido del grupo. Solo quiero ser médico. Un hombre común que va a trabajar y ayuda a las personas de todos los ámbitos sociales, desde los jóvenes hasta los ancianos, para gran decepción de mi padre.

Miré al profesor. Él resopló y frunció el ceño.

—En cuanto termine mis estudios, quiero abrir una consulta, casarme con una mujer hermosa... —Esta vez, los ojos de Landen se posaron en mí sin ningún género de dudas y esbozó una amplia sonrisa.

Oh, Dios mío, creo que le gusto.

—... y regresar a casa con mi familia. Supongo que podría decir que aspiro a alcanzar el sueño americano.

—Ya es suficiente, Landen. —El profesor O'Brien tomó una profunda bocanada de aire y se llevó a los labios una botella de agua de vidrio del estilo que compran las personas a las que les preocupa mucho el medio ambiente—. ¿El siguiente? —Me apuntó con la cabeza antes de tomar un trago de agua.

Miré a mi alrededor y noté que era la última persona en contestar. Me levanté de la silla muy despacio. Mi metro setenta y ocho de altura debía de parecer todavía más al estar de pie en una plataforma elevada.

—Me llamo Amber St. James. Me gradué en la Universidad de California en Berkeley, en el mismo lugar en el que nací y donde me criaron mis abuelos.

Un estruendo ensordecedor atravesó el aire. El profesor maldijo y se agachó a recoger los trozos de vidrio de la botella que acababa de caérsele.

—¡Jesús! —dijo mientras se incorporaba con dificultad para tirar los fragmentos más grandes en el cubo de la basura que había junto a su escritorio. Me sobresalté ante su exabrupto.

El profesor se acercó más a mí, olvidándose del desastre después de haberse deshecho de los trozos de vidrio más grandes.

—Lo siento, señorita St. James. Por favor, continúe. Decía que vivía en Berkeley con sus abuelos. ¿Sus padres no son de aquí?

Aquello me tomó desprevenida. No le había hecho preguntas de índole personal a nadie más.

—Mi madre murió. En cuanto a la especialidad, quiero ser pediatra o ginecóloga. —Estaba por sentarme, pero su rápida reacción me detuvo.

—¿Alguna razón en particular para escoger pediatría o ginecología? —Se quitó las gafas y su expresión se suavizó. Su discurso seco y su actitud fría del comienzo de la clase habían desaparecido. En su lugar, usó un tono más amable que hablaba de abrazos y palmaditas en la cabeza. Seguro que ese era el tono que utilizaba para dirigirse a sus pacientes. Había oído que muchos médicos lo hacían. Bajaban la voz, se ponían al nivel del paciente y lo miraban a los ojos. Todo para ganarse su confianza y respeto, para que se sintieran seguros con el cuidado y el diagnóstico de su médico.

Me lamí los labios antes de apretarlos. Sus ojos parecieron seguir el movimiento y, durante una fracción de segundo, un destello de dolor atravesó su rostro. Llegó y desapareció tan rápido que apenas pude percibirlo. Definitivamente no quería que ni yo ni nadie viera ninguna de sus emociones.

—Bueno, al igual que muchos de mis compañeros, también he perdido a alguien. Mi madre murió al dar a luz. Solo tenía veinte años. Me gustaría prevenir complicaciones como la que le sucedió a mi madre, si fuera posible.

—Al dar a luz —dijo casi con un jadeo—. Con veinte años. ¡Qué pérdida tan terrible!

—Sí, bueno. —Esbocé una ligera sonrisa—. Así es la vida, supongo.

—Sí, señorita St. James. Creo que tiene razón. Nunca sabemos qué desafíos nos tiene preparados la vida hasta que estos se nos presentan.

Tomó aire lentamente, me miró, luego a Landen y giró sobre sus talones, de regreso al escritorio.

—Muy bien. Ahora que hemos completado las presentaciones y que sabemos por qué queréis ser médicos, vamos a proporcionaros el atuendo adecuado para que luzcáis como tales.

DASH

—Es ese, el que está subiendo al escenario. —Señalé a mi viejo amigo, Atlas Powers. Su cabello castaño oscuro y rizado le caía hasta la barbilla en ondas sueltas. Vestía pantalones vaqueros con un roto en la rodilla que se hizo más visible cuando se sentó en el único taburete que había bajo el foco de luz. El escenario negro y brillante estaba desgastado y rayado, lo que interrumpía la iluminación que brillaba sobre él. Atlas enganchó una bota en el travesaño inferior del taburete, apoyó una guitarra acústica en su regazo y sonrió a la audiencia. La bufanda púrpura que llevaba alrededor del cuello destacaba sobre el fondo negro y compartía la atención con la llave que pendía de una cadena sobre su camiseta. La llave brillaba como el flash de una cámara fotográfica cada vez que se movía. Nunca supe la razón por la que iba siempre con esa llave y, cada vez que se lo preguntaba, evitaba responder y cambiaba de tema.

—¿Y ese es el hombre que querías que viéramos? —Jewel Marigold señaló el escenario con el mentón—. ¿Por qué, Dash? Esto es un bar, no un centro de yoga —declaró al tiempo que se deshacía del abrigo y se sentaba en el reservado junto a Crystal.

Había pedido a las dos copropietarias de La Casa del Loto que me acompañaran esa noche a ver a Atlas actuar antes de que él les propusiera trabajar en el estudio. Su música era una parte fundamental de su ser. Antes de que hablaran sobre oportunidades laborales, quería que vieran su luz interior. Creía que facilitaría mucho la idea de contratarlo.

—¿Qué mejor manera de conocer a una persona que viéndola abrirse por completo? Como me habéis dicho en varias ocasiones, en teoría, cualquiera que tenga la acreditación correspondiente puede impartir clases de yoga en La Casa del Loto. Pero si la memoria no me falla, ambas soléis contratar instructores que pueden ofrecer algo más que una simple lección, ¿cierto? Deben tener algo especial que los haga únicos para el centro. Atlas lo tiene. A mansalva.

—Eso es verdad. —Crystal asintió—. Queremos ofrecer a nuestros clientes algo más que una clase típica de yoga.

Sonreí.

—No solo he asistido en persona a alguna de sus intensas clases de Vinyasa Flow, sino que también tiene una idea para una clase completamente nueva que haría que La Casa del Loto destacara sobre el resto.

Jewel sonrió y se inclinó hacia delante. Su cabello de un rojo intenso caía sobre su bonita cara de duende en espesas ondas.

—Ya destacamos sobre los demás. Cuando nuestros clientes vienen a nosotros reciben más salud física y espiritual de lo que el dinero puede comprar. ¿Puede tu amigo hacer algo parecido?

Antes de que pudiera responder, Atlas empezó a tocar la guitarra. El murmullo de voces del bar atestado se redujo a medida que el sonido del instrumento llenaba el aire. Cerré los ojos y esperé a que las palabras llegaran. Palabras que sabía que se instalarían en los corazones de Crystal y de Jewel en un viaje espiritual que traspasaría el tiempo.

Ábreme tu corazón.
En él verás
que he venido para salvarte y protegerte.
No me alejes.
Lo que tenemos nunca se repetirá,
si no abres tu corazón y me ves...

La voz de Atlas fue ascendiendo como una ola de poder creada por mil tsunamis, cada uno más fuerte y devastador que el anterior. Él siguió cantando y yo abrí los ojos. Una lágrima corría por el rostro de Crystal y sus ojos azules como el hielo brillaban húmedos por otras tantas no derramadas. El hombre del escenario la había cautivado por completo. Jewel se sorbió la nariz y se echó el pelo hacia atrás.

—Quiero saber más sobre su concepto innovador para impartir las clases de yoga —dijo Jewel cuando Atlas cantó las últimas estrofas.

—Por supuesto, tu amigo tiene un don. ¿Por qué está enseñando yoga cuando debería estar grabando un disco? —preguntó Crystal.

—Le encantaría hacerlo, pero todavía no ha conocido a las personas adecuadas. Actúa aquí una vez por semana, en la noche de los músicos aficionados, con la esperanza de llamar la atención de algún cazatalentos.

Jewel asintió y levantó la mano para llamar a la camarera.

—Un té caliente, por favor —dijo.

—¡Ah, para mí también! —añadió Crystal.

La camarera las miró con una mezcla de incredulidad y sorpresa.

—¿Queréis té? ¿En un bar?

—¿No tenéis? —preguntó Crystal.

La camarera se rio.

—Sí, supongo que sí. Es que nunca me habían pedido té. Veré qué puedo hacer. ¿Y para ti?

—Cerveza. Una IPA importada. De barril. —Le di las gracias y le guiñé un ojo.

Ella sonrió y meció las caderas de una forma encantadora. Oh, adoraba la figura femenina. Piernas largas, cinturas pequeñas, caderas curvilíneas y pechos voluptuosos. Me acordé de Amber al instante, del momento en que se alejó de mí esa misma semana. Tenía un cuerpo tonificado por el yoga, pero con las suficientes curvas para que un hombre tuviera donde agarrarse cuando le hiciera el amor.

—¡Ah! Y miel fresca, si tenéis. No consumo azúcar ni aspartamo —exclamó Jewel.

La camarera levantó la mano e hizo un gesto de asentimiento.

—Entendido.

—¿Entonces no bebéis alcohol? —pregunté.

—No —respondieron ambas al unísono.

—Y aun así, ¿habéis aceptado reuniros conmigo en un bar un jueves por la noche?

Crystal puso una mano en mi hombro. Jewel ladeó la cabeza y apretó los labios. Ambas me miraron de la misma forma que la madrastra que me había criado. Como si yo fuera lo mejor que les había sucedido.

—Dash, cariño, nos has pedido que viniéramos a oír a tu amigo tocar. Nos importas. Llevas años con nosotras. Eres parte de nuestra familia de yoga. ¿Cómo no íbamos a aceptar tu invitación?

Me reí y me acomodé mejor en el reservado.

—Pero no bebéis alcohol. ¿A qué se debe?

Jewel juntó las manos sobre la mesa.

—En mi caso es parte de mi camino hacia la iluminación. Ya sabes que soy vegana. Para encontrar mi verdad, necesito proteger mi cuerpo y solo comer alimentos que sean beneficiosos. El alcohol, mi joven amigo, no hace nada más que alterar tu percepción y adormecer la riqueza de la vida a tu alrededor.

Moví la cabeza de un lado a otro mientras pensaba en lo que había dicho.

—No sé si adormece la vida. Algunos dirían que la magnifica.

Crystal se colocó un largo mechón de cabello rubio detrás de la oreja. Para ser una mujer que acababa de cumplir los sesenta, podría haberse acostado perfectamente con un hombre con la mitad de sus años. Aunque sabía que su marido, Rick, la consentía y adoraba el suelo por el que pisaba, y con razón. Crystal Nightingale era toda una belleza. Jewel tampoco se quedaba atrás. Su cuerpo esbelto y sus facciones de duende atraían la mirada de cualquier hombre al que le gustaran las mujeres menudas.

—Cada uno a lo suyo —comentó Crystal cuando la camarera dejó una tetera y dos tazas de café sobre la mesa y mi cerveza en un posavasos.

—Por lo visto, algunos cócteles llevan miel —señaló la camarera.

—La vida está llena de sorpresas, ¿verdad? —respondió Jewel.

En cuanto la camarera se marchó, Crystal me dio un codazo en el brazo.

—¿Cómo ha ido la clase con tu nueva asistente? Es la vecina de Genevieve, Amber, ¿no?

—¿Son vecinas? —Estaba recabando cualquier información de la mujer que últimamente acaparaba toda mi atención.

Crystal asintió.

—Amber vive al lado. Crecieron juntas. Esa chica es lista como ella sola. Quiere ser médica.

—Lo sé. Con solo veintidós años y ya tiene claro su futuro.

—Y lo logrará. Os he visto hablando después de clase. Se te veía más amable de lo que sueles ser con tus asistentes.

—¿No sueles evitarlas después de las clases por no sé qué historia de que pudieran terminar enamorándose de ti? —Jewel batió sus pestañas con gesto travieso.

—¿Soy tan predecible? —bufé.

Ambas asintieron y esperaron a que yo arrojara más luz sobre la alta morena que se había convertido en mi fantasía matutina favorita. Todas las mañanas, me la imaginaba desnuda y cubierta de jabón mientras me masturbaba en la ducha hasta correrme. Me venía de perlas para liberar tensión.

—Amber lo está haciendo muy bien. Estoy ayudándola como un favor a Genevieve. Le debía una.

—¿Por qué? —inquirió Crystal y bebió su té.

—Me echó una mano como asistente durante un tiempo, hasta que apareció su pareja. A él no le hacía gracia que ayudara en una clase de Tantra.

—Tiene su lógica. Es una experiencia muy íntima y tú das la clase muy bien. A Rick le encantó el taller cuando lo hicimos el año pasado. De hecho, estábamos pensando en hablar contigo para organizar un fin de semana de Tantra en el lago Tahoe. Un retiro de yoga solo para parejas. Recibirías una remuneración similar a la que otros yoguis perciben en esta clase de eventos. ¿Qué te parece?

Sonreí de oreja a oreja.

—¿Cómo era ese dicho? —Me di unos golpecitos con el dedo en el labio inferior—. Poderoso caballero es don dinero.

Ambas protestaron a la vez.

—No tiene gracia, Dash.

Me reí de buena gana mientras me fruncían el ceño y me reprendían como si fueran mi madre. Luego me sermonearon durante los treinta minutos siguientes sobre los motivos por los que uno no debía adorar el dinero ni emplear demasiado tiempo en conseguirlo. Las dos mujeres creían que, si una empresa proveía un servicio o un producto con la suficiente amabilidad, honestidad y buena fe hacia la humanidad, el dinero llegaría por sí solo.

Yo creo en muchas cosas que pueden ser consideradas modernas, o teñidas de espiritualidad, karma u otras formas alternativas de pensamiento, pero esa no es una de ellas. El dinero es el dinero. Lo utilizamos para obtener lo que necesitamos y algunas de las cosas que queremos en la vida. La clave para mí siempre ha sido ganar lo suficiente para obtener lo que quiero y estar satisfecho con lo que tengo. Y hasta ahora me ha ido bien.

Cuando terminó la actuación, presenté a Crystal y a Jewel a Atlas Powers. Pasamos el resto de la noche hablando sobre sus ideas para una oferta de talleres únicos que diferenciaría a La Casa del Loto y la pondría en la cúspide del vanguardismo en nuestra especialidad. Cuando nos despedimos, las propietarias acordaron con Atlas que daría dos clases a la semana de Vinyasa Flow intenso y una sobre su nueva idea. Estaba deseando ver la reacción que tendrían las otras instructoras con respecto a mi amigo. Era un hombre bien parecido y las mujeres caían rendidas a sus pies. Eso lo ayudaría a conseguir clientes al principio. Para conservarlos, sin embargo, tendría que trabajar duro y emplear todo su talento.

6

Postura del bote

(En sánscrito: Navasana*)*

Esta postura puede ayudar a estimular el chakra sacro. Pensada para brindar al cuerpo un centro sólido y fortalecer los abdominales ya que, al sentarse con la espalda recta, las piernas estiradas y los brazos al frente, se ejercita casi todo el grupo de músculos principales en perfecta armonía. Mantener esta postura entre treinta y sesenta segundos proporciona a cualquier yogui una sensación de orgullo y de deber cumplido.

AMBER

Al igual que mis compañeros, entré a la sala de yoga con una mezcla de temor e inquietud. Había una vela roja en todas las superficies disponibles. Calculé unas quince en total. Su luz ofrecía el resplandor suficiente como para que las parejas que colocaban sus esterillas pudieran ver a los otros alumnos, pero no distinguir cada textura o detalle. Un aroma a menta invadió mis sentidos. Como si me hubiera puesto en piloto automático, inhalé hondo y disfruté del aire que me llenó los pulmones. La frescura que siguió a la exhalación trajo consigo una sensación de paz que calmó los nervios de los que no podía deshacerme.

Me sentí como si hubiera echado raíces en el suelo. Así que mandé una orden mental a mis pies para que se dirigieran hacia la plataforma. Debajo del chándal, llevaba el sujetador deportivo y unos pantalones de ciclista diminutos. Cuando llegué a la tarima, Dash se volvió.

Santo Dios, ¿por qué hiciste tan tentadora la figura masculina?

Contemplé su enorme pecho desnudo, desde la clavícula hasta los firmes pectorales cuadrados donde me hubiera encantado presionar la mejilla. Cada uno de sus músculos abdominales era un bloque rectangular de tonificado esplendor, que conducía a las pronunciadas hendiduras en las que estaban sus caderas. Tenía una línea de vello que comenzaba unos centímetros por encima del ombligo y se escondía debajo de los pantalones blancos sueltos que llevaba.

Me aclaré la garganta y me obligué a mirarle a los ojos. Los iris eran de un amarillo dorado, y se clavaron en mí con tal intensidad, que parecía que quería atraparme con un lazo y arrastrarme hacia él. Mientras me acercaba sentía los pies pesados, como si tirara de un lastre. Él me sonrió y me echó un rápido vistazo de arriba abajo.

—Creí haberte pedido que llevaras... un poco menos de ropa. —Su voz fue un ronquido sensual.

Sin decir palabra, levanté una mano, agarré la cremallera y la bajé. No sé qué se apoderó de mí para hacerlo tan despacio, simplemente sucedió. Dash observó, con la mandíbula rígida y una ceja en alto. El tiempo y el espacio se detuvieron a nuestro alrededor mientras abría la cremallera muy lentamente, para revelar un sujetador deportivo rosa pálido que, con la tenue iluminación, seguro que parecía que no estaba ahí.

Dash tragó saliva con los ojos fijos en mi cuerpo mientras iba revelando mi abdomen desnudo. Luego me bajé la chaqueta por los hombros y la fricción de la tela fue el único sonido entre ambos. Contuve la respiración, pero Dash, no. Su pecho subía y bajaba con cada respiración forzada. Se lamió los labios justo cuando sostuve la fina chaqueta en la mano derecha, antes de dejarla caer al suelo. A continuación, sin hablar, me aflojé el cordón de los pantalones y balanceé las caderas de derecha a izquierda despacio, para que estos se deslizaran hacia abajo y mostraran los pantaloncitos más cortos del mundo. Dios sabía que no lo había hecho a propósito, pero si la lujuria con la que me estaba mirando Dash era un indicador, puede que tuviera que comprar otro par.

En cuanto los pantalones del chándal se arremolinaron en torno a mis tobillos, los aparté con los pies, quedándome prácticamente desnuda frente al hombre por el que llevaba loca dos años. Me sentía expuesta. Despojada de mis recelos. De mi necesidad de esconderme. De mi control.

—Mi propio ángel —dijo sin aliento, pronunciando cada palabra con reverencia.

Sonreí y sentí un calor tan intenso subiendo por mi pecho que hizo que me ruborizara.

—¿Has venido a salvarme? —bromeó él.

Su voz me envolvió e hizo que me temblaran las rodillas. Recordé todas aquellas películas de seducción que había visto cada vez que Vivvie me había dicho que me soltara e intenté encontrar a la mujer fatal que llevaba dentro para responder:

—¿Necesitas que te salven?

Esbozó una medio sonrisa y dio un paso hacia delante. Me fijé en sus pies. Dedos grandes y cuadrados con algunos pelos en la parte superior. Bonitos en lo que a pies masculinos se trataba. Seguro que esos pelillos también eran increíblemente suaves. No sé cuánto tiempo estuve mirándoselos, pero antes de darme cuenta me puso un dedo bajo la barbilla y me levantó la cabeza. Me estremecí ante el contacto.

—¿Lo harías si pudieras? ¿Me salvarías?

Ahora fui yo la que me lamí los labios y me mordí el labio inferior. La única respuesta que me vino a la cabeza me elevó con las delgadas alas de la verdad.

—Sí, lo haría.

—¿Merezco ser salvado, pajarito? —Me colocó un mechón de cabello detrás de la oreja.

Cerré los ojos para resistir el ataque de emociones que luchaba por dominar mi corazón. Estaba demasiado cerca. Hacía demasiado calor. Demasiado todo.

—Todas las criaturas de Dios merecen la redención.

Dash se acercó todavía más. Tanto que no creo que hubiera aire entre nuestros cuerpos. Apoyó una mano en mi hombro y me recorrió el brazo con dos dedos. No me moví. No pude. No quise. Me sentía segura a su lado. Tan segura como cuando iba a misa los domingos.

—Supongo que eso lo veremos después de la clase de hoy. Adelante, siéntate en la esterilla que hay frente a la mía. Y recuerda, siempre puedes usar la señal de rascarte la nariz. No te juzgaré.

Resoplé y puse los ojos en blanco.

—Lo que tú digas.

Esbozó una sonrisa enorme. De nuevo me temblaron las rodillas y fui hacia la colchoneta hecha un flan. Miré alrededor de la habitación tenuemente iluminada y noté que todas las parejas estaban terminando de colocarse y miraban hacia delante.

—Hola a todos, hoy no vamos a empezar con hatha yoga. Hoy quiero que os centréis en vuestro compañero los noventa minutos. Mutuamente. En el Tantra, gran parte de la conexión con la pareja depende de los cinco sentidos. Trabajaremos en dos de ellos. El oído y el tacto. Comencemos por ponernos en frente unos de otros.

Dash se acercó a su esterilla y se sentó de cara a mí.

—Aseguraos de que las rodillas de ambos se toquen. Luego, quiero que coloquéis vuestras manos justo en la parte externa de los muslos del otro. Afianzaos en el suelo juntos. Cerrad los ojos y comenzad con la técnica de respiración *pranayama* que aprendisteis la semana pasada.

Cerré los ojos y empecé a respirar profundamente. Inhalando por la nariz, exhalando por la boca.

—Ahora, conectad vuestras frentes y seguid respirando. Sincronizad vuestras respiraciones.

Sentí la cálida frente de Dash tocando la mía. Se me erizó el vello de la nuca, como si varias mariposas revolotearan por mi espalda. Me sobresalté hasta que Dash colocó la mano a un lado de mi cuello para mantenernos unidos.

—Respira conmigo, Amber. Inhala... y exhala. Relájate. Haz lo que te salga de forma natural.

Su voz se hizo más profunda cuando volvió a dirigirse a la clase.

—Una vez que las respiraciones estén emparejadas, quiero que disminuyáis la velocidad y cambiéis el patrón de las mismas. Combinad vuestras inhalaciones de modo que respiréis el aire de vuestros compañeros y viceversa. Haced esto durante unos minutos. Si sentís la necesidad, tocad el rostro o el cuello del otro para que sepa que estáis ahí. Sosteneos el uno al otro, estáis en el lugar más seguro posible. Juntos, podéis permitiros ser vulnerables. Confiad en que vuestros compañeros os den el aire vital.

De pronto, me quedé sin aliento, insegura. Dash alzó ambas manos, me rodeó el cuello y frotó la frente contra la mía de arriba abajo. Cada vez que yo inhalaba, él exhalaba y, cuando él exhalaba, yo inhalaba. Durante un buen rato, compartimos la vida, respirando el aliento del otro. Sentí el cuerpo más ligero, parecía flotar sobre la esterilla, como si estuviera encima de una alfombra mágica. El aula no importaba. Las otras parejas habían desaparecido. Solo éramos Dash y Amber. Dos almas que vivían la una para la otra.

—Ahora que hemos activado el chakra del tercer ojo a través de la respiración, quiero que permanezcáis donde estáis y que, durante unos minutos, con los ojos cerrados y respirando de forma recíproca, compartáis algo que améis y admiréis de vuestros compañeros. Susurradlo solo para ellos.

Esperé, con la respiración contenida, mientras sentía el calor de la cabeza de Dash irradiando sobre la mía. Os juro que fue como si una pieza de rompecabezas encajara en su lugar. Hice caso omiso de ese pensamiento e intenté que desapareciera, pero Dash no me lo permitió y me atrajo con su voz seductora.

—Amber, veo tu belleza aunque tú no lo hagas. Todos la ven. Tú eres la única ciega al respecto —susurró. Podía sentir su respiración en la cara.

¿Estaba sucediendo? ¿De verdad estábamos haciendo esto?

—Apenas nos conocemos —respondí.

Se rio tan bajo que tuve que esforzarme para escucharlo.

—El corazón reconoce instintivamente a su compañero.

—¿Estás sugiriendo que soy tu compañera?

Dash inhaló cuando yo exhalé, para respirar el aire vital. Un aire que yo le había ofrecido. Uno que provenía de mi fuente de vida. Un simple acto que contenía algo increíblemente íntimo. Algo que seguro que jamás volvería a sentir con otro ser humano.

—Creo que todo es posible. Y también sé que me siento atraído hacia ti.

—Te atrae todo lo que tenga piernas. Me han dicho que amas a todas las mujeres.

Volvió a frotar su frente contra la mía para que no tuviera otra opción que sentir la intención del gesto.

—Eso no es verdad. Las mujeres son hermosas, al igual que los hombres. Me atraen las cualidades únicas en una persona. Como tú. Cuando entraste hoy estabas asustada, ansiosa. ¿Estoy en lo cierto?

No respondí. Ya se había dado cuenta por el modo en que me tensé. Esta vez, reaccionó colocando las dos manos sobre mis hombros y masajeándome el cuello para relajarme físicamente, aunque en mi interior estaba a punto de estallar una bomba emocional.

—No tienes que responder. Conozco la verdad. Aun así, te deshiciste de tu ropa como si estuvieras haciendo realidad mi sueño más salvaje. —Al oírle decir eso, intenté levantarme, pero él me detuvo—. Fuiste tan poderosa... En cuanto te llevaste las manos a la ropa, me tuviste a tu merced. Podrías haberme pedido lo que fuera y te lo habría dado. Fue absolutamente excitante.

—Dash... —le advertí, revolviéndome sobre la esterilla. Empecé a temblar.

Él me acarició las mejillas con los pulgares, sin romper el contacto físico.

—Te vi quitarte la ropa como si estuvieras deshaciéndote de tu piel y desnudando tu alma para que yo la tomara.

No supe qué responder. Negar que decía la verdad habría sido un pecado. No era que no pecara regularmente. El padre McDowell podía dar fe de eso, pero, en general, intentaba ser lo más honesta posible. Dash hacía que quisiera mentir. Quería fingir que esa conexión profana con él era solo física. ¿Quería conocer mejor su cuerpo? Sí. ¡Dios santo! Sí, y un millón de veces sí. Pero hacerlo acabaría con todo aquello por lo que había trabajado y ya no sería la persona que quería ser para el hombre con el que algún día me casaría, con el que tendría hijos y con el que pasaría el resto de mis días. No creía probable que ese instructor de Tantra fuera ese hombre, pero ¡ah, cuánto me tentaba!

DASH

—Mi alma solo será para el hombre que esté destinado a ser mi compañero de vida. —Sus palabras sonaron tranquilas y terminantes, y reflejaban una convicción y confianza absolutas.

Sonreí.

—¿Y cómo estás tan segura de que ese hombre no soy yo? —pregunté antes de romper nuestra conexión y volver a dirigirme a la clase.

—De acuerdo, ahora quiero que las mujeres se tumben sobre la esterilla. Caballeros, he dispuesto una canasta llena de objetos que estimulan el sentido del tacto que podéis utilizar. Primero, vendad los ojos a vuestra compañera. Señoras, si os sentís incómodas con este ejercicio podéis cerrar los ojos, pero recordad que la confianza no llega así como así. Es un regalo. Este es un buen momento para trabajar esa confianza.

Amber se tumbó en la esterilla y yo alcé la venda.

—¿Confías en mí? —pregunté.

Por la expresión de sus ojos parecía estar a punto de tener un ataque de pánico, pero su audacia evitó que sucumbiera a él. Tensó ligeramente el labio superior hacia arriba y respondió:

—No especialmente, pero tampoco te tengo miedo. Solo dame la venda.

Se la entregué y ella se la ató alrededor de la cabeza. El satén rojo ofreció un intenso contraste con su piel pálida y su cabello castaño oscuro ondulado. Hizo un mohín y luego respiró hondo.

—Ahora, clase, quiero que uséis cualquier objeto que queráis de la canasta para acariciar y seducir a vuestra pareja. No debéis hablar, solo tocaréis con el objeto. Por ahora lo vamos a hacer apto para todos los públicos. Señoras, poneos cómodas y disfrutad de la experiencia.

Amber estaba rígida como una tabla. Tenía que encontrar una manera de relajarla. Estaba completamente tensa. Antes de comenzar con mi víctima, encendí la música. La música india era la mejor opción y lo que solía esperarse en una clase de yoga, pero yo quería algo que tranquilizara y sedujera a mis clientes. Que los sacara de su zona de confort y los llevara a un lugar más hipnótico. Pulsé *play* y dejé que los acordes de la guitarra de Atlas Powers resonaran en la habitación. Había combinado su guitarra acústica con una serie de golpes rítmicos contra la madera del instrumento y lo había redoblado. El resultado eran cuarenta y cinco minutos de una fascinante música de seducción.

Volví a centrarme en Amber y me senté lo bastante cerca como para que pudiera sentir mi calor, pero no tanto como para que supiera dónde me encontraba exactamente. Tendría que usar sus sentidos y concentrarse en el momento, en lugar de recurrir a su agudo intelecto. El Tantra no trataba de conocimientos académicos o datos que pudieran aprenderse. Lo que importaba era lo que una persona sentía; de tocar ese lugar de meditación dentro de cada uno que nos permite confluir con el universo y, si está en perfecta armonía, garantizarnos la unión perfecta con nuestra pareja. Ansiaba tanto tener eso con una mujer... No con cualquier mujer. Con la indicada.

No sabía si Amber St. James era la indicada para mí, pero cada vez que estaba en su presencia, no podía reprimir la necesidad de hacerla mía. Era un deseo incontrolable, una lujuria tan pura que ardía como el fuego por mis venas. Esa tenía que ser la señal, una imposible de ignorar. Con independencia de quién la hubiera enviado, si un ser superior, la madre Tierra, el Universo, o el mismísimo Dios, ella se había cruzado en mi camino por alguna razón. E iba a disfrutar sobremanera descubriendo cuál era.

Sentado, en silencio, saqué una pluma larga de la canasta. Comencé por la frente y le hice cosquillas en el chakra del tercer ojo, conocido en sánscrito como *Ajna*. Ella esbozó una sonrisa y su pecho se levantó varias veces en una risa silenciosa. Prefería la risa antes que la irritación, así que el ejercicio había tenido un buen comienzo.

Con una suave caricia, bajé la pluma por un lado de su rostro hasta llegar a la clavícula. Ella suspiró. Otra reacción positiva. Por el rabillo del ojo, vi que apretaba los dedos cuando pasé la punta de la pluma sedosa entre sus pechos, sin detenerme o traicionar su confianza. Tan pronto como alcancé su abdomen, rodeé el hueco de su ombligo. Entreabrió la boca en un suave gemido. Esa era la respuesta que quería. La tenía en el bolsillo.

A medida que las cuerdas de la guitarra sonaban, pasé la pluma al ritmo de los altibajos melódicos, recorriendo cada uno de sus brazos con la pluma hasta que se le puso la piel de gallina. Me había asegurado de que la habitación tuviera una agradable temperatura de veinticuatro grados. Me detuve por un momento y la observé respirar. Conté sus respiraciones con cada elevación de su diafragma y la emparejé con la mía para que estuviéramos conectados a través del *pranayama*, al igual que por la punta de la pluma.

Entonces susurré a la clase:

—Bien. Ahora quiero que repitáis los mismos movimientos, pero usando solo las puntas de los dedos.

Amber se estremeció y apretó los puños. Empecé por ahí, con la esperanza de tranquilizarla. Y ahí fue cuando rompí mis propias reglas, me acerqué a su cabeza y le susurré al oído.

—Ráscate la nariz si se vuelve demasiado intenso. Confía en mí.

—Cubrí uno de sus puños con mis manos. Estiré sus dedos uno por uno y los acaricié con la punta de mi dedo índice hasta que se relajó. Luego ascendí por su brazo. Cuando llegué al hueco del codo, tomó aire. Utilicé esa respuesta como guía, quería más de esos pequeños jadeos y respiraciones inesperadas. Cada vez que descubría un punto nuevo, que originaba alguna reacción, era como abrir las cerraduras que ocultaban un preciado tesoro.

Con cuidado de no asustarla, presioné la palma sobre su corazón, para permitir que el calor del chakra de mi mano se fusionara con su energía. En un momento dado creí ver un delicado hilo azul turquesa enlazando el chakra de su corazón con mi mano, impregnando mis propios sentidos con puro amor. La sensación me subió por el brazo y fue directa a mi propio corazón, donde apretó con fuerza. Sabía lo ridículo que sonaba, pero era como si la energía de su corazón estuviera abrazando la mía.

Me invadió tal sensación de orgullo que llenó cada uno de mis sentidos, bajando hasta las puntas de los dedos de mis pies. Me incliné hacia ella y reemplacé la mano por mis labios. Lentamente, pasé la nariz por el espacio entre sus pechos y presioné los labios sobre su corazón. Ella gimió y me agarró de la cabeza para abrazarme.

El deseo desapareció tan rápido como había surgido. Los susurros que oí a nuestro alrededor me sacaron de mi estado de meditación. Esa mujer eliminaba por completo todas mis restricciones y las renovaba con una conexión directa de corazón a corazón.

Me aclaré la garganta y retiré la venda a Amber; necesitaba ver sus ojos. Necesitaba saber si lamentaba lo que había hecho. No lo había planeado, pero había ocurrido y ahora quería saber si ella también había sentido lo mismo que yo. Cuando abrió los ojos, estaban llenos de amor. Sí, lo había sentido también. Respiré hondo y, sin decir palabra, cerré los ojos y le devolví la venda. Ella volvió a ponérsela.

—Muy bien, señores, ahora tenéis carta blanca. El objetivo del último ejercicio es que beséis cada porción de piel que hayáis tocado. Recordad, debéis respetar a vuestra pareja y no llevarlo demasiado lejos. Es un ejercicio que no solo sirve para que os sintáis un mismo ser con vuestra compañera, sino para probar vuestra voluntad y autocontrol.

Me volví hacia Amber y la vi desde una perspectiva totalmente diferente. Lo que había sucedido entre nosotros a través de nuestros chakras del corazón era real e intenso, y nunca lo había experimentado con otra mujer. Era la primera vez que me sucedía y eso me dijo exactamente lo que necesitaba saber.

—Amber, si no quieres hacer esto, no lo haré. —Tenía que estar seguro. No había pasado a la fase de los besos con ninguna de mis ayudantes anteriores. Lo que solíamos hacer llegados a ese punto era sentarnos a meditar en silencio mientras los demás realizaban el ejercicio sobre sus parejas. Pero ahora deseaba tocarla con desesperación. Lo único que quería era posar los labios sobre su hermoso cuerpo y su piel brillante. Se me hacía la boca agua de solo pensarlo.

Entonces Amber me dejó anonadado. No sé si fue por la excitación de respirar juntos, el tacto, la pluma o algo más, pero fuera lo que fuese, sabía que recordaría este momento sin parar y me deleitaría con él una y otra vez.

—Confío en ti, Dash.

Esas cuatro palabras fueron directas a mi corazón y lo apretaron igual que antes. Jamás olvidaría el momento en el que por fin me gané la confianza de esa mujer. Lo único que sabía era que moriría antes de traicionarla.

Me incliné y comencé por su frente, dándole un beso seco. En silencio, le envié alegría, paz y amor. Al estar tan cerca, el aroma a fresas competía con la menta del difusor. Quería frotar el rostro por su cabello y su cuello, para absorber la esencia frutal y poder sentirla más tarde. Incapaz de contenerme, deposité una hilera de besos en su sien, su mejilla y en la sedosa curva de su cuello. Cuando llegué al delicado punto que había detrás de su oreja, lo mordí. Su boca se abrió en un suave «Oh» que despertó mi pene al instante.

Pasé la cara por su clavícula, mordí las huesudas protuberancias y me perdí en el exótico sabor de su piel. Después de besarle los dos brazos, de frotar cada dedo con mi nariz, sus piernas comenzaron a temblar inquietas y una esencia almizclada absorbió los aromas a fresa y menta de la habitación. ¡Ah, madre de Dios, se había puesto a cien! Se había excitado tanto que había mojado su ropa interior sobre una plataforma, frente a una habitación llena de personas. Esta mujer era un regalo del cielo. Absolutamente perfecta.

Le rodeé las caderas con los dedos para que se estuviera quieta. Miré a mi alrededor para asegurarme de que todos estuvieran en lo suyo. Lo estaban. Ninguna pareja nos prestaba atención, todos estaban perdidos en el otro. Joder, me encantaba mi trabajo.

Volví a centrarme en Amber, me senté a horcajadas sobre sus piernas y apreté. Su cuerpo se tensó hasta que le rodeé la cintura con ambas manos. Y entonces hice exactamente lo que llevaba queriendo hacer desde el mismo instante en que vi su vientre expuesto. Lo besé y moví la lengua alrededor del ombligo.

Ella balbuceó un soñoliento «Dash».

Suspiré y apoyé la frente en su abdomen. El aroma almizcleño era más intenso al estar tan cerca de su centro, creando una neblina de confusión que empañaba mi mente. Tenía el pene hinchado, erecto y tan duro que hubiera podido clavar un clavo con él. Estaba tan próximo a su sexo, que no me costaba nada imaginarme bajándole los pantalones e introduciendo mi boca en su húmedo calor. No necesitaba ser adivino para saber que sería lo más dulce que habría tenido el honor de saborear.

Con la respiración entrecortada, alcé la cabeza, alejándome de aquel dulce y tentador lugar, y enfoqué la mirada en una zona con la que no corría tanto riesgo de recibir una bofetada, un puñetazo o terminar en prisión por conducta inapropiada: los bonitos y carnosos labios de Amber. Ella había lamido, hinchado, fruncido y mordido tanto esas suaves porciones de carne durante la clase que ahora brillaban con un tono frambuesa.

Le cubrí el abdomen con besos más firmes y decididos, subí por su sujetador deportivo y por la curva de su cuello, donde fui recompensado con otro sensual suspiro. Después, recorrí la línea del mentón y rocé ligeramente la comisura de sus labios.

—¿Te pica la nariz? —pregunté, besándole el otro lado de la mandíbula hasta llegar a la esquina de la boca.

—Ni un poco. —Su voz temblaba.

Sonreí. Mi valiente pajarito. Quería eso tanto como yo, pero no quería dar el primer paso. Pero si era yo el que lo daba, no le quedaba otra opción que seguirme. O en cualquier caso, la decisión era más fácil que si ella tomaba la iniciativa.

Respiré cerca de su boca, froté la nariz por la suya y permití que la punta de mis labios tocara suavemente los de ella.

—¿Y ahora? ¿Necesitas rascarte algo?

Ella movió la cabeza de izquierda a derecha.

Acerqué tanto los labios que prácticamente podía inhalar su aliento. Estaba a escasos centímetros de besarla.

—Voy a besarte.

—¡Ay, Dios! —dijo contra mis labios.

—A menos que tengas la repentina necesidad de rascarte, voy a apoderarme de tus labios en un beso que lo cambiará todo. Si no quieres que siga, lo único que tienes que hacer es tocarte la nariz.

Me quedé sobre ella durante un buen rato, a la espera de que se apartara, de que hiciera algo, lo que fuera.

Nuestras respiraciones se mezclaron, hasta que ella acortó la distancia que nos separaba y me acarició la nariz con la suya en un beso esquimal. Eso fue todo lo que necesité. Podía reprimir mis impulsos, pero no quería hacerlo. Me olvidé de todo lo que nos rodeaba y cubrí sus labios con los míos.

Ella gimió, pero mi boca evitó que saliera cualquier sonido más allá de la cavidad de nuestros labios unidos. Sabía a chicle y a caminatas por el parque, a inocencia y a calidez, todo en uno. La devoré, metí la lengua dentro de ella para probarla, saborearla y hacerla mía. Quería que ese beso durara para siempre. Amber respondió con extensas caricias de su lengua en mi boca y pequeños mordiscos en mi labio inferior, mientras yo me deleitaba en su labio superior. Perdí por completo la noción del tiempo y del espacio y empecé a entender que Amber reducía todo a una única cosa: nosotros.

Besarla, con mi cuerpo tendido sobre el suyo, fue uno de los momentos más placenteros de toda mi vida, y mira que había tenido algunas experiencias dignas de mención. Quizá por eso fue tan especial. Era irrepetible. Nada había sido tan perfecto en los veintiocho años que tenía de vida. Ninguna mujer me había reducido a mi ser más primitivo, donde residía el núcleo de mi esencia. Ella me despertó, me abrió los ojos y, con cada contacto de nuestras lenguas, me llevó a un plano más elevado de existencia en el que la soledad era cosa del pasado. Algo que nunca querría volver a sentir. Con ella debajo de mí, envolviéndome, dentro de mí, me sentía completo.

7

Chakra sacro

Al estar íntimamente relacionado con la sexualidad, las relaciones y la sensualidad, una mujer con el chakra sacro cerrado tendrá problemas en sus relaciones. Le costará conectarse con su pareja y alcanzar placer durante el acto sexual. Puede significar o que no está con la pareja adecuada, o que la otra persona no es consciente de sus necesidades íntimas, físicas y espirituales.

AMBER

El sonido de aplausos distantes se filtró en mi subconsciente. Los labios de Dash seguían sobre los míos. No tenía intención de interrumpir nuestro beso, salvo por el sonido... Un rugido, en ascenso, cada vez más fuerte, que hacía que me costara más concentrarme en los labios más deliciosos que hubiera probado jamás. Al final el vitoreo atravesó y pinchó la pequeña burbuja celestial que habíamos creado a nuestro alrededor, hasta que lo único que pude escuchar fue el canto de los pájaros.

No, no eran pájaros, eran risas. Voces que aumentaron de volumen hasta que resultó imposible ignorarlas. Dash se apartó primero. Levanté la cabeza e intenté perseguir sus labios con mi boca en la oscuridad. Me quitó la venda con gesto triunfal. Vi varias chispas de luz y colores estallando detrás de mis ojos antes de poder enfocar su rostro con claridad. Sus ojos eran negros como la noche. Sonrió y luego, para mi sorpresa, miró a su izquierda.

—Lo siento, clase. Parece que Amber y yo nos hemos dejado llevar un poco por el ejercicio.

Clase.

Estábamos en el escenario.

Frente a una sala llena de personas.

¡Ay, no!

Dash me sostuvo de la mano mientras me sentaba y me frotaba los ojos. Una oleada de calor, que no tenía nada que ver con mis partes íntimas, resurgió y se extendió por mi pecho y mi cuello hasta teñirme de rojo las mejillas. Bajé la vista hacia nuestras manos unidas y me concentré en sus palabras.

—Vuestra tarea para los próximos tres días será practicar con vuestra pareja lo que habéis aprendido en la clase de hoy. Turnaos. Cuando lleguéis a la parte de los besos, dedicad el tiempo suficiente antes de pasar a la siguiente fase, y usad lo que os he enseñado en una actividad más corpórea y unida.

Enarcó las cejas de manera sugerente y las parejas a nuestro alrededor rieron. Yo estaba mortificada. Humillada más allá de toda lógica. Había perdido la cabeza y besado a mi instructor de yoga frente a una clase llena de personas. Una no podía irse de rositas de algo así. Fingir que nunca había existido. Alejarse con un brillo en los ojos y una sonrisa.

No, Dash querría que habláramos de ello. Una sensación de pavor erizó cada vello de mi cuerpo. ¿En qué había estado pensando? ¿La verdad? No había pensado en absoluto. Así de simple. En el momento en el que me puso la venda, sentí que me perdía en él. Me había llevado a un lugar en mi mente lleno de luz, amor y la pureza del... cielo. Por supuesto que sabía que no estaba allí. Aunque no podía negar que nunca había experimentado nada similar a lo que sentí cuando Dash me tocó. Cada caricia de la pluma sobre mi piel había provocado un cosquilleo que había llegado a cada una de mis terminaciones nerviosas, incendiándolas. Y yo había ardido con ellas, anhelando cada nuevo roce de su esencia sobre la mía.

Sin embargo, nada de eso podía compararse al momento en el que sus labios tocaron mi piel desnuda. La cabeza y el corazón me habían palpitado a un ritmo exótico. Cada centímetro de piel había anhelado el siguiente roce, ansiando ser descubierto, conquistado. Intenté distraerme repitiendo en mi mente la fórmula para resolver ecuaciones de segundo grado, contar y nombrar los doscientos seis huesos del cuerpo humano, todo con tal de no centrarme en la dicha que me estaba proporcionando. Dash dominaba y abrumaba hasta las partes más ínfimas de mi cuerpo. Me sumergía en un mar de sensaciones tan intensas que habría muerto y ascendido al cielo solo para volver a experimentarlas.

Las parejas de la sala comenzaron a moverse, a enrollar sus esterillas y a susurrar entre sí mientras se preparaban para salir. *Salir*. ¡Sí! Eso era. Tenía que tomar ese tren de inmediato.

No. No eres una niña, Amber. No te comportes como una cría y enfrenta esto como una adulta.

Podía hacerlo. Y estaba segura de que Dash también, ya que era seis años mayor que yo. Sería fácil. Le diría que nos habíamos dejado llevar, él estaría de acuerdo y luego nos comprometeríamos a no permitir que volviera a suceder. Perfecto.

En cuanto me puse los pantalones de chándal para no sentirme tan desnuda, respiré hondo y me dispuse a abordar el asunto.

—Dash...

Esa fue la única palabra que pude decir antes de que él me agarrara de la nuca con una mano y me rodeara la cintura con la otra. Nuestros pechos chocaron y, segundos después, tenía sus labios sobre los míos. Ahora no se trató de una seducción lenta, como cuando tenía la venda puesta. No, fue directo al placer. Ordené a mis dedos que le empujaran, que rompieran el contacto, pero en algún lugar, la lujuria y el placer adormecieron cualquier sinapsis que surgiera. Me hundí en su pecho, le rodeé la cintura con los brazos e hice exactamente lo opuesto a lo que debería haber hecho. Me agarré a él. Con fuerza.

Las puntas de mis dedos se clavaron en la pecaminosa y musculosa textura de su espalda, sujetándose cuando debían soltarse. Dash hizo lo mismo, agarrándome con más firmeza la cintura, al tiempo que llevaba la mano hacia mi mejilla, desde donde podía moverme la cabeza a su antojo para conseguir el ángulo indicado para profundizar el beso. ¡Y qué beso! Me devoró por dentro. Nada parecía suficiente. Sabía tan bien... A miel y a menta. Gemí y me pegué más a él, hasta que pude sentir su dura erección contra mi vientre.

Esa fue la impactante alarma que finalmente penetró en la parte moral de mi psique. Lo empujé con todas mis fuerzas, para romper nuestra conexión y tomar aire en una bocanada tan larga que tuve que doblarme para recuperar el control. Apoyé las manos en los muslos y hundí las uñas en mis cuádriceps. La punzada de dolor no hizo nada para calmar el tren descarrilado de lujuria que corría por mi sistema.

Señor, ayúdame.

Dash se limpió la boca como si acabara de tomar un gran trago de agua en lugar de haberme besado hasta robarme la cordura.

—Amber..., ¿por qué te detienes?

¿Por qué me detengo? ¿Hablaba en serio?

—Sé que lo has disfrutado. Incluso te pegaste a mí. —Se acercó, su rostro era una máscara de deseo, listo para tomar el fruto que ansiaba—. Nuestros cuerpos se fundieron... —Cerró los ojos y respiró con tal violencia que noté cómo se le abrían las fosas nasales—. ¿No lo has sentido?

Me lamí los labios. Todavía podía sentir el sabor de su boca. Retrocedí un paso. Él se acercó otro más.

Dash sonrió de oreja a oreja.

—¿Me tienes miedo, pajarito?

Negué con la cabeza, pero no respondí. La honestidad me había formado un nudo en la garganta y alterado los nervios.

Él inclinó la cabeza y avanzó otro paso. Si yo volvía a retroceder, me bajaría de la plataforma y Dash sabría que estaba intentando escapar. Aunque todavía no sabía de qué.

—Mmm. No me tienes miedo. Si lo tuvieras, no me habrías besado así. Has tomado posesión de mi corazón y de mi cuerpo con un solo roce de tus labios. —Entornó los ojos—. Admítelo. Saco un lado tuyo al que tienes miedo. Una parte de tu alma que nadie ha visto jamás, puede que ni siquiera tú misma.

—Dash... —Tragué saliva, tratando de pensar en qué decir, cómo negarlo. Pero no se me ocurrió nada. Él tenía razón. Nunca me había sentido así, con nadie, jamás, y era algo que me aterraba.

Finalmente se acercó lo suficiente para acunarme las mejillas. Sus palmas eran cálidas y suaves. Cerré los ojos por instinto y dejé que la conexión penetrara en mis poros. Se inclinó hacia delante, quedando a tan escasos centímetros, que nuestras respiraciones se fusionaron. Pensé que me besaría otra vez. Por desgracia, esa no era su intención. Para mi sorpresa, frotó su nariz contra la mía y luego apoyó su frente en la mía. Una ola de calor me atravesó, como si alguien hubiera tirado piedras en un lago sereno, cuyas ondas rompen la calma y la serenidad.

La voz de Dash fue firme, segura y sincera cuando habló.

—*Nunca* te haría daño. Jamás traicionaría tu confianza. Tu inocencia está a salvo conmigo, Amber.

Mi inocencia está a salvo con él.

Eché la cabeza hacia atrás para poder mirarlo a los ojos.

—¿Qué quieres decir con «inocencia»? —No le había dicho que era virgen y Genevieve tampoco me traicionaría.

Él rio y hundió los dedos en mi cabello para masajearme la parte posterior de la cabeza con una presión firme y directa. Por un breve instante sucumbí a ese sencillo placer y suspiré.

—Amber, puedo saber muchas cosas de una persona en el momento en que la veo. Siempre me ha pasado. Las personas me hablan con su lenguaje corporal, con las palabras que utilizan, por la forma en que visten, incluso con un sencillo gesto.

Ya no me importaba retroceder y bajarme de la plataforma. Por alguna razón, necesitaba espacio. No quería montar una escena, pero todavía no sabía bien adónde quería llegar con su comentario de la inocencia, así que enderecé la espalda y puse los brazos en jarras.

—¿Qué te crees? ¿Que tienes telepatía?

Dash esbozó una amplia sonrisa y se frotó el mentón. Oí el sonido de su palma raspando el vello puntiagudo de su barbilla. Por la forma en que mi cuerpo reaccionó, el sonido bien podría haber sido una llamada de apareamiento. Apreté los muslos para prevenir el flujo de excitación que se precipitaba por todo mi cuerpo hacia ese objetivo. Palpitante. Doloroso.

—No, no. Me has malinterpretado. Solo digo que soy observador. No solo me has dicho que eres religiosa, sino que te preocupaba mucho cómo y durante cuánto tiempo te tocaría. Y luego, por supuesto, hay que tener en cuenta la reacción que tuviste cuando te toqué. —Sonrió con suficiencia.

¡Qué sucio rastrero!

—¿Mi reacción? Esta seguro que es buena. Por favor, ilumíname.

Dash hizo un mohín.

—Actuaste como si nadie te hubiera tocado de esa manera. Como si cada beso sobre tu piel fuera algo nuevo. Un nuevo comienzo.

Fruncí el ceño y me crucé de brazos.

—¿Un nuevo comienzo? ¿De qué?

Dash sonrió de oreja a oreja y se llevó las manos a las caderas. Todavía no se había puesto la camiseta y me mostraba su cuerpo dorado como un dios bronceado bañado por los rayos del sol. Aunque en este caso, la luz provenía del riel de iluminación, que creaba un cálido resplandor que lo rodeaba, dándole un efecto similar.

—¿Aún no te has dado cuenta? —preguntó sonriente.

Me estremecí y respiré con exasperación.

—¿Darme cuenta de qué?

—De que aquí comienza lo nuestro.

DASH

¿Cómo podía no ver ni sentir lo que estaba sucediendo? De pronto, tuve miedo de haber malinterpretado la conexión entre nosotros. Para mí era como un cable de alta tensión, lleno de energía, crepitando con una energía feroz e interminable que cada vez se hacía más fuerte.

—¿Lo nuestro? ¿Qué *nuestro*? No hay un lo *nuestro*, Dash. —Su cabello castaño le ocultaba el rostro.

Lo único que quería era retirárselo y verle la cara al completo.

—Amber, sí lo hay.

Ella negó con la cabeza.

—¿En qué planeta vives? —Su voz se quebró ante la fuerza de su negación.

—¿Y tú, bajo qué piedra vives? —repliqué, con una ascendente dosis de humor.

La mirada furibunda que recibí no tuvo precio y fue tan bonita que quise besarla. Si no hubiera estado seguro de que me habría llevado una torta, lo habría hecho.

Amber suspiró. ¡Dios! Cada uno de sus suspiros iba directo a mi miembro. Y cada uno me ponía más duro que el anterior. Ni por todo el dinero del mundo habría podido describir lo que esos pequeños sonidos me provocaban, o por qué su presencia despertaba tal avalancha de deseo. Era como si siempre hubiera estado ahí. Destino, suerte, como queráis llamarlo. Y ahora era mi deber, y también un *placer*, mostrarle la luz, abrirle los ojos para que viera lo que estábamos destinados a ser.

—Dash, yo... Nos besamos, y estuvo bien.

Me estremecí. Bien. Cuando se trata de un beso, «bien» suena mal, sobre todo por los rodeos que estaba dando antes de llegar a lo que realmente quería decir.

—Genial incluso. —El suspiro que volvió a soltar, junto con la caída de hombros, fueron muy esclarecedores. Y entonces me dio el golpe de gracia—: No soy la persona adecuada para ti. Tenemos que detener lo que sea que esté sucediendo entre nosotros. Cortar por lo sano y ser solo amigos y compañeros durante la clase. Nada más.

—¡Al diablo con eso! —Pronuncié aquellas palabras de una forma tan abrupta que ella prácticamente retrocedió de un salto—. Amber, nunca en mi vida he sentido lo de hoy. Cuando te toco, desaparece todo a mi alrededor. He estudiado el arte del Tantra y lo he puesto en práctica con frecuencia en mi vida sexual, pero nada, absolutamente *nada* se compara al simple acto de posar mis labios en tu piel. Tomar tu boca con la mía. Abrazarte. No puedo explicarlo, pero sé que cuando el universo te ofrece un regalo, no lo rechazas, tirándoselo a la cara. Lo atesoras. —Hice una pausa y fortalecí mi determinación—. A menos, claro está, que me digas ahora mismo, justo aquí, mirándome a los ojos, que no sientes nada por mí. Que esto, sea lo que sea... es algo completamente unilateral.

Cerré las manos y dejé caer los puños a los costados, esperando su respuesta, temiendo la mentira que saldría de su boca. Sabía con todo mi ser que Amber St. James estaba hecha para mí. Por muy absurdo que pudiera parecer, pues acabábamos de conocernos, los hechos estaban ahí, habían sucedido en el suelo de un centro de yoga en Berkeley, California. Cada contacto compartido, cada uno de sus jadeos, nuestras bocas fusionándose como un perfecto rayo de sol líquido. En ese momento me juré que, con independencia de lo que Amber dijera a continuación, le demostraría la verdad o moriría en el intento.

Ella respiró hondo y, todavía con los brazos cruzados, se tocó los codos. Como si estuviera intentando ocultar lo mucho que le habían afectado mis caricias, a pesar de la piel expuesta por el delgado sujetador deportivo. Vi sus enhiestos pezones y quise tomarlos con mi boca para calentarlos hasta ser recompensado con uno de sus suspiros de deseo. Si me lo hubiera permitido, la habría llevado a lugares de los que ni siquiera había oído hablar.

Amber apretó los labios.

—No voy a mentirte. No solo porque mentir es pecado, sino porque sería ridículo. Está claro que reaccioné de forma bastante...

—Apasionada, excitada, pecaminosa.

Apartó la vista, dejó escapar el aire y golpeó el suelo con el pie.

—Estás decidido a convertir esto en algo más de lo que es, ¿no es así?

Me reí.

—No, pajarito. Solo quiero que veas qué es lo que realmente está pasando entre tú y yo. Ahora, vayamos a la mejor parte. Quiero llevarte a cenar. ¿Cuándo estás libre?

Abrió y cerró la boca, y luego negó con la cabeza.

—No me estás escuchando.

Sonreí, me acerqué a mis cosas, saqué mi camiseta de la bolsa y me la puse. Ella observó cada movimiento. *Claro, claro, no siente absolutamente nada por mí.* Puse los ojos en blanco.

—Lo estoy. Simplemente no estoy dispuesto a permitir que te escapes de algo que está destinado a suceder antes de que tengamos la oportunidad de experimentarlo.

Dejó caer sus manos y se golpeó las piernas a los lados antes de apretar los puños. No pude evitar reírme ante su evidente frustración. ¿Qué podía decir? Era absolutamente encantadora. Hacía que me preguntara qué otras facetas ocultas descubriría a medida que pasáramos más tiempo juntos. Estaba deseando descubrirlo.

—Dash, no podemos salir. Somos compañeros. Podría generar un conflicto de intereses.

Resoplé.

—El mero hecho de que me ayudes en mi clase no nos hace compañeros. Según recuerdo, estudias Medicina y quieres ser médico. ¿Cómo te va a generar un conflicto de intereses salir con un instructor de yoga y escritor?

Amber arrugó la nariz. Sí, completamente adorable.

—¿Eres escritor? ¿Qué has escrito?

Había mordido el anzuelo.

—Para descubrirlo, tendrás que volver a hacerme esa pregunta cuando tengamos nuestra cita. Ahora, sé que tienes un horario de clases apretado. En cuanto a mí, a excepción de las clases que doy aquí, soy flexible y puedo adaptarme a ti.

—Mmm... —Soltó aire—. No lo sé.

—¿Qué día?

La vi sacudir la cabeza y llevarse una mano detrás del cuello. Un gesto que decía mucho. Estaba intentando encontrar otra excusa.

—Amber..., estoy esperando. No me obligues a ir hacia ti y sacarte una respuesta.

La piel alrededor de sus ojos se tensó y me miró indignada.

—No te atreverías.

—¡Ah, pajarito! Hay muchas cosas que podría hacer que te parecerían absolutamente indecentes.

Se quedó boquiabierta.

—Ya lo vas entendiendo. Así que respóndeme, porque no voy a cejar en el intento. ¿Cuándo estás libre?

Sin pensarlo un segundo más, contestó poniendo los ojos en blanco.

—Tengo clases el lunes y he quedado para estudiar con un compañero el martes, tendrá que ser el miércoles.

Ahora hice una mueca. El monstruo de los celos abrió sus ojos, reptó desde la base de mi columna y se cerró en torno a mi corazón. Después, clavó las garras en mi carne hasta hacer que me temblaran las rodillas de forma incontrolable.

—¿Has quedado para estudiar? —mascullé.

Sonrió son suficiencia, recogió su chaqueta y se la puso. Observé cómo se arqueaban sus senos con el movimiento. Si hubiera estado frente a ella, habría sentido esas puntas erectas rozándome el pecho y calmando a la bestia que rugía por atención.

—Sí. Los estudiantes tienen que dividirse por parejas. Tuve suerte y la mía es el hijo del profesor. Es un estudiante de segundo y va a enseñarme cómo funciona todo.

A pesar de que hice todo lo posible para evitarlo, solté un gruñido.

—¿Y ese compañero tiene nombre?

Amber sonrió y se abrochó la chaqueta.

—Landen. ¿Por qué?

Landen. Por supuesto. El nombre ideal para el médico don perfecto que podría protagonizar la portada de una revista *GQ*. Ni de coña pondría un dedo sobre mi chica.

Mi chica. ¡Oh, mierda!

No tenía ningún derecho a llamarla «mía»... por ahora. Aunque eso no evitaba que cada nervio, poro y pensamiento de mi ser exclamara lo contrario.

—¿Tiene novia?

Se encogió de hombros.

—Ni lo sé, ni me importa. —Apartó la vista rápidamente, como si estuviera planeando escapar.

Vaya. Una mujer solo hacía eso si estaba incómoda o escondía algo.

—¿Ya ha intentado ligar contigo? —Inhalé despacio para no asustarla con la ira que se había apoderado de mí al oír que tenía pensado quedar con otro hombre. Un estudiante de Medicina, alguien que seguramente sería como ella. Que tendría los mismos objetivos, los mismos sueños. Jamás había tenido que competir por la atención de una mujer, pero empezaría ahora. Por ella.

Amber soltó un prolongado y sonoro suspiro.

—Dash, no vamos a tener esta conversación. Ya has conseguido que acepte cenar contigo el miércoles. No es asunto tuyo lo que haga con mi vida, ni con quién. Así que, a menos que quieras que cancele lo del miércoles, será mejor que dejes el asunto... ahora mismo.

Me llevé las manos a la espalda y las apreté con tanta fuerza que me dolieron los músculos de los hombros.

—Bien. Diviértete estudiando con tu compañero de Universidad. Te recogeré a las siete, si te parece bien.

—Salgo de clase a las cinco, así que me viene perfecto. Te enviaré mi dirección por mensaje.

Como no había nada más que pudiera hacer, asentí levemente. Ella recogió su esterilla, se colgó el bolso del hombro y ladeó la cabeza. Después se colocó un mechón rebelde detrás de la oreja y sonrió con dulzura.

—Yo, eh, sí he sentido lo mismo que tú hoy. —Sus palabras fueron rápidas e inseguras.

La oleada de alivio que sentí fue similar a un bálsamo de aloe vera sobre un sarpullido. La observé caminar hasta la salida antes de responder.

—Gracias.

Amber se detuvo, se dio la vuelta y apoyó una mano en la cadera.

—¿Por qué?

—Por reconocer la verdad.

Resopló.

—¿Que es...?

Sonreí y me pasé los dedos por el pelo, mientras intentaba encontrar las palabras correctas. Tenía que darle algo que le hiciera recordar ese día. Un rayo de esperanza que durara todo el fin de semana, la clase del martes y la posterior cita con Landen.

Era ahora o nunca.

—Que algo, el universo, o tal vez tu Dios, nos ha unido.

—¿Mi Dios?

Asentí.

—¿Eso significa que no eres creyente? —Se puso pálida y le brillaron los ojos. Un ligero temblor recorrió sus labios húmedos.

Instintivamente, supe que mi respuesta a esa pregunta sería mucho más importante que cualquier otra cosa que me inquiriera jamás.

—No lo sé —admití al cabo de un rato, sin saber del todo dónde me llevaría mi respuesta. Mi familia no era religiosa y nunca había ido a la iglesia. Todo lo que conocía de Dios y de la religión provenía de los textos de teología que había leído. Y eso no significaba que fuera creyente. Al menos no en ese momento.

Mientras esperaba su reacción, pude contar el paso de los segundos en el reloj, ya que la habitación se había sumido en el silencio. Oí mi propia respiración; sonaba fuerte, como si te llevaras una concha al oído y escucharas el océano. Estaba usando la respiración *Ujjayi*; una técnica poco habitual en mí que consistía en inhalar y exhalar solo por la nariz.

Si lo haces de forma correcta, genera un sonido oceánico al cerrarse la garganta y pasar el aire a presión a través de ella. Cuando el aire es liberado, el resultado es un chakra sacro y raíz abiertos. Además, la respiración crea un sonido de corriente, que puede ayudar a centrar y a enfocar la atención hacia dentro. Dara, la instructora de meditación, me la había enseñado el año anterior, cuando estaba teniendo problemas para meditar.

Esperé lo que me pareció una hora a que ella respondiera, aunque seguro que solo fueron unos segundos. Entonces se le iluminó el rostro y esbozó la sonrisa más cándida que le hubiera visto jamás. Cuando sonreía era guapa a rabiar.

—Entonces tendré que despertar tu fe. —Hizo un gesto de despedida con la mano por encima de la cabeza y gritó—: Te veo el miércoles.

Sus pasos resonaron por el pasillo. Me esforcé por oírlos el mayor tiempo posible antes de ponerme en cuclillas y balancearme con los pies apoyados en el suelo. Continué con la respiración *Ujjayi* durante diez minutos, hasta que una sensación de tranquilidad reemplazó a la energía nerviosa y a los celos que se habían apoderado de mí.

Me levanté, apoyé las manos en el centro de mi pecho, con las palmas en contacto, y agradecí al universo todo lo que me había ofrecido ese día. No tenía ni idea de lo que me depararía el futuro, pero con un majestuoso pajarito como Amber, sabía que sería algo único.

8

Postura de la guirnalda

(*En sánscrito:* Malasana)

Una postura magnífica para abrir el chakra sacro y las caderas. Muchos practicantes de yoga la usan para centrar y unir el cuerpo a la tierra. Cuanto más cerca se esté del suelo, más energía de la Tierra puede sentirse. Para entrar en esta asana, ponte en cuclillas con las piernas separadas, de modo que los glúteos se acerquen al suelo, pero sin tocarlo. Presiona los codos contra los muslos internos y une las manos en el centro del corazón para ayudar a mantener el equilibrio. Mantén esta postura mientras te sientas cómodo.

AMBER

—¡Hoy mi padre se ha portado como un imbécil! —protestó Landen antes de arrojar su mochila sobre la larga mesa de roble del comedor de la casa de sus progenitores.

Con pasos lentos, lo seguí al interior de la pequeña mansión. Si la vivienda de mis abuelos costaba un par de millones, esa debía de costar el doble, incluso el triple. Estaba ubicada en las colinas de San Francisco y por sus ventanas se podía ver el Golden Gate, el corazón de la ciudad, sus rascacielos y las aguas turbulentas de la bahía. Al doctor O'Brien le había ido muy bien. Aunque también era cierto que, cuando una persona era responsable de enseñar a las mentes más brillantes las complejidades de la medicina moderna, en un programa de élite como en el que había entrado, el salario debía de ser bastante generoso.

También dejé la mochila sobre la mesa rectangular de roble macizo. Tenía doce sillas a su alrededor, pero habrían cabido veinte apretadas. En las paredes colgaban fotografías familiares. Imágenes de Landen cuando era bebé, de su padre con él; del mismo tipo que mi abuela tenía por toda la casa. A juzgar por las imágenes, Landen se parecía a su padre. Su madre tenía el cabello rubio, liso y brillante.

—¿Te apetece un poco de té helado? —Me entregó un vaso lleno.

Sonreí.

—Claro. Gracias.

Landen negó con la cabeza y se puso a andar de un lado a otro frente a la mesa.

—No me puedo creer lo cretino que ha sido mi padre. Hacer una pregunta personal de ese modo... No lo entiendo.

Beber el té era una distracción tan buena como cualquier otra, así que eso fue lo que hice.

—Él no es así. Nunca se involucra de forma personal con sus estudiantes. Siempre se muestra estrictamente profesional. Lamento que hoy te haya preguntado por tu madre. —Sus ojos eran una combinación de tristeza y algo más; las pequeñas líneas alrededor de ellos podían verse perfectamente.

Me limité a asentir, sin estar de acuerdo con él. Me habría gustado frotarle la espalda para tranquilizarle, pero habría sido un gesto demasiado directo y posiblemente le habría dado una impresión que no quería que tuviera. Aunque tenía su parte de razón. Lo último que quería un nuevo estudiante era causar una mala impresión al profesor. Estiré el brazo y coloqué la mano en el bíceps de Landen en lugar de en su espalda. Parecía una zona más de amigos. Al igual que Dash la primera vez que nos habíamos visto, Landen tensó el brazo de inmediato.

No respondas. No respondas, me dije, pero no pude evitar sonreír.

Era demasiado gracioso. Que un hombre tensara los músculos *ipso facto* de ese modo. Una tontería. Aunque eso volvía a demostrar que lo más probable era que Landen quisiera que fuéramos algo más que simples compañeros de estudios. Lo mejor que podía hacer era no alimentar su ego en esa dirección, o tendría que desalentarle a lo grande. Además, seguro que Dash perdería la cabeza si descubría que Landen estaba coqueteando conmigo.

Dash. Me estremecí. Realmente no había nada oficial entre el instructor y yo. Más allá de lo que él pudiera pensar, era imposible que yo fuera su tipo. Por supuesto, la cita del día siguiente decía lo contrario. Pero en cuanto descubriera que no estaba dispuesta a acostarme con él, perdería el poco interés que parecía tener. Así que, en teoría, yo era libre de hacer lo que quisiera y con quien quisiera; incluido el chico que estaba mirándome con esos amables ojos verdes y un encantador hoyuelo en la mejilla derecha. Aun así, sentí una punzada de culpa en las venas que me heló la sangre.

Me separé de él y fruncí el ceño.

—Lo siento.

Landen sonrió.

—¿Por qué? Me gusta cuando me tocas. Es agradable. —Cambió de posición y se frotó la nuca—. Lo que quiero decir es que tengo la sensación de que ya nos conocemos. ¿No te parece raro?

Ahora sí reí. Puede que tuviera razón.

—Reconozco que tengo una extraña sensación de *déjà vu* cuando estoy contigo. ¿Estás seguro de que no hemos coincidido en alguna clase?

Él hizo un gesto de negación antes de volver a fijarse en mí. Me miró de arriba abajo, como si me estuviera acariciando con los ojos.

—Créeme. Te recordaría.

Suspiré y le di un empujón en el pecho.

—Cierra el pico. Seguro que estuvimos juntos en algún seminario y nos sentamos cerca o algo parecido. Quizá por eso tu padre me hace tantas preguntas personales. Porque cree que me conoce.

Era una excusa tan buena como cualquier otra. Lo que ya no era tan fácil de explicar fue que le pillara mirándome varias veces durante la clase. Y no en la forma como algunas personas se quedan mirando absortas en una dirección, sino como si me estuviera mirando específicamente a mí. Como si estuviera registrando mis facciones para un estudio científico. Sinceramente, estuve todo el día incómoda.

—Bueno, siento lo de mi padre. Pero insisto, si te ha estado mirando todo el día y haciendo preguntas personales, al menos tiene buen gusto. —Levantó las cejas de modo sugestivo.

—¡No seas cerdo! ¿Estás sugiriendo que tu padre se siente atraído por mí?

Landen se rio a carcajadas, apartó una silla de la mesa y se desplomó en ella. Tenía veintitrés años, era alto y con un buen cuerpo. Comparado con los músculos y la complexión de Dash, era delgado, pero definitivamente no era solo piel y huesos. Con sus estudios y su afición al ciclismo, seguro que le costaba ganar mucho peso. Estaba en buena forma y desde luego le encontraba atractivo, pero no sentía nada *en concreto* por él. No despertaba en mi interior ese anhelo que sentía cuando estaba con Dash. Con ese maldito y ardiente instructor de yoga.

—No, no creo que le gustes. Salir con estudiantes no es su estilo. Además, mamá lo mataría.

—¿A qué se dedica tu madre?

—Dirige una exitosa agencia de publicidad aquí en la ciudad. Representa a muchas grandes marcas. Como puedes ver —alzó las manos y señaló a su alrededor—, les está yendo muy bien.

Me reí y me senté en la silla que había al lado.

—Sí, ya me he dado cuenta.

Landen puso su mano sobre la mía.

—¿Y de qué más te has dado cuenta?

Antes de que pudiera responder, una puerta se abrió y se cerró y el profesor O'Brien entró, cargado con un montón de libros. Primero miró a su hijo, después a mí y luego a nuestras manos unidas. Frunció el ceño y tiró los libros sobre la mesa.

—¿Qué estás haciendo aquí? —Su tono era seco, frío e iba dirigido directamente a mí.

—Landen me ha invitado —respondí a duras penas.

—Papá, ¿qué narices te pasa? Llevas toda la semana comportándote de una forma muy rara. Y ahora también estás siendo grosero con Amber.

La expresión de dolor que creí ver en los ojos del profesor el día de la presentación volvió a aparecer tan clara como la luna en una noche despejada.

Algo estaba sucediendo con el padre de Landen y yo no quería estar en medio. Me levanté, me colgué la mochila del brazo y retrocedí unos pasos.

—Lo siento, no era mi intención ser una molestia. Está claro que necesitáis hablar un rato a solas —dije.

—Amber, no... Quédate. —Landen se levantó y me agarró la mano.

Negué con la cabeza y miré a su padre. Seguía con el ceño fruncido y ahora apretaba los labios en una dura mueca. Las pequeñas arrugas alrededor de sus ojos de pronto eran tan visibles que podría haberlas trazado a un metro de distancia.

—No, me marcho. Os dejo solos.

Landen dejó caer los hombros unos centímetros y agachó la cabeza.

—Está bien. Te acompaño a la puerta.

Justo cuando estaba a punto de pasar junto al profesor, él me agarró de la muñeca.

—Lo siento. Es que te pareces tanto a ella. Es asombroso.

—¿A quién? —pregunté, buscando en sus ojos alguna pista.

—A mi Kate —susurró. De nuevo apareció esa expresión de dolor que ya le había visto varias veces cuando me miraba.

Si en ese momento me hubieran tirado encima un enorme cubo de agua helada, no habría sentido nada en absoluto. Fue como si me hubiera convertido en una piedra. No podía moverme y no sentía nada.

—¿Amber? —Landen me sacudió. Noté el calor de su mano en el hombro del que me estaba agarrando.

Abrí la boca y me dispuse a hablar sin dejar de mirarle a los ojos.

—Mi madre se llamaba Kate.

El profesor se tapó la boca con la mano para contener lo que supuse solo podía ser un grito silencioso. Se le llenaron los ojos de lágrimas que nunca se derramaron.

—Dios mío...

—¿Y luego qué pasó? ¡No te dejes ningún detalle! —Genevieve y su enorme vientre intentaron encontrar una posición más cómoda sobre la cama.

Justo después de salir de casa de Landen, me había ido directamente a ver a mi mejor amiga. Me senté de piernas cruzadas en el colchón mientras ella descansaba su gigantesca barriga en una almohada para embarazadas.

Me presioné las sienes con los dedos.

—¿Qué crees que hice? ¡Me conoces!

Ella se rio entre dientes.

—Saliste corriendo. —Abrió los ojos como platos—. ¿Y esta vez *literalmente*?

Asentí enérgicamente y me llevé la copa de vino tinto a los labios. No bebía con frecuencia, solo una copa con mis abuelos cuando teníamos algo que celebrar. Esta vez, quería eliminar la tensión y la ansiedad que sentía.

—Vaya. ¿Así que te asustaste porque estaba claro que conocía a tu madre? —preguntó.

Volví a asentir.

—¡Qué fuerte, chica! *Muy* fuerte. ¿Alguna vez te has encontrado con alguien, además de tus abuelos, que la conocieran?

Inhalé, me aseguré de que mis pulmones estuvieran a punto de estallar antes de soltar el aire y me detuve a pensar en ello, pero no se me ocurrió un solo nombre.

—No. Ni siquiera nuestro párroco. Solo lleva aquí diez años. —Sentí que mis hombros se hundían, como si estuvieran soportando encima un par de toneladas.

—Lo siento. Te ha debido de resultar muy duro. ¿Qué vas a hacer? —preguntó Genevieve.

—No estoy segura. —Recorrí el borde de la copa de vino con movimientos regulares.

Genevieve se pellizcó la frente.

—Pero vas a preguntarle cómo conoció a tu madre, ¿no?

Me encogí de hombros. Se suponía que era una pregunta simple a la que tenía que dar una respuesta fácil, pero me pareció de todo menos eso. El corazón me retumbaba en el pecho, me dolía la cabeza, y tenía un sabor amargo en la boca.

Mi amiga puso una mano sobre la mía, que tenía apoyada en el regazo.

—Cariño, ahora puedes saber algo más sobre ella. Puede que ese hombre haya ido a la Universidad con ella o le haya dado clases. No se te va a presentar otra oportunidad como esta.

Moví la cabeza despacio, primero a la izquierda y luego a la derecha. Un crujido satisfactorio llenó el aire.

—¡Ah, querida! Estás demasiado tensa —dijo con la voz cargada de preocupación y ansiedad; dos sensaciones con las que había tenido que lidiar mucho últimamente.

Resoplé.

—Viv, no sabes la mitad de la historia.

Sus ojos negros como el carbón se clavaron en los míos.

—Compartir nuestras penas aligera la carga. Y si ahora tengo algo es tiempo. —Se frotó el vientre unas cuantas veces.

Mientras la observaba, vi aparecer un bulto bajo su piel. Dejé la copa en la mesa, me tumbé sobre mi estómago y apoyé la mano en aquel lugar. El bebé me dio un ligero empujón y, durante unos segundos, mantuve con él una pequeña lucha de presión-contrapresión. Después apoyé la mejilla contra su vientre y Viv colocó la mano en mi pelo y comenzó a masajearme la cabeza.

—Amber, he sido tu mejor amiga desde que tienes uso de razón. Cielos, desde que yo tengo uso de razón, y soy mucho mayor...

Me reí.

—Sí, tres años mayor. Y ni siquiera eso. Más bien dos años y tres cuartos. ¡Qué gran diferencia de edad!

Ella siguió pasando los dedos por mi cabello, rascándome suavemente el cuero cabelludo y frotando el punto en el que creía que lo necesitaba. Yo estaba casi ronroneando, disfrutando cada segundo de ese tratamiento relajante.

—Viv, los últimos días han sido difíciles de digerir —admití.

—Cuéntamelo... —insistió, mientras continuaba con su maravilloso masaje.

Me lamí los labios y empujé lo que imaginaba era un pie o el codo del bebé. Parecía muy pequeño, pero lo bastante grande como para moverse cuando le aplicaba un poco de presión.

—Besé a Dash. —Las palabras salieron de mis labios como si estuviera revelando un secreto de Estado.

Genevieve detuvo un instante el masaje. Apreté los labios y esperé a que ella me reprendiera.

—¿Y cómo estuvo?

Apoyé la mejilla con más fuerza en su vientre para escuchar los sonidos entre el bebé y la madre; una era como una hermana, el otro muy pronto formaría parte de mi vida. Amaba a esa criatura con todo mi corazón y sabía que haría lo que fuera por ser una tía fantástica. Mi amiga tenía muy pocos parientes con los que poder contar y, salvo por los padres de Trent, siempre estaría allí para ella y su pequeñín, tal y como ellos estarían para mí.

—Bien. Agradable. Aterrador.

Volvió a interrumpir sus movimientos.

—¿Aterrador? ¿Cómo que aterrador?

Parpadeé algunas veces y recordé ese beso. Mientras estaba con los ojos vendados, todo había sido muy intenso.

—Surrealista. Como si realmente no hubiera estado sucediendo. Pero también me gustó tanto que yo...

—¿Que tú qué?

Se me llenaron los ojos de lágrimas y suspiré contra su vientre.

—Viv, él es la tentación personificada.

Genevieve se rio con tanta fuerza que le tembló todo el vientre.

Me puse de costado, doblé el brazo y apoyé la cabeza en la mano.

—¿Te parece gracioso?

Ella asintió, sin dejar de reírse.

—En serio... ¡Ay, Dios...! Sí. Sin duda es de lo más tentador.

Bueno, por lo menos estaba de acuerdo conmigo en eso.

—Es que, cuando estoy cerca de él, siento cosas que nunca había sentido. Cosas que he evitado en concreto con otros hombres. —Bajé la vista, esperando oír su opinión.

—Es comprensible. Dash es muy atractivo. Pero creo que tiene algo más, es muy sensual e irradia erotismo por cada poro de su cuerpo. Por el amor de Dios, si se dedica precisamente a enseñarlo.

Hice un mohín y puse los ojos en blanco.

—¿Y ahora qué hago?

Genevieve sonrió.

Os juro por lo más sagrado que, cuando ella sonríe, el mundo se ilumina. Es como un rayo de sol. ¿Quién necesita Hawái? Venid a ver a la mujer más dulce y hermosa del planeta y encontrad vuestro propio paraíso.

—Cariño, ¿qué quieres hacer? —Su tono era suave, como el de una madre hablando con su hijo. Supuse que ya estaba desarrollando su instinto maternal.

Solté la primera idea que se me pasó por la cabeza.

—Desnudarme y acostarme con él.

Por la forma como se le sonrojaron las mejillas y abrió y cerró la boca, no fui la única sorprendida por aquella confesión.

—Amber, tú nunca...

—Lo sé. ¿Ves a lo que me refiero? ¡Aterrador!

Genevieve asintió.

—Y que lo digas. ¿Qué vas a hacer?

Negué con la cabeza.

—Tenemos una cita mañana por la noche.

Genevieve ladeó la cabeza y se ahuecó el cabello.

—¿Tienes una cita con él? ¿Dash te ha invitado a salir?

Asentí.

—Interesante. Dash no ha tenido ninguna cita desde hace mucho tiempo. Desde la chica del Rainy Day. —Apretó los labios—. Según tengo entendido, necesitaba tomarse un tiempo para encontrarse a sí mismo, y lleva así durante casi un año. Me sorprende que te haya invitado a salir.

Cuando mencionó a la atractiva mujer de pelo rubio rojizo, Coree, si no me fallaba la memoria, sentí una punzada de irritación y celos. ¡Uf!

—¿Por qué? ¿Porque no soy su tipo?

Genevieve se retorció para sentarse.

—Cariño, por favor, no me refería a eso. En absoluto. —Puso una mano en mi mejilla—. Eres la mujer más guapa que conozco, por dentro y por fuera. Lo que quiero decir es que él me hizo una confesión hace un tiempo.

Confesión. Eso sonaba inquietante y, al mismo tiempo, tremendamente emocionante.

Deseando obtener cualquier información sobre el atractivo instructor, me senté a toda prisa y la tomé de ambas manos.

—Soy tu mejor amiga del mundo. Ese hombre puede romperme el corazón en mil pedazos. Además, los detalles jugosos tienen que compartirse. ¿Quién mejor que yo? —insistí.

Ella rio y suspiró, sus rosados labios brillaban bajo la luz del día.

—Él me mataría si te lo dijera —susurró, antes de mirar nuestras manos unidas.

—¡Me pasaré todo el mes recitándote versículos de la Biblia si no me lo cuentas!

El comentario hizo que volviera a estallar en carcajadas y que le temblara el vientre.

—¡Ay! —Hizo una mueca de dolor y se llevó la mano a un lado de la abultada barriga—. Tranquilo, pequeño. Mamá comerá pronto. Deja de darme patadas. Seguro que termina siendo jugador de fútbol, para disgusto de Trent. —Sus ojos brillaron traviesos.

Yo, sin embargo, me jugaba el cuello a que ese niño vendría con un bate y un guante de béisbol debajo del brazo, ya que su padre era el bateador estrella de los Ports de Oakland, pero dejaría que mi amiga creyera lo que quisiera.

—¡Venga, Viv, me muero de la curiosidad! —Apreté los dientes y contuve la respiración a la espera de cualquier detalle sobre Dash Alexander.

Ella movió la cabeza de un lado al otro, como si estuviera considerando decírmelo o no. Finalmente, cerró los ojos y asintió.

—De acuerdo. Cuando le pregunté por qué estaba en una época de sequía de citas...

—¿Sí?

—Bueno, me dijo que ya estaba cansado de jugar. Que la próxima persona con la que saliera sería alguien con la que creyera que podía convertirse en algo más. Tiene veintiocho años. Tiene experiencia y nunca le ha faltado compañía femenina.

Volví a apretar los dientes.

—Sí, eso supuse. ¿Me estás diciendo que es un mujeriego?

Genevieve se tapó la boca con la mano y se rio.

—Sí y no. Me imagino que tiene un pasado. Es decir, enseña yoga tántrico y, por lo que él mismo me ha comentado, lo ha puesto en práctica, pero... Supongo que lo que intento decir es que si te ha invitado a salir, no es porque vayas a ser la siguiente en su lista de conquistas. ¿Entiendes a lo que me refiero?

Un alivio enorme descendió sobre mí, rodeándome como una fina neblina en un día nublado en la bahía de San Francisco. Cerré los ojos y dejé que las turbulentas sensaciones de esperanza, alegría y fe invadieran mis poros. De repente, mi espíritu se animó con la confianza de que tal vez, solo tal vez, Dash y yo pudiéramos ser algo más. Si su objetivo no era solo el de colarse en mis bragas, entonces no estaría tentada a romper mi voto personal de castidad hasta el matrimonio. Bien podíamos tener la oportunidad real de mantener una relación sana.

—Amber, cariño, ¿estás bien? —Un ceño de preocupación tiñó el rostro de muñeca de porcelana de mi amiga.

—Estoy bien. Mejor que bien. Estoy perfecta.

9

Chakra sacro

El segundo chakra está ubicado en el sacro, en la zona del bazo, y está relacionado con los órganos que producen las diferentes hormonas sexuales y regulan la reproducción, como los testículos y los ovarios. Las funciones principales de este chakra están en el área de las relaciones, la violencia, el placer y las necesidades emocionales cotidianas de las personas. En el aspecto psicológico, tiene una gran influencia, entre otros, en el entusiasmo y el deseo sexual.

AMBER

Dash me sostuvo abierta la amplia puerta de madera y apoyó la mano en la parte baja de mi espalda. Intenté no reaccionar a la chispa instantánea que se encendió ante su contacto.

—Después de ti —dijo con una sonrisa.

El pequeño restaurante se encontraba en un edificio escondido, en un pequeño barrio de Berkeley, donde yo no solía ir. Al ser estudiante, acostumbraba a salir por zonas que estuvieran cerca de la universidad o de mi casa para ahorrar en aparcamiento.

Nada más entrar, nos recibió un hombre alto y delgado, vestido con traje y con el cabello negro y engominado peinado hacia atrás.

—*Bonjour, monsieur* Alexander —saludó a Dash—. Tengo la mesa lista para usted y para su *belle femme*.

—Muy amable, caballero, gracias —respondió Dash.

Volvió a colocar la mano en mi espalda y me llevó a un pequeño patio trasero al aire libre. Una glicina trepaba por la pared de ladrillo y la cerca de hierro negro forjado. La vista desde la pequeña zona de mesas era espectacular. No me había dado cuenta de que habíamos subido tanto. A juzgar por el paisaje, me pregunté si todavía estábamos dentro de Berkeley o en las afueras de la ciudad. Me detuve y contemplé la belleza que se desplegaba ante mí. Desde ese punto, San Francisco y el océano se veían impresionantes.

Dash sacó una silla de metal con cojín y sus patas de hierro chirriaron sobre el suelo de ladrillos. Me hinché como un pavo ante su caballerosidad. Desde que me había recogido, había mostrado sus mejores modales. Solo me había tocado de forma educada; lo que agradecía y odiaba al mismo tiempo. Era un hombre que llevaba en sus genes tocar, por lo que me preocupaba que no tuviera sus manos sobre mí; quizás ese era el detalle más perturbador de estar en su presencia. Y lo que era todavía peor, sabía que no podía preguntarle qué estaba pasando sin reconocer las ganas que tenía de acariciarle.

¡Uf! Me reprendí mentalmente por tener pensamientos tan impuros. Estar sentada frente a él en un ambiente tan romántico derribó mis defensas. La luz de la vela del centro de mesa hacía que su rostro brillara en un cálido tono color miel y su mirada abrasadora buscaba la mía encontrando todas las respuestas a preguntas que él ni siquiera había formulado. Por no mencionar que estaba increíblemente apuesto con un traje de color gris oscuro y una camisa de vestir verde azulada con los primeros botones desabrochados que me permitía admirar una porción de su piel bronceada. El tono de la camisa hacía que sus ojos brillaran de un radiante ámbar, justo como la piedra.

—¿Qué te parece el lugar? —preguntó Dash, antes de levantar su vaso de agua y beber un trago.

Inhalé el aroma floral y sacudí la cabeza en un gesto de asombro.

—Es increíble. Ni siquiera sabía que existía y la vista... Dash, es increíble.

La sonrisa que me ofreció a modo de respuesta envió una corriente de calor que me atravesó el pecho y bajó directamente a mi entrepierna. *Señor, por favor, ayúdame, porque este hombre va a ser mi perdición.*

—Me alegra que te guste. El dueño es un buen amigo de mi padre y de mi madrastra. Puede que haya usado mis influencias para conseguir una mesa.

Puse una mano sobre la suya en la mesa.

—Gracias. Significa mucho para mí que quieras enseñarme un lugar que consideras especial.

Me apretó la mano y, cuando el camarero llegó, entrelazó los dedos con los míos. En ese momento tiré para soltarme, pero él me lo impidió. Por lo visto le hacía feliz sujetarme la mano mientras el hombre nos hablaba.

—*Monsieur*, ¿quiere que les diga cuáles son nuestras recomendaciones del día? —Nos entregó dos menús con cubiertas de cuero.

Sostuve el menú contra mi pecho mientras Dash respondía con un *oui* en francés.

—Los especiales del día incluyen el salmón a la plancha del chef, acompañado de una salsa de vinagre de vino, arroz pilaf y verduras sazonadas. También tenemos su receta especial de filete *au poivre*. Consta de un lomo de ternera con granos de pimienta molidos y braseado en salsa de mostaza y coñac. ¿Les traigo algo de beber mientras deciden qué van a pedir?

Dash me miró.

—¿Bebes alcohol, pajarito? —Sonreí por el apodo que había escogido. Al menos era original.

—Me gusta el vino, pero no lo bebo con mucha frecuencia. Estoy demasiado ocupada estudiando.

—Tengo el vino perfecto para esta noche. ¿Te importa si lo pido por los dos?

¿Me había pedido permiso? Sí, lo había hecho. Muchos hombres se habrían limitado a pedir lo que querían sin tener en cuenta la opinión de su cita. Ya había descubierto que no se podía juzgar un libro por su portada y ahora me daba cuenta de que con Dash pasaba lo mismo. Que tuviera un rostro atractivo y un cuerpo por el que babeaban hombres y mujeres por igual, no significaba que no tuviera más cosas que ofrecer al mundo que su belleza. Decidí que más tarde rezaría para pedir perdón por los prejuicios iniciales que había tenido con él sobre la clase de hombre que era, basándome solo en su apariencia. No volvería a cometer ese error.

—Me encantaría que pidieras por mí. Me temo que no sé mucho sobre vino, ¡más allá de que me gusta!

Él sonrió y se dirigió al camarero.

—Queremos una botella de su *Alphonse Mellot Sancerre Rouge Génération XIX. Merci.*

—¡Vaya parrafada! ¿Hablas francés? —Por las frases en concreto que había usado y lo fluidas que habían sonado me pareció que estaba familiarizado con el idioma.

Dash se recostó en la silla y me soltó la mano.

—¡Qué observadora! Pasé algunos años en Europa mientras estudiaba la práctica del Tantra. Hay muchas culturas que lo ven de un modo diferente. Quería tener una concepción del mundo lo más completa posible. Pero, respondiendo a tu pregunta, he aprendido un poco del idioma de cada país en el que he estado: Francia, Alemania, Italia, España. Lo suficiente para meterme en líos. —Se rio—. ¿Qué hay de ti? ¿Has vivido en algún otro sitio que no sea California?

Ladeé la cabeza y apoyé un codo sobre la mesa.

—¿Te sorprendería si te dijera que nunca he vivido en otro lugar que no sea Berkeley?

Dash abrió los ojos asombrado.

—Ni siquiera me he mudado de la casa en la que crecí.

Dash también colocó un codo sobre la mesa y apoyó la mejilla en la palma de la mano, imitando mi postura.

—Sin embargo, se te ve muy cosmopolita. ¿Quieres viajar?

—Mucho. Quiero ir a todas partes. Pero la Facultad de Medicina no te deja mucho tiempo libre. Quiero graduarme lo antes posible para poder ejercer cuanto antes.

—¿Has escogido ya especialidad?

Jugueteé con la servilleta y pensé en la conversación que había tenido con Landen acerca de la medicina general, la ginecología y la obstetricia.

—Aún no estoy segura. Me inclino sobre todo por la pediatría o la obstetricia.

—¿Muchas mujeres siguen ese camino?

Sin querer, me eché hacia atrás en la silla con un poco más de ímpetu de lo que se consideraría educado.

—¿Estás insinuando algo sobre mi género? —pregunté entre dientes.

Dash cambió de postura y alzó las manos en señal de paz.

—No, en absoluto. Solo me preguntaba si las mujeres se sentían más inclinadas a ocupar los campos médicos que se consideran más relacionados con la crianza. Imagino que es lo que mejor encaja con la profesión.

Cerré los ojos.

—Lo siento. No quería reaccionar de ese modo. Ha sido una semana bastante rara. No soy yo misma.

En ese momento, llegó el sumiller con el vino y sirvió la cantidad justa para que Dash lo probara. Le vi girar el líquido color carmesí y olerlo dentro de la copa redondeada, antes de tomar un sorbo.

—*Magnifique* —dijo.

El hombre sirvió un poco en cada una de nuestras copas y dejó la botella sobre la mesa.

—De acuerdo, primero tienes que girar el vino de esta forma —indicó Dash y movió su mano en un rápido patrón circular—. Después deja que el aroma suba por tu nariz e inhala la sensación que te provoca el vino.

Seguí sus instrucciones al pie de la letra.

—Ahora bebe un sorbo pequeño, pero no lo tragues. Deja que descanse en tu lengua y penetre completamente en tus papilas gustativas.

Cada uno tomó un sorbo y lo saboreamos juntos. Cerré los ojos y disfruté del mejor vino que jamás había probado. Antes de volver a abrirlos, sentí una suave presión en la mejilla. El aroma a menta y a eucaliptus me dijo que Dash se había acercado. Jadeé durante un instante cuando noté una ligera sensación de calor en la nariz. Estaba frotando su nariz contra la mía lentamente, con ternura.

—¿Qué has percibido? —preguntó, enroscando los dedos en el cabello de mi nuca.

—Bayas..., eh..., ciruela... —respondí. Ahora que sabía que lo tenía tan cerca se me aceleró la respiración.

—¿Y?

—Especias. —Exhalé y noté su aire. Había sincronizado su respiración con la mía, para que respiráramos la fuerza vital del otro, igual que habíamos hecho en clase. Todo mi cuerpo se encendió como fuegos artificiales; cada una de mis terminaciones nerviosas reaccionó a su proximidad.

Rozó mis labios con los suyos.

—Muy bien, pajarito.

Froté los labios contra los de él lo suficiente como para sentir una pizca de humedad cuando me lamió el labio inferior. Fui incapaz de reprimir un suspiro. Justo sobre su boca. La típica reacción de una chica desesperada, pero no pude evitarlo.

Durante unos instantes gloriosos, el tiempo se detuvo. El aire se calentó y la vela sobre la mesa parpadeó al tiempo que una sensación de familiaridad atemporal nos cubría a ambos como una suave manta. En ese momento, no quise estar en ningún otro lugar más que absorta en la esencia de Dash. Su cuerpo clamaba por el mío en un nivel visceral, carnal, pero era mucho más que eso. Casi como si nuestras almas se estuvieran mezclando, danzando bajo la luna, sin una sola preocupación en el mundo. Tan pronto como vi esa imagen en mi mente, jadeé y me eché atrás.

Dash abrió los ojos y lo supe. Simplemente lo *supe*. Quería mirar esos ojos el resto de mi vida. Todo católico cree que Dios tiene un plan, y que con su sabiduría y amor, él nos une. Dash había estado en lo cierto. Estábamos destinados a encontrarnos.

Abrí la boca para decírselo, decir... lo que fuera. Tal vez que entendía lo que él había sentido antes, y que ahora me pasaba lo mismo, pero no sabía cómo describirlo. Estaba tan lejos de mi habitual comprensión científica o espiritual...

—Está bien. Lo sé. —Su voz estaba llena de confianza y determinación.

Negué con la cabeza y me froté las sienes.

—¿Pero cómo?

Él se encogió de hombros.

—Solo lo sé. —Se encogió de hombros.

Me recosté en la silla para poner un poco de distancia entre ambos. Pero Dash, en vez de volver al otro lado de la mesa, donde había estado antes, me cubrió la mano con la suya.

—Lo descubriremos juntos.

—¿Siempre tienes las cosas tan claras? ¿Todo es blanco o negro?

—No. —Rio y apoyó la barbilla en la palma de la mano—. Descubro que la mayoría de las cosas están llenas de color y pintadas con una mezcla de trazos de diferentes anchos con interminables comienzos y finales. Pero el resultado es siempre una obra maestra para el Creador.

El Creador.

—¿Y si no creemos en el mismo Creador? —Tragué un nudo de emociones del tamaño de una pelota de golf.

Dash titubeó.

—Creo que todo el mundo tiene su propia concepción del Creador o de un poder superior. Incluso le damos un nombre diferente. ¿No te parece interesante que en cada fe exista una fuerza primaria que tiene poder sobre todas las cosas? Para los cristianos, es Dios y Jesús. Para los musulmanes, Alá. El Budismo se basa en las enseñanzas de un hombre llamado Siddharta Gautama. Incluso los paganos adoran a la Madre Tierra.

—¿Y adónde quieres llegar con esto? —pregunté, temiendo escuchar su respuesta.

Si él no creía en un ente superior, cualquier relación que surgiera entre nosotros no funcionaría. Yo era una creyente devota del Padre, el Hijo y el Espíritu Santo. Aceptaría que él no creyera en una religión específica, pero si no tenía ningún tipo de fe... sería un obstáculo insalvable.

—Lo que quiero decir, pajarito, es que pienso que todo el mundo cree en la existencia de un poder superior, pero cada uno lo llama como quiere.

Bien, es creyente. Gracias, Dios mío.

—¿Entonces crees en Dios? —pregunté, más por mi propia tranquilidad que por otra cosa. Debería haber tenido más fe en el Señor y saber que Él nunca habría hecho que tuviera sentimientos románticos tan intensos por una persona no creyente.

—Aunque me considero una persona espiritual, creo en el mismo Dios que tú amas y adoras. Sin embargo, no soy practicante en un sentido convencional de la palabra, no voy a misa ni asisto a los servicios dominicales.

Asentí y bebí un sorbo de vino, para dejar que las notas de bayas calmaran mi ansiedad sobre ese asunto. Probablemente porque quería que él tuviera unas creencias similares a las mías. Lo necesitaba para poder seguir quedando con él. De todos modos, la religión era un tema demasiado complejo para tratar en una primera cita. Bueno, en realidad era la segunda si contábamos el almuerzo en el Rainy Day de la semana anterior. O la tercera, si incluíamos el café con dulces del día en que fuimos presentados de forma oficial.

Mientras pensaba en su respuesta, regresó el camarero y nos tomó el pedido. Ambos nos decantamos por el filete francés *gourmet*. Dash me aseguró que estaría delicioso con el vino y yo me fie de él.

—Bueno, antes me has dicho que has tenido una semana bastante rara. ¿Quieres que hablemos de eso? —preguntó.

Solté un gruñido y me hundí en la silla. El camarero había encendido el calentador que estaba cerca de nuestra mesa, lo que proporcionaba un ambiente acogedor para relajarnos y acurrucarnos en los suaves cojines. Sostuve la copa cerca del pecho para poder apreciar el aroma del vino mientras esperábamos a que llegara la comida.

Dash esperó pacientemente a que ordenara mis pensamientos. Me gustaba que pudiera disfrutar de los momentos de silencio que surgieran entre nosotros, sin necesidad de llenarlo con conversaciones sin sentido.

Al cabo de un rato respiré hondo y decidí que, si iba a permitir que ese hombre fuera algo más que el objeto de mi deseo, tendría que contarle cosas sobre mí. Ver si éramos compatibles de verdad.

—La semana pasada comencé el programa médico del que te hablé. ¿Te acuerdas?

—Sí, ¿y por qué has tenido una semana rara? ¿Estáis tocando materias que no soléis abordar? —Apoyó las manos sobre la mesa y clavó en mí sus ojos color ámbar.

Bebí un sorbo de vino y dejé que se instalara en mi lengua mientras decidía cómo describir con palabras la experiencia.

—No, pero ¿recuerdas que mencioné que mi compañero de estudio era el hijo del profesor?

—Sí —gruñó. Su mirada se volvió fría y dura como la piedra.

Solté una risita, disfrutando de ese pequeño ataque de celos. Al menos sabía que lo que había entre nosotros le afectaba tanto como a mí.

—Bueno, su padre se ha estado comportando conmigo de una forma bastante extraña. Lleva toda la semana mirándome fijamente y haciéndome preguntas raras, la mayoría personales.

Dash alargó la mano y la apoyó sobre mi rodilla.

—¿Necesitas que hable con él? ¿Que lo ponga en su lugar? ¿Ha hecho algo inapropiado? —preguntó en un torrente de ácidas palabras.

—No, no. —Negué con la cabeza—. Nada de eso. Solo fue raro. Y luego ayer, cuando estaba en su casa, Landen y yo ni siquiera habíamos abierto nuestros libros, cuando llegó él y dijo que me parecía a alguien de su pasado. Una mujer llamada Kate.

Dash me acarició el muslo con la cálida palma de su mano, guardando una distancia adecuada con mis partes íntimas. Un roce toque que me afectó sobremanera, aunque no lo habría reconocido en voz alta ni bajo coacción. Sentí que mi temperatura corporal aumentaba, lo que, combinado con el aire del calentador, hizo que el ambiente se volviera un poco sofocante. Tenía las palmas sudorosas cuando las coloqué sobre la copa de vino.

—De acuerdo. Bueno, al menos ha sido honesto. Entonces, ¿cuál es el problema?

Me lamí los labios y solté un suspiro.

—El problema es que mi madre también se llamaba Kate.

Dash suavizó la mirada mientras pronunciaba las siguientes palabras:

—Me dijiste que murió cuando naciste, ¿verdad?

Agarré la copa con más fuerza, esperando que los nervios no me traicionaran y terminara rompiendo el frágil cristal.

—Sí, murió al darme a luz.

Dash me quitó la copa y la dejó sobre la mesa antes de inclinarse y agarrarme ambas manos. Era como si supiera que me estaba costando hablar de eso. Me encantó que su primer impulso fuera tranquilizarme y consolarme.

¡Ah, Señor! Podría enamorarme de él con tanta facilidad... Por favor, guíame para cumplir Tu voluntad.

—¿Entonces es posible que ese profesor conociera a tu madre antes de su muerte?

Asentí, pero no dije una palabra.

—¿Y por qué te preocupa tanto? —continuó.

—Porque nunca he tenido ocasión de hablar con nadie que la conociera, a excepción de mis abuelos. Ella solo tenía veinte años cuando murió. Sus amigos hace tiempo que se fueron de aquí. Ni siquiera sabría cómo dar con ellos. Y mis abuelos ya tenían bastante como para mantener el contacto con los viejos amigos de mi madre. Tenían que cuidar de mí.

—¿Vas a hablar con él? —quiso saber Dash.

Bajé la vista y vi sus pulgares acariciando el dorso de mis manos. Un pequeño gesto pero con un significado enorme.

Me encogí de hombros, sintiendo un peso tremendo sobre ellos.

—Cómo no iba a hacerlo. Pero hay algo más. Cuando me vio, no solo reconoció mis facciones. Me miró como si estuviera tomando nota y catalogando cada uno de mis rasgos, como si necesitara memorizarlos.

El comentario provocó que a Dash le temblara un pequeño músculo en la mandíbula. Se inclinó hacia delante, acercándose todavía más a mí.

—¿Te está asustando? Porque no tengo ningún inconveniente en asegurarme de que ningún hombre se atreva a intimidarte.

—No, en realidad no. —Levanté la mano y le acaricié la mejilla—. Más que miedo es inquietud. Tengo la sensación de que hay algo que sabe o recuerda sobre mi madre que no me quiere decir. Tengo que descubrir de qué se trata. Se lo debo tanto a ella como a mí misma, ¿no crees?

Dash dejó escapar lo que solo podía considerarse un suspiro de frustración.

—¿Puedo estar contigo cuando se lo preguntes?

Me apretó la mano. Y justo en ese momento y lugar, me di cuenta de que no tenía que pasar por aquello sola. Sabía que tenía a Genevieve y que podía contar con ella si la necesitaba, pero bastante tenía con lo suyo. Además, Trent volvería a casa en un par de semanas y no quería molestarla con mi absurda investigación.

—¿Harías eso por mí? —le pregunté, mirando sus ojos color caramelo por enésima vez esa noche. Jamás me cansaría de ellos.

—Amber, ¿no te has dado cuenta de que haría lo que fuera por ti?

—Dash... —Se me cerró la garganta, alcancé la copa y bebí algunos sorbos para calmar el cosquilleo de emociones que había despertado con su declaración.

—No, escucha. Cuenta conmigo. Para lo que necesites. Aquí me tienes. Igual que espero que tú también estés ahí para mí. Lo digo en serio. Hay algo especial entre nosotros, y por una vez, quiero darle el tiempo necesario para que florezca y se convierta en lo que tenga que ser. Tenía pensado pasarme toda la noche convenciéndote de que nos convirtiéramos en un «nosotros». En exclusiva.

Dejé mi copa.

—¿Te refieres a ser una pareja de verdad? —Me reí. Él hizo lo mismo.

—Sí, por así decirlo. Quiero estar contigo, Amber. Lo que sea que eso signifique. Demos una oportunidad a lo que tenemos. Y eso significa, entre otras cosas, estar ahí el uno para el otro. Si este hombre sabe algo de tu madre que te inquieta, quiero estar ahí para tomarte de la mano.

—Gracias. Sí, yo también lo quiero —admití.

—Entonces, ¿quieres que lo intentemos? —preguntó con una enorme sonrisa.

Sonreí tanto que me dolieron las mejillas.

—Sí.

—No te arrepentirás. Ven aquí. —Me rodeó la nuca con una mano y con la otra me acunó la mejilla.

Antes de que pudiera decirle que las demostraciones públicas de afecto no eran de lo más apropiado en los elegantes restaurantes franceses, sus labios se apoderaron de los míos. Su lengua, que sabía a vino y a ese aroma tan propio de él, se deslizó en mi boca. Me embriagó con su beso mientras me movía la cabeza de lado a lado. Me aparté un instante para tomar unas rápidas bocanadas de aire, antes de que volviera a besarme, con fuerza, en busca de más.

Dash tomó todo lo que tenía para ofrecerle, su lenguaje corporal me prometió más de lo que jamás había soñado. Y respondí a su beso con un fervor que no sabía que tenía. Le mordí el labio inferior y luego lo acaricié con la lengua. Él gimió y contraatacó succionándome la lengua y mordiendo la punta de una manera deliciosa. Me masajeó la nuca mientras me acercaba con la otra mano, hasta que nuestros pechos estuvieron juntos. Exhaló y yo inhalé, compartiendo oxígeno para poder seguir besándonos, profundizando las caricias de nuestras bocas, hasta que me perdí en él una vez más. No... en nosotros.

Después de la cena, Dash me llevó a dar un paseo cerca de la costa. Nos besamos bajo la luz de la luna, con el agua rompiendo contra las rocas que había debajo; la serenata para la cita más perfecta de mi vida.

Cuando se hizo tarde, Dash me llevó a casa y me acompañó hasta la puerta.

—¿Te veo en la clase del viernes?

Sonreí contra sus labios y disfruté de la presión de su cuerpo en el mío mientras me sostenía contra la pared del hogar en el que me había criado.

—Estaré allí con las pilas puestas —respondí y luego pegué los labios a los suyos en busca de otro delicioso beso.

—¿Puedo llamarte mañana? —Gimió contra mi boca.

—Me encantaría. —Presioné suavemente mi boca contra la suya en una sucesión de breves picos.

—¿Vas a hablar con el profesor? Recuerda que si lo haces, me gustaría estar allí.

Me aparté para poder mirarlo a los ojos.

—Le preguntaré cuándo tiene un momento para hablar en privado. ¿Tal vez este fin de semana?

—Este fin de semana me viene perfecto, pero no por la noche. —Alzó las cejas mientras susurraba—: Tengo una cita.

Un escalofrío me subió por la espalda.

—Una cita. —Me estremecí ante la presión de esa sencilla declaración. Estuve segura de que me puse pálida porque se me revolvió el estómago.

—Sí. —Se acercó todavía más—. Contigo. A partir de ahora tengo reservados todos los fines de semana. —Me besó en la boca con fuerza—. Con mi novia.

Su novia. Sin duda éramos la pareja más ridícula de la costa oeste. Cuando le contara la historia a Genevieve al día siguiente, omitiría esta parte. De lo contrario, pensaría que me había vuelto loca.

—En realidad nunca he tenido novio. No oficialmente —admití con una sonrisa tímida. Luché con todas mis fuerzas por no enrollarme un mechón de cabello en el dedo como una adolescente ingenua a la que acababa de pedir salir el chico más popular de la clase.

Él sonrió y luego me besó una vez más.

—Bien. Entonces seré el primero y el último —dijo antes de girar sobre sus talones y bajar los escalones de la entrada.

Mi corazón todavía latía de felicidad cuando se subió al coche y se alejó. Estuve despidiéndole con la mano hasta que desapareció de mi vista.

Gracias, Señor, por traerlo a mi vida. Estoy deseando ver lo que el futuro nos depara.

10

Medio loto

(En sánscrito: Padmasana)

*La postura del medio loto abre las caderas y estira los tobillos y las rodillas.
Siéntate de piernas cruzadas como muestra la imagen, levanta un tobillo y
colócalo sobre el muslo interno. Haz lo mismo con el otro tobillo debajo del
muslo opuesto. Asegúrate de alternar las piernas para mantener el centro
equilibrado. Para entrar en la postura del loto completo, cruza ambas piernas
y apoya al mismo tiempo los pies o los tobillos en el interior del muslo opuesto.*

AMBER

Habían transcurrido dos semanas desde que había visto al profesor
O'Brien en casa de Landen. La idea era retomar la extraña conversación
que habíamos tenido en cuanto se me presentara la oportunidad y descubrir qué sabía de mi madre, si es que sabía algo. Sobre todo quería saber si de verdad se refería a mi madre y, de ser así, de qué la conocía. Por
desgracia, ese fin de semana, él y su esposa Susan se habían ido de vaca-

ciones durante dos semanas. Landen se había quedado para ir a clase y nos pasamos la mayor parte del tiempo siguiendo a los médicos que nos había asignado la Universidad de California en San Francisco. Me había tocado urgencias; un área en la que, no hace falta decirlo, no quería quedarme a largo plazo. Demasiada muerte y sangre para mi gusto.

Lo mejor de esas dos semanas fue que Dash y yo nos vimos casi todos los días. Me llevó al cine y a dar largos paseos por la ciudad. Pasamos las noches enrollándonos en su casa o contra la pared exterior de la casa de mis abuelos, con caricias ardientes e intensas. Tuve suerte, porque no me presionó para ir un poco más allá. Si hubiera sido uno de los hombres de mi parroquia, comprometido con el catolicismo, ir ese poco más allá no me habría supuesto ningún problema. Para mi desgracia, me había colado por un instructor de yoga que, sin duda, era un experto en sexo. No podría contenerlo por mucho tiempo. Ya podía sentir las delicadas fibras que sostenían mi determinación por mantener mi voto de castidad deshilachándose en los bordes.

Miré a Dash, dando instrucciones a sus alumnos, y me perdí en su belleza. Tenía el torso desnudo, vestía solo un par de pantalones de yoga sueltos. Cualquier mujer en sus cabales hubiera querido devorarlo.

—Clase, la lección de hoy será muy personal y explícita. No solo debéis usar el poder de vuestra mente para ignorar al resto de parejas, sino que también debéis confiar en que vuestro compañero se centrará únicamente en vosotros y en la experiencia que estáis compartiendo. —Dash miró a su alrededor y se aseguró de clavar la vista en los ojos de cada uno de los participantes. Todos asintieron en silencio.

No tenía ni idea de lo que había programado para la clase de hoy; Dash solo me había advertido de que sería más física que las anteriores. Pero como ahora éramos pareja, no me importaba que me besara o me tocara porque no estaría cruzando ninguna línea. Además, me encantaba devolverle las caricias.

—Recordad que el Tantra está diseñado para ayudar a lograr la liberación e iluminación. En sánscrito, la palabra «Tantra» significa «hilar o extender», que será lo que aprenderemos hoy. No temáis si tenéis una reacción física. La práctica de hoy debería llevaros a la cima del orgasmo sin ir más allá. Luego podéis llevar lo aprendido a casa y ponerlo en práctica. —Esbozó una sonrisa diabólica.

Esto... ¿cómo? No podía estar hablando en serio. ¿Me iba a conducir al borde del orgasmo? ¿Allí, donde todos podían verme? Apreté las manos sobre mi regazo. Dash lo notó, las tomó consigo y se las llevó a los labios, donde besó cada uno de mis dedos hasta que los relajé por completo. Se volvió hacia mí y susurró:

—Confía en mí.

Cerré los ojos y respiré hondo. Confiaba en él. No me había dado ninguna razón para no hacerlo. Además, durante las últimas semanas nos habíamos estado acariciando y frotando el uno contra el otro mientras nos besábamos. Lo máximo que había hecho era estimular mis pezones. Lo que ya era más de lo que había hecho con cualquier otro hombre. Quería ir un poco más allá, pero hasta ahora él no había dicho nada y yo agradecía no haber tenido que mencionarle lo de mi voto, aunque sabía que, al ritmo que estaba yendo nuestra relación, tendría que contárselo tarde o temprano.

Técnicamente, no veía nada malo en tocarnos o incluso alcanzar el orgasmo, llegado el caso. Mi único requerimiento, el límite que personalmente no quería atravesar era que él tomara mi virginidad. Durante esas dos semanas, no había pensado en otra cosa que en tener sus dedos dentro de mí, tocándome, haciendo que me corriera sin ayuda de mi estimulador de clítoris.

Las instrucciones de Dash volvieron a filtrarse en mi mente y me trajeron de vuelta de mi ensimismamiento.

—El ejercicio que os voy a enseñar hoy fue ideado por Charles y Caroline Muir, quienes desarrollaron el concepto de «masaje del punto sagrado». Un masaje que no solo puede provocar intensos orgasmos vaginales acompañados incluso de la eyaculación femenina, sino que su principal objetivo es generar confianza entre vosotros. Cuando esta noche pongáis el ejercicio en práctica con vuestras parejas, no temáis si cualquiera de los dos sentís una profunda conexión emocional. Incluso uno, o lo dos, podéis llorar; algo que no es tan raro cuando se abre el segundo chakra con tanta pasión.

Un calor intenso ascendió por mi pecho, sonrojándome las mejillas. Traté de enfriármelas con las manos.

—Al igual que la sangre fluye por nuestras venas, también lo hace la energía de nuestro cuerpo. Para llegar a la psique sexual de una mujer, primero debéis ganaros su confianza. Sería de tontos poner los dedos dentro de una mujer y limitarse a esperar que os abra su corazón, su mente y su cuerpo. Primero, tenéis que comenzar con las palabras. Decidle lo que significa que se entregue a ti. Las mujeres tienden a dar de forma natural. En este contexto, necesitáis revertir esto y permitir, así como alentarla, a que *reciba* vuestras atenciones.

La mayoría de los presentes estaban sentados, tomados de la mano, y se acariciaban con suaves toques en los brazos, cuellos, manos y piernas. Verlos interactuar unos con otros era un auténtico regalo. Cada una de las parejas tenían sus propios motivos para estar allí: alcanzar una conexión más profunda, probar algo nuevo y divertido, o incluso porque su relación estuviera en peligro, pero en ese momento, todos estaban cien por cien enfocados y comprometidos con el ejercicio. Aquello me demostró no solo que las parejas debían dedicar más tiempo a conectar entre sí, sino que el trabajo que Dash hacía en esa clase ayudaba de verdad a las personas a que siguieran enamoradas. Ofrecía un servicio impagable a esas familias. Y lo mejor de todo era que él disfrutaba compartiendo su conocimiento y trayendo el amor al mundo más que nadie que hubiera conocido. Más allá de sus experiencias pasadas, sexuales o de otro tipo, su alma y sus intenciones eran puras.

Dash se puso de rodillas, se volvió hacia un costado de la esterilla y me pidió que me pusiera de pie. Seguí sus instrucciones, al igual que todas las mujeres de la clase.

—Ahora, señores, cruzad las piernas y poneos cómodos. Señoras, sentaos a horcajadas sobre el regazo de vuestros compañeros, rodeándolos con vuestras piernas y entrelazando los pies en sus traseros.

Me coloqué delante de Dash, apoyé las manos en sus hombros para no perder el equilibrio y, con la ayuda de sus manos en mis caderas, me senté con cuidado en su regazo. Él me terminó de colocar para que nuestros pechos estuvieran en contacto. El suyo estaba desnudo, mostrando su bronceado en todo su esplendor. Me propiné un azote mental para recordarme que no debía babear sobre mi hombro frente a la clase. El mismo azote que me había dado cuando se quitó la camiseta. Me mordí el labio mientras él sonreía y enarcaba ambas cejas.

¡Qué tonto que era! ¡Cómo le gustaba hacer alarde de nuestra relación delante de todos! Os lo juro, en cuanto se le presentaba la oportunidad, cuando estábamos dando un paseo o cenando, me colocaba el brazo sobre los hombros, me acariciaba la mejilla con la nariz, se ponía a jugar con mi cabello. Dash hacía todas esas cosas románticas que salen en las películas, y con frecuencia.

—Muy bien, Cosmo, ¿y ahora qué? —Sonreí con picardía al utilizar el apodo que le había puesto. Él actuaba como si lo detestara, pero como siempre hablaba de la luna y de las estrellas, señalaba las constelaciones y me contaba lo que pensaba sobre el universo y cómo las energías interactuaban entre sí, se lo había ganado a pulso.

Dash me agarró las caderas y presionó su pelvis contra la mía. Jadeé y me agarré con más fuerza a sus hombros.

—¡Ah, pajarito! Estamos a punto de llevar lo nuestro a otro nivel. Antes de que indique a la clase qué hacer a continuación, quiero que sepas que planeo tocarte aquí. —Pasó las manos abiertas sobre mi pecho lo suficientemente rápido como para que no pareciera algo muy explícito, pero con la fricción adecuada para que se me endurecieran los pezones—. Y aquí. —Rodeó mi trasero con las manos y me empujó contra su creciente erección. Me mordí el labio con fuerza y solté una especie de gemido ante el contacto. Él acercó la boca a mi oreja—. Y si me dejas, también voy a tocarte la vulva por encima de los pantalones cortos.

Solté una exhalación lenta, consciente de que mi respiración le haría cosquillas en la oreja. Dash se estremeció y su pene pasó de estar semierecto a duro como una roca en un segundo. Sentí su deliciosa presión entre las piernas. Cerré los ojos y me moví contra él.

Me clavó los dedos en el trasero.

—Amber, no juegues conmigo a menos que quieras experimentar lo mismo que van a sentir las mujeres durante esta clase. Podemos limitarnos a quedarnos así sentados y no tocarnos demasiado mientras les digo lo que tienen que hacer. Sinceramente, hasta puede que sea una buena idea —dijo con un tenso hilo de voz.

De pronto, la idea de que no me tocara me golpeó como si me hubiera caído encima un rayo, traspasándome el corazón y recorriendo todo mi cuerpo. Me agarré a él con mis piernas y brazos, y negué con la cabeza. Sin ni siquiera pensarlo, pronuncié las palabras que sabía en el fondo de mi corazón que él necesitaba oír para continuar.

—Confío en ti.

Dash tomó una bocanada de aire tan profunda que su pecho y torso se elevaron, junto con mis brazos. Después exhaló por la boca y me besó en los labios.

—Está bien.

Parpadeó unas pocas veces, sonrió y volvió a dirigirse a la clase:

—Ahora quiero que paséis un rato cara a cara, diciéndoos lo mucho que os queréis. Lo que os gusta del otro tanto física como mentalmente. Cualquier cosa que se os ocurra, compartidla con vuestra pareja. Mientras lo hacéis, podéis tocaros dónde y cómo queráis, pero por favor, mantened las manos encima de la ropa. Hoy no vamos a tener sexo, aunque a alguno de vosotros os pueda parecer que sí. —Sonrió mientras varios miembros de la clase se reían por lo bajo—. Sentíos libres de besaros y demostrad al otro lo que significa para vosotros físicamente, dentro de unos límites razonables. Aquí todos somos adultos. Sabéis lo que eso significa. Os avisaré cuando llegue el momento de ir un paso más allá.

¿Un paso más allá? ¡Ah, cielo santo! Tragué saliva e intenté relajar los hombros, brazos y piernas, para fundirme con Dash. Él subió las manos por mi espalda. Cuando llegó al cuello, bajó las palmas por mis brazos desnudos.

—Eres tan guapa, Amber... ¿Te lo han dicho alguna vez?

Parpadeé y lo miré directamente a los ojos.

—En las tres últimas semanas, me lo has dicho más veces que nadie en toda mi vida. Bueno, aparte de mis abuelos.

Frunció los labios en un atractivo puchero. No dijo nada, y cuando el silencio se instaló entre los dos, supe que era mi turno. No se trataba de que él me complaciera. Teníamos que complacernos el uno al otro.

Con la punta de los dedos le acaricié la cabeza y el cabello. El pelo era tan fino que caía entre mis dedos como el agua corriendo colina abajo entre suaves rocas y piedras. Le masajeé toda la cabeza, centrándome en los puntos de presión, antes de bajar por su cuello y aterrizar en los amplios y musculosos hombros. Traté de abarcarlos con las manos bien abiertas, pero fui incapaz de lograrlo debido a su tamaño.

—Eres tan fuerte... Tienes un cuerpo escultural; parece una máquina perfecta...

—Una diseñada para complacerte. La única mujer a la que quiero besar. —Movió la cabeza hasta que nuestras narices se tocaron antes de posar los labios sobre los míos y rodearme las mejillas con ambas manos. Cuando mis labios estuvieron maravillosamente hinchados, e incluso un poco irritados, por los repetidos y feroces besos, se echó hacia atrás, pero siguió sujetándome la cara con ambas manos—. La única a la que quiero tocar.

Sin dejar de mirarme, deslizó las manos por mi cuello, sobre cada uno de mis agitados montículos, y se detuvo para frotar los pulgares sobre los pezones erectos, que se marcaban sobre la delgada tela de mi sujetador deportivo. Pero justo cuando empezaba a perderme en el placer, movió las manos y las fue bajando por mis costillas y abdomen, hasta que, de forma inconsciente, comencé a mover las caderas en movimientos circulares.

—La única mujer a la que quiero mostrar qué es el amor. —Colocó el rostro junto al mío, al tiempo que sus manos se deslizaban por mi trasero. Agarró ambas nalgas con sus amplias manos y movió las caderas al ritmo de las mías, de modo que su pene se restregaba contra mi clítoris una y otra vez.

Un placer intenso fluyó por todo mi cuerpo como una ardiente corriente de necesidad y deseo que se instaló entre mis muslos mientras nos entregábamos el uno al otro. Mi cuerpo lo llamaba y, a juzgar por su considerable erección, su deseo era similar. Mi corazón gritó y el suyo lo envolvió de inmediato para reconfortarlo y protegerlo. Mi alma habló. Y la suya respondió con sinceridad.

De pronto, de mis labios entreabiertos se escaparon unas palabras que no había tenido intención de pronunciar.

—¡Ah, Dash...! Estoy tan enamorada de ti...

Cuando noté lo que había dicho, lo agarré con fuerza, cerrando los brazos y las piernas en torno a él, para que no pudiera alejarse y mirarme a los ojos. Era demasiado pronto. ¿Quién se enamoraba de un hombre con el que salía desde hacía solo tres semanas?

Y entonces nada de eso importó, porque Dash respondió a mi declaración de amor de un modo que hizo que todo volviera a su cauce.

—Lo sé. —Así de sencillo, como si siempre lo hubiera sabido.

Se movió para aflojar mi agarre. Cerré los ojos, con miedo y avergonzada de lo que podría ver cuando mirara los suyos.

—Mírame, pajarito. No te escapes volando. No ahora. Sé el cisne que sé que eres, porque estoy orgulloso de ti.

Levanté la cabeza tan rápido que temí sufrir una lesión cervical.

—¿O... orgulloso? —Me tembló la voz por la incertidumbre.

Él asintió y me acunó la mejilla con una mano, con la otra me rodeó la espalda para mantenerme pegada a él de todas las maneras posibles.

—Orgulloso de ti por haberlo reconocido. Por darme una oportunidad y abrir tu corazón a lo que tenemos.

Solté un suspiro tembloroso.

—¿Tú..., eh..., tú me quieres? —pregunté con voz quebrada, a pesar de estar absolutamente aterrada por su respuesta. Era ridículo pensar que él podía enamorarse de una mujer con la que ni siquiera se había acostado.

—¡Ah, Amber! Me enamoré de ti en el instante en que me dejaste vendarte los ojos.

DASH

La cabeza de Amber se echó hacia atrás y sus ojos brillaron con interés y sorpresa.

Le puse un dedo sobre los labios.

—Aférrate a ese pensamiento.

Hizo una mueca de la que deduje que no le hacía mucha gracia que interrumpiera nuestra conversación, pero por mucho que me hubiera gustado gritar a los cuatro vientos que estábamos enamorados, todavía tenía que dar una clase. Apreté los dientes y me dirigí a mis alumnos.

—No me miréis. Mantened la vista clavada en vuestras parejas. —Volví la cabeza y miré a Amber a los ojos.

¡Jesús! Era una auténtica diosa. Encarnaba todo lo que siempre había querido en una mujer. Inteligencia, fuerza, amor, pero sobre todo, leal hasta la médula. No tendría que preocuparme de que mi pajarito sucumbiera a los encantos de otro hombre. Tenía una confianza absoluta en nosotros. Del mismo modo en que sabía que la Tierra era redonda, tenía la certeza de que, siempre y cuando la tratara bien y no traicionara su confianza, sería mía para siempre.

Y lo mejor de todo era que no necesitaríamos ningún documento legal para dar fe de nuestra conexión, como habían hecho tantos otros antes de fracasar. Mi amor y yo no nos convertiríamos en otra estadística como mi madre y mi padre. Sabía perfectamente cómo evitarlo: no casándome nunca. Mi palabra y mi sangre forjarían nuestro vínculo. Por ella, cuando llegara el momento adecuado, haría el sacrificio final. Marcaría el templo que era mi cuerpo, tatuándome un anillo en el dedo en el que se suelen llevar las alianzas de boda. En nombre del amor, de la fe y del compromiso. La sola idea de esa aguja penetrando mi carne para marcarme para siempre como propiedad de esa mujer lanzó una oleada de pasión a través de mi esternón que terminó en mi rígido miembro. Ella emitió un gemido grave, que salió de las profundidades de su garganta, que me hizo pensar en todas las cosas perversas que podía hacer con su boca.

Sin embargo, no quería presionarla para realizar actividades más sexuales. Algo en la forma en que retrocedía cuando las cosas se ponían demasiado apasionadas, me hacía ir con cautela. Quería que estuviera lista para entregarme su cuerpo. Estaba claro que, ahora que habíamos reconocido nuestros sentimientos, era algo de lo que teníamos que hablar. No había nada en este mundo que me apeteciera más que sellar el compromiso con nuestra relación con un acto de amor físico, y tenía la intención de llegar a esa parte esa misma noche.

Enrosqué su cabello en un puño, le eché la cabeza hacia atrás y tracé un camino de besos por su esbelto cuello. Las siguientes palabras las dije contra sus labios, pero lo bastante fuerte como para que la clase escuchara lo que tenían que hacer a continuación.

—En la postura *Yab-yum* del yoga tántrico, en la que la pareja está cara a cara, podéis comenzar a meceros el uno contra el otro, frotando vuestros genitales con firmeza para estimularos. Cuando estéis listos, la mujer se eleva ligeramente y se inserta el pene para pasar al coito. Al meceros, la postura permite una conexión física y mental más profunda, así como la habilidad de lograr orgasmos simultáneos. Mirar a los ojos del otro mientras os unís, es un afrodisíaco poderoso y esencial para una relación duradera.

Bajé las manos a sus caderas y la ayudé a mover su mitad inferior sobre mi pene. Tenía los ojos entreabiertos y una expresión relajada en el rostro, casi somnolienta. Ya se la había visto antes, durante las intensas sesiones de besos en mi casa, sentados en el sofá.

—Esta noche, vais a brindar a vuestras mujeres un masaje en el punto G, tal y como se describe en el material que os distribuí al comienzo de la clase. En dicho masaje, insertaréis los dedos en la vagina y buscaréis la zona de tejido irregular en la parte superior. Sabréis que lo habéis encontrado al ver su reacción.

Tomé aire lentamente mientras mi mujer se frotaba y giraba las caderas para seguir el ritmo que yo había marcado. Puro nirvana. Solo podía pensar en una cosa que sería aún mejor: estar dentro de ella.

—Dado que no podemos hacer esto en la clase, sentíos libres de tocar los genitales de vuestras compañeras sobre la ropa. Cuando vuestra pareja esté cerca del orgasmo, deteneos. Besaos por un tiempo, hablad de cómo os sentís, de vuestros sentimientos hacia el otro. Luego volved a empezar. Parte de la belleza del Tantra y de una relación sexual saludable es el preámbulo, la anticipación. Hay momentos en los que estás tan centrado en satisfacer al otro que son completamente... altruistas. Encontrad eso en la experiencia de hoy. Ofreced ese regalo a vuestra pareja.

Amber apretó los talones contra mi trasero y se frotó contra mi verga. Solté el aliento que no había notado que estaba conteniendo y le cubrí la boca con la mía. La besé con una pasión que nunca había sentido con otra mujer. Las caricias de su lengua hicieron que se me hincharan los testículos y que me entraran unas ganas locas de hundir el pene en su calidez. Necesitaba cambiar las tornas, así que bajé las manos por sus senos y le pellizqué los pezones hasta que se arqueó contra mis manos. Me incliné para besarla y lamí y succioné cada centímetro de su cuello, mientras le susurraba las cosas que quería hacerle.

No me resultó fácil dar el trato que se merecían sus pezones erectos. Hubiera preferido poner las manos sobre sus pechos desnudos, pero el sujetador deportivo era de una tela de licra fina y no dejaba nada a la imaginación. Tuve que hacer acopio de toda mi fuerza de voluntad para no morder sus generosos senos a través del diminuto top. Sin embargo, el autocontrol era la piedra angular del Tantra y yo llevaba años fortaleciendo el mío. Aunque tenía que reconocer que, con Amber, me suponía todo un desafío. Ella hacía que *deseara* perder el control en todos los sentidos. ¿Era ese quizás el efecto que el amor tenía en las personas? Puede que ese fuera el único aspecto del Tantra que me había estado perdiendo. Una pareja a la que amar y que me correspondiera. No veía la hora de poner en práctica cada teoría, cada postura y volver a experimentarlo todo con una nueva perspectiva. A través de los ojos de un hombre enamorado.

—¿Estás húmeda para mí, pajarito? —dije mientras giraba sus pezones erectos.

—¡Dios..., sí! —gimió ella.

Ese gemido fue directo a mi entrepierna. Me arqueé contra ella y la empujé hacia abajo para que pudiera sentir cada centímetro de mi dureza. Luego la levanté un poco mientras frotaba la amplia punta de mi pene contra su sexo hasta que quedó justo a la altura de su ardiente punto sensible. Como recompensa obtuve el más delicioso de los suspiros y sus muslos apretándose en mi cintura. El poder de sus cuádriceps al frotarse contra mí fue la más dulce de las torturas.

—¿Quieres que te toque, que alivie un poco esa tensión? —Le mordí el lóbulo de la oreja. Su respiración se volvió aún más irregular.

Me besó y me lamió el cuello. Yo la agarré por la espalda y el hombro para anclarla a mí.

—Por favor..., por favor, tócame —suplicó antes de morderme en el hombro.

Esa pequeña punzada de dolor despertó a la bestia sexual que había estado conteniendo. La sujeté con fuerza, deslicé una mano entre nuestros cuerpos y la curvé de manera posesiva sobre su sexo. Amber se tensó de la cabeza a los pies, como si ese solo contacto la hubiera hecho alcanzar el orgasmo, pero sabía que no era así. Me consideraba un experto en lograr el clímax femenino. Tenía incontables horas de práctica tántrica. Y sabía que en una relación tántrica extraordinaria, en la que dos personas han entregado todo su ser, una puede condicionar el cuerpo de la otra para que se corra a su orden. Jamás había experimentado eso en mis relaciones anteriores, pero tenía la intención de llegar tan lejos con Amber algún día. Por el momento, sin embargo, rodeé el centro de su placer con la mano y ella se retorció como si le fuera la vida en ello.

Mantuve nuestros cuerpos pegados y ajusté mi respiración con la suya. Cuando estuvieron en completa sincronía, le besé el cuello y dejé que mis labios se deslizaran al lugar en el que la esencia a fresa era más intensa.

—Cierra los ojos. Disfruta de mis caricias. Confía en que voy a honrarte. A adorarte. A amarte.

—Te quiero. Confío en ti. —Amber ocultó la cara en la curva de mi cuello. Su cálido aliento avivó todavía más el fuego en mi interior.

Y ahí fue cuando me dispuse a seducir a la mujer de la que me había enamorado. Froté la mano entre sus muslos y presioné el pulgar contra su clítoris. Me deleité con cada suspiro. Cada una de sus respiraciones me dio la vida, enriqueciéndome el alma y fortaleciendo lo que sentía por ella. Enseguida empezó a mecer las caderas en busca de más. Pero yo me detuve, retiré la mano, le acaricié los muslos y la espalda y le masajeé la cabeza. Amber estaba completamente bajo mi control y era como gelatina en mis manos.

Tan pronto como su respiración se calmó, la agarré del cabello y le eché la cabeza hacia atrás. Tenía una expresión embelesada y cargada de lujuria que, a partir de ese momento, pasaba a ser mi favorita. Estaba inmersa en la pasión. Siguió mi ejemplo y me rodeó el cuello con las manos antes de inclinarse hacia delante y besarme. Dejé que tomara el control, quería que sintiera el poder de estar al mando. A ella pareció gustarle la idea y pronto sus caderas volvieron a moverse, en busca de la dureza que solo yo podía ofrecerle. Volví a colocar la mano en su entrepierna y la agarré con una intención inequívoca. Amber jadeó y se apartó.

—¿Me entregarás esto? —pregunté, tragándome las ardientes emociones que me produjo esa pregunta. Mis fosas nasales temblaron cuando la miré atentamente a la cara, a la espera de su respuesta. Necesitaba escucharla decir esas palabras. Tenía planes para esa noche y todos incluían estar dentro de ella.

—Yo... yo... no sé a qué te refieres.

Esas palabras, sorprendentes e inesperadas, me golpearon como si alguien acabara de azotarme el trasero con una toalla mojada. Sus ojos brillaron de un intenso verde esmeralda mientras aumentaba el ritmo del masaje sensual en sus partes más íntimas. Ella se pegó a mi mano, dejando claro que quería lo que le estaba ofreciendo, pero sus palabras... no encajaban. Confundido, tracé círculos en su clítoris con el pulgar.

—¿Me entregarás esta vagina? ¿Me dejarás entrar? ¿Estarás conmigo en todos los sentidos?

Mantuve la vista clavada en ella y continué frotándole el clítoris con fuerza, en círculos interminables. Se le cortó la respiración. Estaba a punto de alcanzar el orgasmo. Podría haber escrito un libro solo con las diferentes expresiones faciales que mostraban las mujeres cuando estaban cerca del clímax. Seguí aplicando presión sobre la zona, sin dejar de mover la mano, quería verle la cara cuando se rindiera a mí.

—Dash, no puedo... —gimió, echando la cabeza hacia atrás.

Necesitaba verle los ojos, así que le tiré del cabello hasta que ella hizo una mueca y acercó su rostro al mío. Nuestras narices se estaban rozando, teníamos los labios a escasos centímetros de distancia. Cada vez que le tocaba la vagina y presionaba dos dedos sobre sus pantalones, adentrándome en su centro a través de la tela, con ropa interior incluida, fruncía el ceño y se mordía el labio. Un ceño fruncido cuando alguien estaba cerca del orgasmo no era infrecuente, pero sospechaba que había algo más.

—¿No puedes entregarte? —Ahora fui yo el que frunció el ceño, usando cuatro dedos en movimientos enloquecedores.

—No puedo. —Ahogó un gemido y se puso rígida. Estaba a punto de correrse. Debería haberme detenido, traerla de vuelta justo antes del clímax como había indicado a la clase, pero en ese instante, no me importó. Ella era mía y yo era suyo. Quería verlo. Ver su rostro cuando se entregara a mí.

—¿Sientes mi amor? Cada roce, cada caricia, es mi forma de demostrártelo. Mi prueba.

Amber cerró los ojos y abrió la boca.

—Dash, no puedo darte lo que quieres. —Sus palabras fueron frágiles y ligeras, como una pluma.

—¿Por qué no? —pregunté, sin dejar de tocarla, sin detenerme aunque solo fuera para proporcionarle un momento de alivio; lo que iba en contra de todo lo que debería haber hecho, pero había llegado demasiado lejos. Me había perdido en ella.

Y entonces sucedió. Presioné el pulgar en su punto más sensible... con fuerza. Abrió los ojos y la boca. Un rubor carmesí tiñó sus mejillas. Cerró las piernas y empujó su entrepierna contra mi mano una y otra vez. Tembló entre mis brazos mientras yo seguía estimulándola por encima de la ropa.

—Por qué, Amber. ¡Dime! —gruñí en su boca, mordiéndole el labio inferior al tiempo que llegaba a la cumbre. Su cuerpo se tensó, como una goma elástica estirándose hasta el extremo. Pegué la boca a la suya para silenciar su respuesta y la besé. Dejé que me clavara las uñas en la espalda y me vanaglorié en el hecho de haber sido el culpable de que sintiera eso. Cuando comenzó a calmarse, a regresar de la intensidad de su orgasmo, esos labios hinchados por los besos pronunciaron contra los míos dos palabras que no había esperado oír ni en un millón de años.

—Soy virgen.

11

Chakra sacro

El elemento natural del segundo chakra es el agua. Es posible que a las personas que están bajo su influencia les encante sumergirse en grandes cantidades de agua para encontrar paz y una sensación de serenidad. Pero también se puede activar positivamente el chakra sacro dándose solo un baño de agua caliente y encendiendo una vela de vainilla.

DASH

Salir a toda prisa de la clase esa noche no fue algo de lo que estuviera especialmente orgulloso. Lo único que sabía era que el amor de mi vida me había dejado desconcertado. La mujer de la que me había enamorado, aquella por la que bebía los vientos, era una auténtica virgen. Negué con la cabeza y me pasé las manos por el cabello, mientras paseaba de un lado al otro junto a la mesa de billar. Mi mejor amigo, Atlas, estaba de pie en silencio, esperando, con el taco de billar apoyado contra el pecho y las manos en la parte superior para relajar la barbilla sobre él. Sabía lo que quería, pero me resistía a dárselo.

—Suéltalo, Cosmo. —Utilizó el apodo que Amber me había puesto. Nunca tenía que habérselo contado. Ahora no me dejaría en paz.

Hice una mueca de dolor y di varios sorbos a la IPA. La cerveza sabía a agua caliente con trigo y se derramó cuando dejé el vaso de golpe sobre la mesa alta.

—Esto sabe a pis.

Atlas alzó las cejas, pero no se movió. ¡Qué actitud tan relajada! Mi amigo siempre había sido así. Quizás eso era lo que volvía locas a las chicas, aunque al final no conseguían mucho de él. También era cierto que lo mismo podía decirse de mí. Amber había sido la excepción. Me había pasado las últimas tres semanas abriéndome a ella por completo, ¿y para qué? ¿Para que pudiera mentirme? Porque una mentira por omisión seguía siendo una mentira.

—Mi novia me ha estado ocultando algo, y me lo ha dicho esta noche. Entre otras cosas.

Atlas sostuvo el taco con una mano y se preparó para su próximo tiro.

—Bueno, veo que no estás enfadado, aunque sin duda estás aturdido. Así que deduzco que no te ha sido infiel.

Fruncí el ceño ante la sola mención de la palabra «infiel». Atlas sabía que, en el pasado, una mujer de la que creía estar enamorado me había engañado. Nunca aceptaría una infidelidad en una relación, pero conocía a Amber. Confiaba completamente en ella, incluso cuando se trataba del hijo de su profesor, el tal Landen O'Brien.

Y ahí estaba el meollo de mi problema. Confiaba en ella. Confiaba en que me contaría sus secretos. Yo había compartido los míos. Tal vez no *todos*, pero todavía teníamos tiempo para eso. Años, de hecho. Pero ¿cuándo narices tenía pensado contarme algo tan crucial para nuestra relación?

—De acuerdo, no te ha engañado con otro. —Atlas llevó el taco hacia atrás y golpeó la bola blanca contra la naranja, que entró directa en el bolsillo de la esquina—. ¿Te ha mentido en algo? —Se apoyó en la mesa de billar y ladeó la cabeza, analizando mi cara de disgusto—. Sí, te ha mentido. ¿Sobre qué?

Fruncí el ceño.

—No es asunto tuyo. Creí que habíamos venido a jugar al billar y a beber.

Él rio y escrutó la mesa, buscando la mejor posición para su próximo tiro.

—En teoría, me has llamado y has dicho que necesitabas salir. Y ambos sabemos que eso es un código entre los amigos para decir que necesitas soltar algún tipo de mierda personal. Vamos, Dash, nadie te conoce mejor que yo. Mírate, no haces más que pasearte de un lado a otro, derramando cerveza de la buena. Eso no es propio de ti, hombre. —Golpeó otra bola, pero esta vez falló.

Respiré despacio para calmarme. Cerré los puños sobre el taco como si estuviera estrangulándolo. No me había sentido tan traicionado en... Joder, ni siquiera podía recordar cuándo. Desde que había comenzado a practicar el arte del Tantra y del yoga, tenía una visión mucho más positiva del mundo. En ese momento, sin embargo, sentía que no era yo mismo. Y esa era una sensación que no había tenido desde hacía años. Quizá si hablara con mi amigo al respecto, podría solucionarlo.

—Vamos, Dash. —Atlas me dio una palmada en el hombro—. Puedes contarme lo que sea.

Me estaba mirando directamente a los ojos, así que yo hice lo mismo. Tenía un ojo marrón y el otro azul, una peculiaridad por la que le pregunté cuando nos conocimos en el primer año de instituto. En ese momento llevaba una lentilla de color marrón que se le había movido, mostrando el iris azul. No volví a mencionárselo ni se lo conté a nuestros otros amigos. Los chicos a esa edad pueden ser crueles, así que me guardé esa información para mí. No fue hasta la Universidad cuando decidió quitarse las lentillas y empezó a enseñar sus ojos de distinto color. Ahora se había convertido en una característica graciosa que usábamos cuando salíamos de fiesta para atraer a las chicas. Por supuesto que eso había sido antes de comprometerme con mi proyecto de encontrar a *La Indicada*.

Apreté los labios con fuerza.

Atlas enarcó ambas cejas.

—¡Mierda! Te ha hecho daño. ¡Maldita sea! Creí que Amber era una de las buenas. Dulce, ya sabes. Yo...

—Ella *es* dulce —le interrumpí con un gruñido—. Demasiado dulce.

Mi amigo frunció el ceño.

—¿Qué quieres decir?

Cerré los ojos e hice a un lado mis preocupaciones. Se trataba de Atlas. Mantendría cualquier cosa que le dijera en el más estricto secreto.

—Es virgen.

Atlas abrió los ojos como platos.

—¿Disculpa? Creo que no te he oído bien.

—Me has oído. —Volví a apretar los labios y solté una larga exhalación por la nariz. Me sentía como un dragón que escupía fuego y que no sabía cómo descargar toda su furia.

—De acuerdo. —Mi amigo se apoyó contra la mesa y se frotó la barbilla—. Entiendo que esto puede ser un problema para ti, teniendo en cuenta quién eres.

—¿Qué se supone que estás queriendo decir con eso? —Di un paso adelante, apoyé las manos en el borde de la mesa de billar y giré los hombros para aflojar la tensión que estaba empezando a acumularse entre los omoplatos—. *¿Teniendo en cuenta quién eres?* Por favor, ilumíname, Atlas.

Atlas negó con la cabeza, dejó de cruzar los brazos, apoyó ambas manos en mis hombros y se acercó.

—Lo siento —dijo en voz baja—. No pretendía ofenderte. Solo sé que, por tu trabajo, has tenido mucha experiencia con las mujeres. No estoy juzgándote por eso. Simplemente señalo un hecho. Joder, pero si eres uno de los mejores instructores de Tantra del estado. Así que entiendo que esto te ponga nervioso.

Asentí y apreté los labios.

—Y ahora dime, ¿cómo está Amber?

Enarqué ambas cejas.

—¿Cómo que «cómo está Amber»? —pregunté sorprendido.

Atlas se pasó una mano por el cabello rizado y suspiró.

—Supongo que ha tenido que resultarle difícil confesarte algo así, ¿no? ¿Está bien? ¿Resolvisteis el asunto antes de que me llamaras? —Me miró inquisitivamente, moviendo los ojos de izquierda a derecha un par de veces—. No lo habéis hecho, ¿cierto?

Sentí tal vergüenza que fui incapaz de mantener la cabeza erguida, así que bajé la vista y pateé algunas cáscaras de cacahuete tiradas en el suelo.

—¡Ah, mierda, Dash...! ¡Pero cómo se te ocurre, hombre! Estás jodido.

—Estoy enamorado de ella y ella también lo está de mí —dije sin pensarlo, solo porque necesitaba sacarlo. Decírselo a alguien, a cualquiera.

—*Mazel tov.* —Después de darme la famosa bendición en hebreo, se rio y se frotó la barba—. Entonces, ¿por qué diablos estás caminando como un animal enjaulado y bebiendo cerveza *conmigo*, cuando deberías estar solucionando esto con tu chica?

—Nunca he estado con una virgen, ¿de acuerdo? —susurré por lo bajo.

Atlas puso los ojos en blanco.

—¿Me estás tomando el pelo? ¿Por eso estás tan preocupado?

Le agarré del brazo y lo atraje hasta que su rostro estuvo cerca del mío.

—No soy lo bastante bueno para ella. —Las palabras brotaron de mí como si fueran lodo derramándose sobre el sucio suelo del bar y llevándose mi corazón con ellas.

Atlas me palmeó el otro brazo y lo apretó.

—Si eso es lo que ella cree, entonces no es lo suficientemente buena para *ti*. Pero he conocido a Amber. Y veo esa expresión atontada en tu rostro cuando hablas de ella. Estoy aquí para decirte, Dash, que esto no debería suponerte ningún problema.

¿Qué sabía él? Desde luego no era el mayor experto del mundo en tomar la posesión más preciada de una mujer.

—Si ha conservado su virginidad durante tanto tiempo, tiene que haber una razón. Porque ya la has visto. Es preciosa, con un...

—Cuerpo de infarto. —Asintió entusiasmado.

—Sí, tu chica tiene ese aire a deportista ardiente, con una delantera que...

Le clavé los dedos en el brazo para silenciarlo.

—¡Mierda. Ay. Suéltame! Lo siento, has empezado tú.

—Y lo terminaré si le faltas al respeto a mi novia.

Ahí fue cuando Atlas se echó a reír. Con ganas. Una risa explosiva e hilarante. Lo solté y él retrocedió hasta que volvió a sentarse en el borde de la mesa de billar.

—¿Te estás oyendo a ti mismo? —Suspiró—. Dash, estás aquí, enfrascado en un absurdo enfrentamiento conmigo por ver quién la tiene más larga, cuando lo que deberías hacer es ir a ver a tu chica y asegurarte de que esté bien. Le ha tenido que costar reconocer que es virgen. No es algo que uno escuche todos los días, sobre todo cuando estás saliendo con una universitaria de veintidós años.

—¡Maldita sea! He metido la pata. —Me pasé los dedos por el cabello y tiré de las puntas.

Atlas volvió a frotarse la barbilla.

—Sí. Pero lo que ahora importa es: ¿cómo vas a solucionarlo?

AMBER

Las clases de hoy habían sido un desastre. No había podido concentrarme en nada. Ni en una sola cosa. Desde el momento en el que Dash me había dejado de pie en el estudio de yoga, justo después de confesarle que era virgen, me había desconectado del mundo por completo. Mi cuerpo todavía se estaba recuperando del mejor orgasmo que había tenido en la vida cuando él se levantó, se dirigió a la clase, dijo que tenía otro compromiso y salió disparado. Lejos de mí. Y no había sabido nada de él desde entonces.

Había esperado que me llamara la noche anterior, pero eso no sucedió. En cambio, estuve llorando en el regazo de Viv. Lo peor: que Trent estaba en casa. Él y Dash habían limado asperezas después del conflicto que tuvieron por Genevieve hacía unos meses, justo antes de que él asumiera sus responsabilidades hacia ella y su bebé. Nosotros también habíamos resuelto nuestras diferencias. Al principio lo había odiado por haber hecho daño a mi amiga. Aun así, pese a nuestro complicado pasado, Trent me había consolado, llevándome una taza de té caliente y una manta. Luego nos dejó a su chica y a mí a solas, y eso que solo iban a estar unos pocos días juntos.

Dios, ¿era una idiota por haberme enamorado del hombre equivocado?

¿Era el hombre equivocado? ¿Cómo podía serlo, si cada una de las células que se combinaban para formar mi estructura genética estaba loca por él?

—Oye, parece que necesitas una taza de café. —Landen me miró con sus ojos verdes llenos de preocupación—. ¿O tal vez un trago de tequila? —Apoyó una mano en mi hombro y me palmeó la espalda—. Vamos, conozco el lugar perfecto.

Totalmente entumecida, me levanté y lo seguí fuera de la clase, hacia su automóvil. Durante el trayecto, Landen no me hizo ni una sola pregunta. Debió de darse cuenta de que no tenía ganas de hablar. Durante las últimas veinticuatro horas no había dejado de dar vueltas a una única cosa: qué iba a hacer con Dash. ¿Qué estaría pensando sobre lo que le había confesado? ¿En qué medida cambiaba esa información el hecho de que ambos nos hubiéramos dicho que estábamos enamorados?

Me estremecí y miré abstraída por la ventana. Las luces de las farolas parpadeaban sobre el cristal y provocaban un destello luminoso cuando intentaba enfocar la mirada. Me recordaba a la sensación de ceguera que producía el *flash* de una cámara.

Al cabo de un rato, el automóvil se detuvo frente a lo que parecía un bar. El edificio estaba hecho completamente de ladrillos, algo poco frecuente en California. Casi todas las construcciones eran de cemento, madera o yeso; a menudo una combinación de los tres.

Landen se bajó del vehículo y corrió al otro lado para abrirme la puerta. El señor O'Brien era todo un caballero. Y hablando de O'Brien, el apellido estaba escrito en letras negras mayúsculas sobre un letrero verde brillante, con un trébol de cuatro hojas como apóstrofo. El letrero identificaba orgullosamente al establecimiento como O'Brien's Pub y Grill.

—¿Tu padre es el dueño? —pregunté, mirando el letrero mecerse con el viento.

—No, mi tío Cal. Ven. Tienes que desmelenarte un poco. —Me agarró la mano y me llevó hacia la puerta.

—Pero si ya lo hago. —Solté un resoplido.

Él negó con la cabeza y me llevó dentro. Cuando entramos, nos saludó un hombre detrás de la barra que tenía un sorprendente parecido con el profesor O'Brien.

—Landen, muchacho. Se te ve un poquito sediento. —El hombre levantó la mano e hizo el típico gesto con el pulgar y el índice para indicar escasez. Después se volvió hacia mí mientras me adentraba en el bar—. Y parece que traes a una chica contigo... ¡Ah, santa madre...!

El tío de Landen se puso completamente blanco. Abrió la boca y, con la mano en el pecho, retrocedió hasta chocar con la encimera que tenía detrás.

—No es posible. O el tiempo te ha tratado de maravilla, querida, o eres un fantasma. —Cal no movió ni un músculo; siguió con la mano en el pecho y mirándome como si lo estuviera apuntando con un arma.

—Lo siento, soy Amber.

—A... Amber —repitió muy despacio.

—Sí, tío Cal, ¿qué sucede? —Landen me miró, y luego volvió a prestar atención a su tío, que seguía contemplándome aturdido—. Estás incomodando a mi amiga.

Cal sacudió la cabeza y después parpadeó varias veces.

—Eres igual que una persona que conozco. Bueno, que conocía cuando era un jovencito. ¿Cómo has dicho que te llamas?

—Amber. ¿A quién cree que me parezco? —De pronto tenía la boca seca. Me agarré a la barra con tanta fuerza que los nudillos se me pusieron blancos. En cuanto empecé a sospechar que reaccionaría del mismo modo que el padre de Landen, se me formó un amargo nudo en el estómago.

Cal limpió la barra con un trapo, se lo echó al hombro y se inclinó hacia delante para taladrarme con la mirada.

—A una mujer que conocí. Se llamaba Kate St. James.

Cerré los ojos, intentando controlar el flujo de emociones que ardieron en mi pecho y que me llenaron los ojos de lágrimas. Después de la noche que había pasado, aquello era lo último con lo que quería lidiar. Pero por lo visto, así eran las cosas a veces. El destino podía ser una serpiente de corazón frío.

Me sequé a toda prisa los ojos para limpiar las lágrimas, pero no pude contenerlas. Cayeron de todas formas mientras hablaba.

—Kate St. James era mi madre.

El dueño del bar, que tenía el mismo cabello rizado que su hermano y unos ojos mucho más amables, se inclinó un poco más, colocó las manos sobre las mías, que todavía se agarraban a la barra, me las soltó y acercó su rostro.

—Querida niña, lo siento. Murió, ¿verdad? ¿Tu madre?

Tragué saliva y me obligué a respirar a través de las emociones que empañaban mis pensamientos.

—Sí, así es.

Me apretó las manos y, por alguna razón, fue increíblemente reconfortante. No actuó como uno de esos viejos verdes que solo querían toquetearte, sino que se trató de un gesto de lo más amable. A pesar de que acababa de conocerlo, supe al instante que era alguien en quien se podía confiar.

—¿Cuándo, querida? —Ladeó la cabeza y me prestó toda su atención.

Dejé pasar un momento para digerir del todo la pregunta antes de responder.

—Dando a luz.

Su rostro se derrumbó, curvó las cejas y dobló hacia abajo las comisuras de los labios. Se notaba que lo lamentaba de verdad.

—¿Qué edad tienes, cariño? No puedes ser mucho mayor o más joven que mi muchacho, Landen. —Apoyó una mano en el hombro de su sobrino y le dio la típica palmada que se suelen dar los hombres.

Me reí y vi que la expresión de preocupación de Landen por fin desaparecía.

—Acabo de cumplir veintidós.

Algo en relación con mi edad debió de tocar una fibra sensible en Cal porque se quedó completamente rígido. Al cabo de un segundo, se dio la vuelta, tomó una botella de *whisky* y la dejó sobre la barra de un golpe. Luego dispuso tres vasos de chupito y los llenó hasta el borde.

—Bebe entonces, querida.

Después del día que había tenido, y teniendo en cuenta que acababa de toparme con otro hombre que había conocido a mi madre, me lo bebí de un trago y dejé el vaso sobre la barra.

—Otro, por favor.

Mi móvil vibró en mi bolsillo trasero, haciéndome cosquillas en el glúteo. Me eché hacia atrás, adelanté el pecho hacia la barra y giré para tratar de cogerlo, pero mis flácidas extremidades se negaron a cooperar. Landen, que estaba sentado a mi lado, intentó darme todo el espacio posible, pero ahora había tanta gente en el bar, que prácticamente estábamos pegados el uno al otro. Conseguir sacar el móvil del bolsillo me hizo sudar la gota gorda. Al final lo logré, pero dejó de sonar tan pronto como lo tuve en la mano. Fruncí el ceño al ver en la pantalla: «Llamada perdida del señor Yoga».

Hice un mohín, dejé el móvil en la barra y me dispuse a beber otro chupito. Aunque esta vez cerré un ojo para concentrarme en no derramar el líquido dorado. Cuando me lo llevé a los labios sin desperdiciar una sola gota, lo tragué con orgullo. La bebida bajó por mi garganta como fuego líquido, pero disfruté el ardor que me produjo.

Landen rio y estaba a punto de decir algo, cuando mi móvil volvió a vibrar en la mesa. De nuevo el «señor Yoga». Sonreí de oreja a oreja. Me estaba llamando otra vez.

—Vaya, es la primera vez que te veo sonreír en toda la noche. —Landen también sonrió.

Con dedos torpes pulsé el icono de responder y me llevé el móvil a la oreja.

—Mmm... la —logré decir. En realidad quería pronunciar un completo «hola» pero debía de estar mucho más borracha de lo que pensaba. Mi boca no estaba funcionando como debía.

—Amber, gracias a Dios. ¿Dónde estás? Llevo toda la noche esperándote en casa de tus abuelos.

—Has hablado con nana y con mi abuelo... Mmm... ¿Y por qué estás ahí? Tú-ú. —*Hipo*—. Tú... Cosmi... Coshmo... deberías estar aquí conmigo. ¡Me estoy divirtiendo! —dije.

—¿Quién es? —preguntó Landen en voz alta, tocando mi móvil con un dedo.

Le di un golpe en la mano y me reí. Luego volví a cerrar un ojo para poder ver la cara de niño bonito de mi compañero de clase.

—Es m-mi, mmm..., novio. ¡Sí! —Exclamé cuando encontré la palabra correcta. Pero entonces me acordé del día anterior y una oleada de tristeza echó a perder mi diversión.

—¿Por qué te has puesto tan triste, nena? —preguntó Landen, haciendo un puchero y entornando los ojos.

Su expresión me hizo tanta gracia que le palmeé la rodilla.

—Amber, ¿con quién estás y dónde? —Dash sonaba raro. No estaba nada contento, más bien gruñía.

—Tú ya no me quieres —farfullé y luego casi me atraganto con una combinación de sollozo e hipo de borracho.

—¿Dónde estás? —Sus palabras no daban lugar a discusiones.

Miré a mi alrededor.

—¡Ah, sí! —De pronto me resultó muy difícil chasquear los dedos. Con esfuerzo, me miré los dedos mientras lo intentaba, hasta que conseguí un chasquido completo—. ¡Esta me la sé! —exclamé y levanté la mano—. En O'Brien's.

—Amber, ¿estás en la casa de tu compañero? —volvió a gruñirme Dash—. Puedo oír música de fondo.

Bajé la voz y reí.

—No, tonto. —Giré el taburete de lado a lado y después hice que diera vueltas con las rodillas en el pecho—. ¡Yupi! —Solté una carcajada—. Porque estoy en un bar, ¡que no te enteras!

—Eso está aquí al lado. Estoy allí en cinco minutos.

Antes de que pudiera decir que sí, y que lo quería, colgó. Hice un mohín y busqué mi bebida, pero todo estaba borroso, como una mancha de colores.

Landen me dio un golpe en el brazo un poco más fuerte de lo que me habría gustado, así que lo empujé.

—¡Oye! Eso duele.

—Lo siento. Lo siento. —Abrió mucho los ojos y se frotó la cara—. ¡Creo que estoy borracho!

—¡Yo también! —Reí.

—Creo que ambos os habéis pasado con el alcohol —intervino el tío Cal antes de colocar dos vasos de agua frente a nosotros.

—¡Buuu! —Acerqué el vaso frío y chupé de la pajita—. Ya no eres divertido. —Luego me dirigí a Landen—. El tío Cal ya no es divertido.

Landen asintió mientras intentaba enganchar la pajita con la lengua y me rodeaba los hombros con un brazo.

—Lo ves, te lo estás pasando bien conmigo, ¿cierto?

—Muchacho..., ¿qué haces? —La mirada del tío Cal se endureció y le cambió el semblante.

—Solo estoy intentando enseñarle a una chica guapa cómo pasárselo bien. —Mi amigo me dio un beso en la mejilla—. Eso es todo.

El tío Cal lo miró con furia.

—No, a esta chica, no —ordenó en voz alta y con tono molesto, como cuando mi abuelo me regañaba por robarle las galletas.

Un enfadado Landen apartó su vaso de agua con tanta fuerza que lo volcó, derramando el líquido y los cubitos sobre la barra.

—¿Por qué no? —rugió, aunque en cuanto vio el agua su indignación se disipó—. ¡Ah, mierda! —Trató de ayudar limpiándolo con la manga de la camisa, pero empezó a salpicar agua en todas las direcciones y pronto tuvo los brazos empapados y manchas de agua por todas partes.

—¡Maldita sea, Landen! Chico, estate quieto. —Parecía que el tío Cal estaba apretando los dientes igual que esos perros que siempre tenían cara de malas pulgas. ¿Cómo se llamaban? ¡Uf! No podía pensar. Tenía la mente completamente embotada.

—No voy a estarme quieto. Me gusta Amber y a ella también le gusto, ¿verdad? —Dio un golpe sobre la barra mojada y volvió a salpicar agua.

Me reí haciendo un sonido similar al de un cerdo por su torpeza. Él se volvió hacia mí y su rostro era tan dulce y triste que le di una palmada en la mejilla.

—¡Sí!

De pronto, la voz con la que soñaba todas las noches se mezcló en nuestra conversación.

—Bueno, ella está *enamorada* de mí, así que aparta tus malditas manos de mi novia, o te juro por Dios que...

Menudo miserable.

—¡Oye, tú! No puedes usar el nombre de Dios en vano. ¡Eso no le gusta al Señor! —Giré en mi taburete y me golpeé la cabeza con la de Landen—. ¡Ay! —Me froté la zona dolorida. Conocía esa voz. La voz que podía hacer cantar a los ángeles. Dash. Mi Dash Alexander.

Dash estaba de pie, con los brazos cruzados.

—Pajarito, estás borracha.

Asentí con la cabeza unas cuantas veces mientras intentaba bajar del taburete. Quería saltar elegantemente a sus brazos, pero mis piernas no colaboraban. En el momento en el que mis pies tocaron el suelo, me tambaleé y caí hacia delante. Pero entonces sus manos me alzaron y apoyaron contra el pecho más ancho, cálido y confortable en el que jamás había tenido el placer de acurrucarme.

—¿Estás bebiendo para olvidar nuestros problemas, mi amor? —preguntó Dash antes de darme un beso en la frente.

Nuestros problemas. El simple hecho de que ya tuviéramos problemas cuando llevábamos saliendo solo tres semanas tocó una fibra sensible en mi interior. Se me llenaron los ojos de lágrimas, que empezaron a caer por mis mejillas.

—¡Ah, pajarito...! —Me limpió con besos tantas lágrimas como pudo, pero estas seguían cayendo—. Tengo que llevarla a casa. ¿Me dices lo que te debe y te lo pago? —se ofreció.

¿Lo veis? Era un buen hombre. Aunque teníamos problemas, quería pagar mi cuenta.

—Te quiero. —Le sostuve el rostro lo mejor que pude. Necesitaba decirle lo que significaba para mí, pero tenía la cabeza hecha un desastre y no era capaz de ordenar las palabras.

Dash me agarró con firmeza por la espalda y me acunó la mejilla.

—Lo sé. Relájate. Todo va a ir bien.

—¿Lo prometes? —Le toqué los labios con el pulgar. Quería sentir su respuesta, no solo oírla.

—Lo prometo. Te lo juro por todo lo que siento por ti.

12

Postura del cuervo

(En sánscrito: Bakasana*)*

Es una postura intermedia o avanzada que ayuda con el equilibrio, la fuerza, la determinación y el orgullo. De pie, en el borde de la colchoneta, flexiona las rodillas en una sentadilla. Inclina el torso hacia delante y lleva los brazos doblados hacia el interior de las rodillas. Luego eleva una rodilla hacia la cara exterior del bíceps. Cuando vuelvas a estar en equilibrio, repite el proceso con la otra rodilla. Consulta a un instructor de yoga sobre las distintas formas de trabajar esta asana antes de intentar la postura completa.

DASH

Tenía a un ángel de carne y hueso recostado sobre el pecho. Su pierna desnuda estaba tendida sobre mi muslo y una de sus manos descansaba justo sobre mi corazón. Me pregunté si podía sentir la satisfacción que brotaba de mis poros. Jamás había experimentado nada parecido. Esto debía ser lo que uno experimentaba cuando abrazaba su futuro.

Suspiró y su aliento se deslizó sobre el vello de mi pecho. Rodeé con un brazo su espalda baja y coloqué firmemente la otra mano en su trasero. No pude evitar presionar la pelvis contra ella, para generar un poco de fricción sobre mi miembro. Tener a esta chica tendida sobre mí era la más dulce de las torturas. La tentación se viste de blanco. Solo que ella llevaba muy poca ropa.

Cuando por fin había conseguido localizarla, era pasada la medianoche y estaba borracha. En ese momento no quise molestar a sus abuelos más de lo que ya lo había hecho. ¡Demonios! Había cenado con Sandra y Harold St. James mientras esperaba a que mi pajarito regresara al nido. En el momento en que se hizo evidente que no iba a volver pronto, me despedí y me puse a pasear de un lado a otro en mi apartamento. Había advertido a sus abuelos que quizá no la llevara a su casa si la encontraba muy tarde. Su abuelo me dejó claro que su nieta era una buena chica. No del tipo que un hombre se llevaba a casa para pasar un buen rato, sino de aquellas a las que primero había que ponerle un anillo en el dedo.

Mientras abrazaba a Amber, miré al techo y recordé la conversación privada que había mantenido con su abuelo la noche anterior.

—Toma asiento, hijo. —Harold St. James me llevó a su estudio después de que la señora St. James me hubiera cebado con sus chuletas de cerdo y pimientos, según ella, las mejores del mundo. Y no había mentido. Eran de lejos las mejores chuletas que había probado, incluidas las de mi propia madre. Aunque jamás lo reconocería delante de ella.

Me senté tenso en uno de los sillones, con las piernas abiertas, los codos sobre las rodillas y las manos entrelazadas. Sabía que había corrido un riesgo al presentarme en su casa, pero después de que Amber no respondiera a ninguna de las llamadas que le había hecho durante todo el día, estaba desesperado.

El hombre se sentó en la silla frente a mí.

—Bueno, pareces un buen muchacho y obviamente estás preocupado por mi nieta, lo que me hace pensar que estás embelesado por ella de esa forma que hace que un hombre sienta cosas profundas. Su ausencia parece haberte alterado bastante. Así que, dime, hijo, ¿por qué te preocupa tanto que no esté

en casa? Amber suele llegar tarde después de la Universidad o de pasar un rato con Genevieve, aquí al lado.

—Señor St. James, ya me he puesto en contacto con Genevieve. No ha hablado con ella en todo el día y sé que ha tenido clases. Tengo que confesarle que hice daño a su nieta con mi silencio. Ella me contó algo y yo no reaccioné de la forma adecuada. Quiero solucionarlo, por eso he venido.

Harold sonrió de oreja a oreja y enarcó una ceja.

—Parece que te has metido en un buen lío. ¿Estoy en lo cierto?

Me pasé una mano por el cabello y me aparté unos mechones que me caían por la frente.

—Sí, señor. Lo ha resumido usted perfectamente.

El hombre rio y cruzó las piernas, colocando un tobillo sobre la rodilla contraria. Después unió los dedos de las manos y apoyó las puntas sobre sus labios. Parecía que estaba allí sentado resolviendo los problemas del mundo. A mí, en cambio, me carcomía la culpa.

Culpa por haberme alejado de Amber.

La tristeza me atravesó el pecho como una flecha, rebotando en cada costilla hasta clavarse en mi corazón. Me levanté. Tenía que encontrarla como fuera.

El anciano alzó la vista y me miró, pero no se movió de su lugar.

—Hijo, Amber es especial. No es como otras chicas de su edad.

—Lo sé, señor. Por eso me he enamorado de ella.

El hombre se puso de pie, con su redondeado estómago por delante. Levantó ambas cejas y apoyó una mano en mi hombro.

—Así que estás enamorado de mi nieta, ¿eh?

Asentí, pero noté la intensidad que brillaba en sus ojos. El abuelo de Amber quería oír lo que tenía que decir, mirándome directamente a los ojos.

—Señor, estoy enamorado de su nieta. Solo llevamos saliendo unas pocas semanas, pero eso no cambia lo que siento por ella. Y sé que ella siente lo mismo por mí.

—¿Eso crees?

Alcé la barbilla con gesto decidido y enfrenté su mirada de acero. Estaba claro que el señor St. James no me lo iba a poner fácil. Pero, tratándose de

Amber, haría lo que fuera. Joder, hasta me arrastraría a los pies de ese hombre si eso era lo que hacía falta para que ella me perdonara.

—Lo sé. Y ahora, tengo que solucionar mi metedura de pata.

Harold me clavó los dedos en el hombro.

—¿Le hiciste daño?

—No físicamente. Jamás le tocaría un pelo. Se lo juro.

Frunció el ceño y entrecerró los ojos.

—¿Entonces qué hiciste?

Tragué el nudo del tamaño de una pelota de fútbol que se había instalado en mi garganta.

—Ella me contó algo muy personal y, sinceramente, señor, me asusté. Tanto que me alejé de su nieta sin quedarme a escucharla.

El hombre asintió y me siguió mirando con los ojos entornados.

—¿Volverás a hacerlo?

—Nunca. —Negué con la cabeza con vehemencia, casi con violencia. Puede que una pequeña sacudida en el cerebro me diera un poco de sensatez—. He aprendido la lección. Pero ahora, solo quiero arreglar las cosas entre nosotros.

Y con eso, se dio la vuelta y se sentó de nuevo en su silla, con las manos apoyadas en su exuberante barriga. Había comprobado de primera mano que Sandra St. James era una excelente cocinera y era evidente que Harold disfrutaba con creces de los frutos de ese talento.

—De acuerdo, hijo. Antes le ha dicho a su abuela que iba a salir a tomar algo con un amigo de clase.

Un calor punzante se extendió por la zona baja de mi espalda y ascendió por mi columna. La bestia verde de los celos desplegó su malicioso cuerpo en mi interior, abriéndose camino por mi pecho para clavar sus garras en mi garganta. Ella estaba con él. Landen. El hijo del profesor. Aún no había conocido al futuro médico y ya lo despreciaba. Jamás había reaccionado de ese modo con ninguna otra mujer con la que hubiera salido. Con Amber, todo era diferente. Mejor cuando estaba con ella. El infierno cuando no. Ella era mi particular arma de doble filo.

Respiré hondo y estiré la mano.

—Señor, gracias por la cena y por la conversación. Le prometo que, de ahora en adelante, trataré a su nieta con todo el respeto que se merece.

—Será mejor que lo hagas, hijo, o te las verás conmigo.

Oír la amenaza de ese caballero de la vieja escuela me llegó al alma. Hablaba en serio. No tenía la menor duda de que si hacía daño a su preciosa nieta, aunque solo fuera de palabra, me daría caza y me cortaría en pedazos. Habían perdido a su hija después del nacimiento de Amber, así que ella era todo lo que les quedaba. «Instinto protector» se quedaba corto para describir la intensidad de la mirada de ese hombre. Una mirada que habría hecho temblar a un hombre más débil que yo. Pero estaba dispuesto a aceptar el desafío. Justo allí, en ese momento, me juré que no tardaría mucho en lograr que el señor St. James estuviera orgulloso de mí.

—Tiene mi palabra —prometí con la mano todavía estirada.

Él me la estrechó con firmeza y la sacudió con fuerza.

Mensaje recibido.

Mi ángel dormido movió la pierna y rozó mi erección. *Tranquilo, colega.* Intenté razonar con la parte más carnal de mi anatomía, pero teniendo en cuenta que tenía a la mujer más bella del mundo, la encarnación de mis mejores sueños, supe que no sería tan fácil lograrlo.

Incapaz de controlarme, deslicé la mano desde su rodilla hasta su muslo. Suave como la seda. Ella ronroneó sobre mi pecho y se acurrucó contra mí como un gatito dormitando. Bajé la vista cuando sentí un cosquilleo en el pecho. Amber había abierto sus ojos verdes, arrugó la nariz y apretó los labios. Después alzó una de sus delicadas manos, se tocó la frente y frunció el ceño.

—¡Ay, Dios! ¿Por qué tengo la cabeza llena de duendecillos y por qué me están taladrando el cerebro? —Soltó un gruñido y me golpeó un pezón con la barbilla. Reprimí un gemido y luché contra el deseo de frotar la mitad inferior de mi cuerpo contra su calor por miedo a atemorizar a mi pajarito.

De pronto, se puso completamente rígida. Abrió los ojos como platos e intentó liberarse de mi abrazo. Por supuesto que eso no iba a suceder.

Todavía no estaba listo para que la realidad se filtrara en el pequeño paraíso de felicidad en el que estaba.

—¿Adónde crees que vas? —pregunté.

Tragó saliva, alzó la barbilla y se mordió el labio inferior.

—¿Có... cómo... eh... he llegado hasta aquí?

Sonreí y la acomodé entre mis brazos.

—Estabas borracha. Te salvé de las garras del joven médico y te traje a casa.

Amber me miró con ojos entrecerrados.

—Esta no es mi casa, estoy medio tumbada encima de ti y creo que estoy desnuda. —Volvió a abrir los ojos y jadeó—. ¡Ay, no! No me digas que hemos...

Hundí la mano en su cabello y le sostuve la cabeza para asegurarme de que me mirara directamente a los ojos mientras le decía:

—Amber, nunca me aprovecharía de ti. Anoche no estabas en condiciones de hacer otra cosa que no fuera dormir. Por desgracia, pasaste un rato sobre el trono de porcelana antes de caer de bruces sobre mi edredón.

Frunció el ceño.

—Me encontraba mal. Vomité sobre mi camiseta y mis pantalones. ¡Y sobre ti! ¡Oh, qué asco! Lo siento, Dash. —Vi cómo le temblaba el labio y apartaba la vista, casi como si no se atreviera a mirarme.

La levanté y la coloqué encima de mí con ambos brazos para que estuviera completamente tumbada sobre mi cuerpo. Ella intentó escapar retorciéndose, pero la sujeté con la fuerza necesaria para evitar que se alejara de mí.

—Oye, oye, Amber, no apartes la vista de mí.

Esos preciosos ojos verdes se clavaron en los míos.

—Lamento que tuvieras que hacer de canguro. Si te soy sincera, jamás bebo tanto como para perder el control de ese modo. Es solo que yo...

—No sigas. —Le acuné el rostro y le acaricié la mejilla con el pulgar—. No tienes nada de qué disculparte. Yo soy quien ha metido la pata. Me confesaste algo muy personal y no reaccioné bien. Soy yo quien lo siente.

Volvió a tragar saliva y le tembló el labio.

—¿Te molesta que sea virgen?

Exhalé despacio todo el aire que tenía en los pulmones.

—No. Estoy algo impresionado. Incluso sorprendido. Nunca he estado con una mujer que haya conservado su inocencia durante tanto tiempo, pero no me molesta.

Amber sonrió y apoyó la barbilla sobre sus manos, que estaban encima de mi pecho desnudo.

—¿Aún quieres estar conmigo?

Era una pregunta sencilla de responder. Aunque me resultó revelador que le preocupara que no quisiera seguir con ella por algo como eso.

—Amber, tu virginidad no cambia nada. Lo único que significa es que, cuando llegue el momento adecuado, obtendré algo muy especial. Una parte de ti que nunca le has dado a ningún otro hombre.

Apartó la vista y apretó los labios. Tuve la sensación de que había algo que no me estaba contando, pero ahora no era el momento de presionarla. Ya estaba lo bastante vulnerable desde el punto de vista psicológico. Además, con una ardiente morena encima de mí tenía muchas cosas mejores que hacer que interrogarla para obtener más información.

—Escucha, cuando estés lista para dar el próximo paso en nuestra relación, será un honor, un regalo que atesoraré. —La miré directamente para que pudiera ver reflejado en mis ojos que estaba diciendo la verdad.

En lugar de responder, se inclinó hacia delante y presionó los labios sobre los míos.

AMBER

Dash me entendía y no pensaba que fuera rara por haber conservado mi virginidad durante tanto tiempo. Debería haber sabido que Dios no me llevaría hasta un hombre que no considerara mi voto como algo especial. Exploré su boca con la lengua para saborearla por completo. Ser virgen no significaba que no estuviera dispuesta a poner a prueba los límites de mi castidad. Y, francamente, quería que me tocara, que me llevara a lugares en los que nunca había estado, siempre y cuando no cruzáramos la línea roja.

Dash bajó las manos por mi espalda, me acarició la columna con las yemas de los dedos, haciéndome cosquillas mientras pasaba vértebra por vértebra, antes de aterrizar sobre mis nalgas cubiertas por mis braguitas. Levantó las caderas y presionó mi trasero hacia abajo, para generar la fricción perfecta sobre mi clítoris. ¡Oh, Dios mío, era maravilloso! El cielo en la tierra. Le mordí los labios y le succioné la lengua. Él gimió en mi boca y enredó mi lengua con la suya una y otra vez. El hombre sabía besar. Convertía cada beso en un auténtico festín. Primero, un entrante dulce de labios frotando labios. Luego, un plato principal en el que introducía su cálida lengua profundamente en mi boca hasta que lo único que podía sentir era su sabor. Y por último, cuando se quedaba sin aire, se retiraba y me chupaba el labio superior y después el inferior, como si cada porción de carne fuera el más exquisito de los postres.

Seguí su ejemplo, levanté las rodillas y froté mi centro por el duro acero que tenía entre sus muslos. Solo llevaba unos *boxer* burdeos en los que se marcaba perfectamente el largo y ancho de su anatomía masculina. Jamás había tocado o saboreado un pene erecto y, en ese momento, lo único que quería era colocar los dedos alrededor de él y tirar, consciente de que eso lo haría perder el control. En presencia de Dash, me sentía perdida en sus palabras, en su ser, en todo él. Ahora, sentada sobre él, tenía todas las cartas en mis manos y podía jugar la que quisiera.

—¿Qué estás mirando? —Elevó las caderas y sonrió.

Tragué saliva y me aparté el cabello de la cara.

—¿Puedo tocarte? —Hice un gesto hacia su entrepierna.

—Amber, nada me gustaría más que sentir tus manos sobre mí en todas partes. ¿Alguna vez has...?

Negué con la cabeza antes de que pudiera terminar la pregunta.

—Nunca.

Me agarró las manos y me indicó que me levantara de su regazo. Después se bajó la ropa interior lo suficiente para engancharla con el pie y quitársela. Entonces rodeó la parte carnosa de mis caderas e hizo que volviera a sentarme en sus musculosos cuádriceps.

Me clavó los dedos en los muslos.

—¿Te parece bien que esté desnudo? No quiero que te sientas presionada.

Asentí con recato e inspeccioné cada centímetro de su cuerpo. Empecé por el cabello rubio oscuro despeinado, pero igualmente sexi, y fui bajando por ese cuerpo duro como una roca con dos pezones erectos y redondos. Apoyé las manos en sus tensos pectorales. Aunque estaba desnudo sobre las sábanas, su piel estaba caliente, mucho más que la mía. Continué descendiendo, arañando con suavidad la tableta que formaban sus abdominales, que se contrajeron e hincharon ante mi contacto. Me dirigí hacia el vello alrededor de su ombligo, su vello rubio oscuro se fundía con los rizos que rodeaban la base de su pene. Cada centímetro de Dash era hermoso, en especial la impresionante y bien formada extensión que se elevaba de su pelvis. Tenía un pene largo, grueso y perfectamente redondeado en la punta.

La comunidad médica realmente tenía que esforzarse por lograr una mejor descripción de la anatomía masculina. Las ilustraciones de penes erectos que había visto en los libros de texto no eran nada comparadas con la magnificencia de Dash. De hecho, había un mundo de distancia entre ellos.

—Y bien... —Su voz era un gruñido profundo, controlado con dificultad y cargado de una buena dosis de excitación.

—Eres tan duro... En todas partes. —En realidad no sabía cómo explicarlo. Pero «duro» me pareció la mejor palabra para describir los hombros anchos, la afilada cintura en forma de V y el pene erecto.

Él rio y me frotó los muslos de arriba abajo, seduciéndome sin ni siquiera intentarlo. O tal vez lo estaba haciendo, pero yo era demasiado inexperta para darme cuenta.

Dirigí mi atención al grueso eje de entre sus piernas. Con vacilación, acaricié toda la longitud con la punta de los dedos. De inmediato, se sacudió hacia arriba y volvió a caer. Reí y lo hice de nuevo.

—Pajarito..., me estás volviendo loco —dijo entre dientes, aunque la sonrisa que todavía lucía en su rostro dejó claro que no estaba molesto, sino ansioso.

Reuní todo el coraje que pude y cerré la mano sobre su erección.

—¡Guau! Es más suave de lo que creí que sería. —Tiré desde la base hasta la punta y jadeé cuando una gota de líquido preseminal apareció en la pequeña abertura del glande. Sabía lo necesario sobre el sexo gracias a mis libros de texto médicos e investigaciones personales y entendía la teoría de cómo funcionaba la anatomía masculina, pero experimentarla de primera mano, con el hombre que amaba, era mucho mejor.

Dash gimió y arqueó el pecho cuando repetí el movimiento ascendente. Tenía una expresión atormentada y la piel de sus músculos parecía tensarse mientras movía las caderas de arriba abajo al ritmo de mis caricias. En cuanto me di cuenta de que estaba masturbando a un hombre por primera vez, sentí como si me golpearan con un martillo en la cabeza. Pero una vez digerí ese hecho, me lo tomé en serio y froté el pulgar sobre la punta para esparcir el líquido. Me habría gustado tener el valor necesario para metérmelo en la boca y humedecer su pene aún más. Pero en vez de eso me lamí la mano varias veces.

—¡Jesús! —exclamó cuando volví a cerrar la palma en torno a él y lo moví de arriba abajo.

—Oye, no metas al de arriba en esto. Es muy posible que ya esté rompiendo algunas reglas bíblicas.

Le vi fruncir el ceño y estar a punto de decirme algo, pero en ese momento decidí mandar todo al diablo. Quería saber cómo era y, ¿quién mejor que el hombre del que estaba enamorada para intentarlo? Deslicé las caderas hacia abajo sobre sus piernas, me incliné y coloqué la lengua estirada sobre el glande. Necesitaba probarlo. Tan pronto como ese intenso sabor salado alcanzó mis papilas se me hizo la boca agua.

—¡Ah, joder! —Me agarró del cabello pero no me empujó hacia abajo. Gracias a Dios. De lo contrario, podría haber perdido el valor para continuar.

—¿Te gusta cuando uso la boca? —Lamí su extensión para saborear cada centímetro. De pronto entendí por qué las mujeres hacían esto a sus parejas. Los hombres se volvían un poco locos. Y lo cierto es que tener tal poder sobre su placer era embriagador, femenino y absolutamente excitante.

Me sujetó de la nuca y me tiró del cabello. Cuando noté el ligero pinchazo de dolor, me lo metí por completo en la boca, dejando que llegara hasta la mitad de la garganta. Mantuve los labios sobre los dientes para proteger la superficie aterciopelada lo mejor posible. En cuanto me recompensó con una letanía de palabrotas seguidas por gemidos ininterrumpidos, redoblé los esfuerzos y aumenté el ritmo.

—Amber, mi amor... Me encanta tu boca, pero voy a... —Alzó las caderas y tensó todo el cuerpo como la cuerda de un arco—. Si no quieres que me corra dentro de ella, tienes que detenerte ahora.

Mientras me lo pensaba, moví la lengua sobre un área sensible en la parte inferior de su pene. Por lo visto, ese pequeño punto era una zona erógena importante en la anatomía masculina. Decidí añadir un plus de estimulación acariciándolo despacio con la mano.

—Pajarito, no es momento de jugar —dijo con esfuerzo, respirando con dificultad por la nariz. Tenía el pecho cubierto de gotas de sudor. También quería saborearlas. Quería probar todo de este hombre. Lo amaba y su esencia era parte de él.

—Amber, cariño, levántate; me voy a correr —volvió a advertirme.

—Entonces, hazlo. —Cerré los labios alrededor de su erección y me la metí lo más hondo que pude.

—¡Jesús! —gimió antes de intentar detenerme. Levanté la nariz y lo miré indignada, pero no paré.

—Lo siento, mi amor. ¡Oh, nena, siiiiií! —La última palabra salió de sus labios como un suspiro ahogado, al mismo tiempo que cálidos chorros de semen llenaron mi boca. Me lo tragué, preguntándome si sabría mal y me daría arcadas. Genevieve me había dicho que a ella le habían dado con su exnovio. Pero con Dash todo pareció ir muy rápido y lo tragué con facilidad. En realidad solo noté que algo caliente y salado golpeaba mi lengua y bajaba rápidamente por mi garganta. Punto. En todo caso, no fue para tanto.

Dash se quedó quieto durante un buen rato, con los ojos cerrados con fuerza y las manos sobre mis hombros. Como todavía le costaba respirar, su pecho bajaba y subía ofreciendo una imagen espectacular. Esperé a que recuperara el aliento, sintiéndome un poco cohibida. ¿Le habría gustado? ¿Se desconectaban todos los hombres de ese modo? Desde un punto de vista médico, se suponía que cualquier varón terminaba eyaculando si se le estimulaba el órgano sexual de forma manual, pero eso no significaba que tuviera que gustarle necesariamente.

Dash parpadeó lentamente y clavó los ojos color ámbar en los míos. Luego tensó los abdominales, se medio incorporó y me levantó para que volviera a tumbarme encima de él. Y entonces me besó con tanta pasión e intensidad que me olvidé de cualquier preocupación y me concentré en el ardor del beso. Cuando se sació de mis labios, me besó en las mejillas, en la sien, la frente y descendió por el otro lado con los labios.

—Amber, pajarito mío, ha sido increíble. —Hundió los dedos en mi cabello y me acarició la cabeza al mismo tiempo que me la masajeaba—. El mejor orgasmo que he tenido.

—¿En serio? —Levanté la cabeza al instante. Sí, claro. Con toda la experiencia que debía de tener, seguro que solo lo decía por decir.

Dash elevó una comisura de la boca en una sonrisa infantil.

—La única mujer de la que me he enamorado me acaba de proporcionar una experiencia única. Por supuesto que ha sido el mejor orgasmo de mi vida porque me lo has dado tú.

Una respuesta impecable. Lo miré mientras recorría su rostro con los dedos.

—¿Entonces mi falta de experiencia no ha hecho que perdiera el encanto?

—Todo lo contrario, y que me corriera en tu boca es una buena prueba de ello. Además, jamás habría adivinado que no tenías experiencia. Parecías saber exactamente qué hacer con las manos. —Tomó una y me besó los dedos, luego repitió el proceso con la otra—. Y con la boca. —Pasó el índice sobre mis labios irritados—. Ha sido absolutamente perfecto. Podrías poner a cualquier hombre de rodillas, pajarito.

Yo solo soy el afortunado bastardo que podrá disfrutar de la experiencia el resto de su vida.

Puse los ojos en blanco.

—¿Tan seguro estás?

—¿Tú no? —preguntó con ojos entornados.

Me encogí de hombros.

—No lo sé. La gente se enamora todo el tiempo. Genevieve lo estuvo de su ex en su momento. Le entregó todo y él, a cambio, la dejó cuando sus padres murieron y la vida se volvió demasiado complicada. ¿Cómo sabes que no nos puede pasar lo mismo?

—Muy sencillo. Porque yo no soy su ex. Soy el hombre que está enamorado de ti. De *ti*, Amber St. James. Y ahora es mi turno de demostrártelo.

Me levanté al instante.

—¡No podemos tener sexo! —Apoyé ambas manos en su pecho para evitar que se acercara demasiado.

Dash enarcó una ceja.

—Acabamos de tener sexo, pajarito. He estado ahí y ha sido increíble. Ahora me toca darme un festín contigo.

—¡Pero no podemos llegar al coito! —Me estremecí por dentro y me crucé de brazos.

Él se sentó y me soltó los brazos antes de atraerme hacia él.

—Ya te lo he dicho, mi amor. Cuando llegue el momento, me darás ese regalo libremente. Nunca te presionaré para hacerlo. Sin embargo, hay muchas cosas con las que podemos divertirnos que no incluyen el coito. Prometo mantener tu virginidad intacta. ¿Me dejas que te lo muestre? ¿Me dejas que ahora disfrute de tu cuerpo?

—¿Solo tocar? —pregunté con voz temblorosa. En mi mente apareció una variedad de imágenes con distintas posturas sexuales que me tentaban y fascinaban al mismo tiempo.

—Y saborear. —Con eso, me rodeó la espalda con un brazo y nos dio la vuelta hasta quedar tendido entre mis piernas.

¡Oh, Señor! Estoy a punto de ser una chica mala. Muy mala.

13

Chakra sacro

El chakra sacro es literalmente la fuente de donde proviene la vida,
directamente del útero. Es el lugar donde se crea la vida. En los hombres,
está conectado a los testículos, en la zona donde se genera el esperma,
y un pene estimulado responderá con una erección, listo para la creación
de una nueva vida.

DASH

Jamás había sido agraciado con una visión tan gloriosa. Amber, con su cabello oscuro extendido sobre mi almohada, su pecho subiendo y bajando agitado debajo de su camiseta de canalé, los pezones erectos, marcándose contra la tela, y su mitad inferior cubierta solo por unas braguitas de tiro bajo. Cuando me senté a horcajadas sobre su cuerpo esbelto, supe que la Providencia me estaba sonriendo. La vi retorcerse como una gatita atrapada debajo de una manta, pero ya conocía lo bastante bien a mi amor como para tranquilizarla. Seguro que esa iba a ser una de sus primeras experiencias sexuales y estaba decidido a convertirla en la mejor de su vida... o, por lo menos, hasta ese momento.

—¿Confías en mí, pajarito?

Dejó de retorcerse y mantuvo su cuerpo quieto debajo del mío.

—Estoy nerviosa, pero... también excitada.

Sonreí con satisfacción.

—¡Ah, mi amor! Sé que estás excitada. —Le agarré las braguitas con ambas manos y se las fui bajando lentamente por los suaves muslos, centímetro a centímetro.

Ella tragó saliva y respiró con fuerza. Se le erizó la piel.

—Quítate la camiseta —le indiqué con tono áspero, cargado de lujuria.

Amber frunció el ceño.

—¿No deberías hacerlo tú? —Se agarró a las sábanas.

Sabía que este era un momento crucial, que no debía presionarla.

—Amber, quiero que hagas esto libre y voluntariamente. No porque te haya excitado o te haya persuadido con algún talento sexual. Te prometí que nunca me aprovecharía de ti. Así que, si quieres seguir, tendrás que ayudarme. —Ladeé la cabeza y esperé, aunque seguí acariciándole las piernas desnudas de forma sensual, pero relajante al mismo tiempo. Todavía apretaba las rodillas y no podía ver su sexo.

Su expresión cambió de indecisa a terminante en una fracción de segundo.

—Te deseo. —Con audacia, agarró con ambas manos el dobladillo de su camiseta, lo levantó, se la quitó y la arrojó al suelo. Sus pechos saltaron libres y se le endurecieron los pezones con esas aureolas de color arena.

Se me hizo la boca agua al ver esos senos perfectos, pero tenía otros planes que estaban directamente relacionados con la embriagadora esencia almizclada que emanaba de sus piernas cerradas.

Amber se recostó en el colchón, estiró los brazos y unió las manos encima de su cabeza. Me jugaba el cuello a que lo había hecho para que no le temblaran. Sabía que mi chica estaba muy nerviosa, pero también que estaba lista para llevar nuestra relación a un plano más físico; algo por lo que ni siquiera sabía cómo empezar a expresar mi gratitud.

Con una caricia suave, deslicé las manos hacia sus rodillas. Alcé una ceja en una pregunta tácita. Ella se humedeció el labio inferior con la punta de la lengua y asintió. La miré directamente a los ojos, para asegurarme de que viera todo el amor y el deseo que sentía por ella, y le separé las piernas hasta que las rodillas tocaron el colchón.

Su sexo se abrió como una flor, rosado y brillante por su excitación.

—Amber, mi amor... Gracias. —Contemplé con asombro y admiración su parte más íntima. Vi cómo le temblaban las piernas y se le contraía y relajaba el ano por la anticipación de lo que podría hacer con ella. Lo único que ansiaba en ese momento era agarrar el pene y tomar lo que era mío, pero ella no me había ofrecido su virginidad. No aún, y yo respetaba su decisión de ir despacio. Además, ese iba a ser un momento de exploración, de familiarizarla con el lado físico de su sexualidad para que, cuando llegara el momento apropiado de hacerla mía, estuviera lista en cuerpo, mente y alma.

—¿Gracias por qué? —Le temblaba la voz al hablar. Seguro que el miedo y los nervios se habían apoderado de ella.

—Por entregarte a mí. —Ahuequé la mano sobre su pubis desnudo y húmedo, frotando el borde de la palma contra su clítoris hinchado. Ella jadeó y arqueó sus preciosas tetas a modo de invitación. Ya no podía esperar. Tenía que probar esos dulces pezones como fuera.

—¡Oh, sí! —gimió. Cuando me metí un pezón erecto en la boca, hundió las manos en mi cabello. Seguía cubriéndole la vagina. Solo tenía mi mano allí, dejando que su excitación me humedeciera la palma y los dedos. Quería que se acostumbrara a que tocara lo que pronto sería mío por el resto de nuestras vidas.

Con un dedo, tracé su hendidura, sin dejar de presionar el clítoris con el borde de la palma. Las mujeres podían correrse varias veces solo con estimularles el clítoris. Pero quería ir un poco más allá y tenía intención de usar la técnica del masaje del punto sagrado para lograr un orgasmo combinado, que no solo alcanzara su clítoris, sino también su punto G y, sobre todo, su mente. Iba a hacer que mi pajarito obtuviera tal placer que incluso pudiera experimentar una eyaculación femenina, lo que abriría su segundo chakra y le produciría una sensación más profunda de liberación sexual y de placer intenso.

Tiré de su pezón con los dientes, hasta que la aureola adquirió un tono fresa oscuro y la punta se convirtió en un nudo apretado de deseo, antes de pasar a su compañero y dedicarle la misma atención. Cuando estuvo tan mojada como para oír el sonido de mis dedos moviéndose en su excitación, me aparté. ¡Jesús! Era tremendamente receptiva. Seguro que habría podido hacer que se corriera una y otra vez solo con estimularle los pechos. Me pareció una idea muy divertida para llevar a cabo en otra ocasión; ahora estaba decidido a activar su *kundalini*.

La *kundalini* es la energía con forma de serpiente que duerme en la base de la columna. En las mujeres, es la fuente de energía que debe despertarse para canalizarla a través del resto de chakras a fin de alcanzar su camino a la iluminación.

Después de asegurarme de que ambos pezones estuvieran bien enhiestos y rojos, tracé un sendero de besos desde el cuello hasta su boca.

—Cariño, ahora voy a entrar en ti.

Abrió mucho los ojos, pero yo le tapé la boca con la mano que tenía libre.

—Solo con la mano, aunque a mi miembro... —Reí y froté mi erección contra su muslo— le encantaría entrar en esa jugosa vagina. —Deslicé los dedos por sus rizos mojados y por toda su hendidura.

—No... El pene... todavía no. —Las palabras salieron de sus labios confusas, acompañadas por el balbuceo de una plegaria al Señor, al tiempo que le masajeaba la entrada con dos dedos a la vez—. ¡Dash! —exclamó cuando introduje un dedo y, tras un segundo dentro de ella, encontré, en el interior de la mujer que amaba, el pliegue irregular que necesitaba mi atención con desesperación.

—Shhh —susurré sobre sus labios. Luego besé, succioné y penetré su boca del mismo modo en que estaba tocándole el sexo.

El cuerpo de Amber se movió al mismo ritmo que el mío, montando mi mano y respondiendo a mi boca con salvaje desenfreno. No tenía ni idea de que me había enamorado de la criatura más receptiva e intensamente sexual que hubiera conocido, y que además era una auténtica virgen. ¿Qué había hecho en mi vida pasada para recibir tal bendición? Cualquiera que fuera la razón, no iba a rechazar semejante regalo, así que iba a disfrutar de ella..., de todas las formas posibles.

—¡Santo cielo, Dash! Voy a...

Cuando la oí decir eso, dejé de hacer presión en su punto G y, en su lugar, besé cada centímetro de su rostro. Sus pómulos, sus sienes, la dulce redondez de su barbilla. Cada nuevo lugar parecía brindar claridad y alivio al nivel de intensidad al que la había llevado.

Gruñó debajo de mí e intentó alzar las caderas para que mis dedos siguieran penetrándola. Cualquier principiante en el arte del Tantra la habría dejado correrse al primer indicio de orgasmo, pero yo ya lo había evitado dos veces. Una con sus perfectos pechos y la segunda con el masaje vaginal.

—Dash..., cariño, no entiendo lo que está pasando —balbuceó, poniéndose una mano sobre los ojos. Sus caderas seguían moviéndose cuando estiré los dedos en su interior. Incluso dilatándolo con ambos dedos, el canal sería demasiado estrecho para mi pene. Cuando llegara el momento, tendría que esforzarme en estimular su vagina y asegurarme de que tuviera algunos orgasmos antes de poseerla por completo. Había leído lo suficiente sobre vírgenes para saber que la primera vez siempre venía acompañada de un cierto grado de dolor. Cuando diéramos ese paso, estaba decidido a hacer que fuera placentero y memorable. Ella solo podría ofrecerme ese regalo una vez y yo quería corresponderle del mismo modo.

Sonreí a mi pajarito, que agitó las plumas cuando volví a masajear su punto G. No estaba ejerciendo la suficiente presión para que llegara al orgasmo, ni estimulándola de otras formas. Lo que le estaba haciendo era un proceso muy íntimo que tenía como objetivo conectar a la pareja de una forma más profunda. Llevaba su tiempo hacerlo bien. Quería que Amber solo conociera mi tacto, que creyera que la llevaría a las más altas cumbres del placer... yo. Solo yo.

Cuando noté que su respiración se volvía más regular, cambié de posición para deslizarme hacia abajo en la cama, hasta que tuve su sexo cerca del rostro. Levanté la vista y la miré. Tenía los labios entreabiertos, los ojos clavados en mí y tomaba bocanadas superficiales de aire. Sin dejar de mirarla, saqué la lengua y la apoyé en el pequeño manojo de nervios tensos en la cima de sus muslos. Ella tragó saliva y entornó los párpados. Señal de que había llegado la hora de saborearlo a conciencia. Como si fuera un hombre a punto de congelarse en una tormenta de nieve, rodeé su ardiente clítoris con la boca y me regodeé en su calor.

—¡Ay, Dios! ¡Ay, Dios! ¡Ay, por Dios! —exclamó, absorta en su placer.

Me encantaba provocar ese efecto en ella. Saber que había conseguido que se olvidara de todas sus inhibiciones hacía que me sintiera como un rey. Moví los dedos más rápido, presionando y masajeando su interior en suaves caricias. Amber se retorció y tuve que utilizar el codo izquierdo y el brazo para mantener sus piernas abiertas. Cabalgó mi cara como un jinete acercándose a la recta final. Por desgracia para ella, volví a apartarme en cuanto vi que estaba a punto de tener un orgasmo.

—¡No! ¡No! ¡No! —gritó e intentó obligarme a regresar a su delicioso sexo. Creedme si os digo que estaba deseando saborearla hasta dejarla seca, pero el masaje del punto sagrado requería seguir un método, y a Amber le quedaban al menos tres asaltos más antes de sucumbir a la *kundalini*, abrirse y obtener la liberación que necesitaba.

Continué así durante una hora; llevándola al borde del orgasmo y evitando que lo tuviera en el último segundo. Una y otra vez, ella respondió como una diosa, hasta que su cuerpo estuvo tan preparado para el sexo tántrico que no pude ignorarlo. Con cada suspiro, cada gemido apasionado, cada lágrima que caía por sus mejillas cuando casi la llevaba al punto sin retorno para luego detenerme, mi corazón se llenaba de un amor tan intenso que supe con todo mi ser que esa mujer era mi alma gemela.

Finalmente, después de estar a punto de llevarla al clímax ocho veces, supe que estaba lista. Ambos lo estábamos. Me ardía el pene por las inmensas ganas que tenía de unirme a mi compañera, pero me contuve. Ahora se trataba de que mi amor disfrutara.

—Dash, cariño, no puedo soportarlo más —gimoteó Amber con lágrimas en las mejillas. Movía la cabeza de lado a lado, completamente desorientada. Le temblaban las piernas mientras yo continuaba estimulando su punto G. La tenía tan abrumada que había perdido la esperanza de recibir el alivio que tanto ansiaba. Y ahora había llegado el momento de dárselo todo.

—Amber, mi amor, es la hora. —La besé en la boca.

A pesar de estar exhausta, me devolvió el beso, entrelazando la lengua con la mía. Tenía los labios tan hinchados que podían dolerle, pero no me importó. Mi yo más insaciable los succionó, los mordisqueó, irritándolos aún más. Quería todo lo que Amber pudiera ofrecerme y más. No me conformaría con menos. Beso a beso, me abrí camino por su cuello mientras seguía complaciendo con la mano su punto mágico. Sus fluidos me emparon la palma, cubriendo sus muslos y goteando entre sus nalgas.

Al bajar, le chupé los pezones y se los mordí para madurar ese par de fresas una vez más. Ella suspiró y se arqueó con cada caricia. ¡Dios! Era magnífica, perdida en su pasión, en mis manos. Moví la cabeza más abajo, rodeé su bajo vientre con la lengua, hundiendo la punta en el ombligo, saboreando cada porción de su cuerpo. No iba a dejar ni un solo centímetro de esa mujer sin que lo tocaran mis manos, mi boca o mi lengua. Era mía y la marcaría con mi esencia tan pronto como me dejara. La primera mujer en la que quería correrme, poseerla de la manera más carnal y animal posible. No ese día, pero pronto.

Amber gimió y suspiró cuando le lamí el clítoris. Lo succioné hasta que giró las caderas, sincronizándolas con mis movimientos.

—¡Dash, Dash...! ¡Ay, Dios! Por favor, por favor, déjame —suplicó.

—Te amo, Amber —dije mientras envolvía su clítoris con mi lengua, doblaba los dedos hacia dentro y hacia arriba, y presionaba con fuerza y repetidamente su punto G.

Tuvo un orgasmo tan poderoso e intenso que gritó. Me empujó la cabeza contra su vagina y se meció y retorció como si le fuera la vida en ello. Con la otra mano se agarró al borde de la cama. La inmovilicé con mi torso y seguí adelante. Un orgasmo se convirtió en un segundo, un tercero y un cuarto antes de que perdiera la cuenta. La estaba devorando como un hombre que llevara años sin probar la más dulce de las vaginas.

Tenía la mano agarrotada y estuve a punto de cambiarla por la otra, pero mi amor seguía corriéndose, su cuerpo contrayéndose por el éxtasis. De su boca escaparon suaves gruñidos mientras las lágrimas corrían por sus mejillas. Quería limpiárselas a base de besos, pero no podía apartar mi boca de su sexo. Nunca me cansaría de comérselo, sobre todo si reaccionaba con tanto entusiasmo. Era la encarnación de todas las fantasías tántricas que pudiera tener un hombre. Mi propia diosa del Tantra.

—Te amo, te amo, te amo —exclamó.

Ahí fue cuando me senté. Seguí con una mano en su interior y con la otra me agarré el pene, que tenía duro como una roca. Me miró con ojos ardientes y se lamió los labios cuando humedecí mi miembro con sus fluidos y empecé a masturbarme ante la atenta mirada de la mujer que amaba.

—¡Qué excitante! —dijo, sin apartar los ojos de mi pene.

Me encantaba tener sobre mí esa mirada esmeralda, alentándome en silencio a demostrarle lo afectado que estaba por nuestro acto de amor. Me sentía como si me hubiera transformado en Durga, la diosa india de ocho brazos; seguí acariciándola con la esperanza de que nos corriéramos a la vez. Los orgasmos compartidos eran la forma más intensa de meditación y unidad con la pareja. En el Tantra, normalmente se lograba con el coito, pero eso era lo más cerca que estaríamos de esa experiencia por el momento.

Con los ojos fijos en ella, los dedos moviéndose en su interior y frotándome con la otra mano, sentí el orgasmo arremolinándose en la base de mi columna, mi propia serpiente estaba a punto de liberarse. Se me tensaron los testículos, me agarré el miembro con más fuerza y usé los flujos de Amber para humedecerla desde la raíz hasta el glande. Su cuerpo se sacudió al mismo tiempo que alcanzaba el nirvana. Eyaculé, salpicando de semen su suave y pálido vientre. Mientras me corría, explotando sobre su cuerpo, un torrente de líquido fluyó por su vagina, filtrándose entre mis dedos, empapándome la mano y su sexo.

Amber se desplomó sobre el colchón al tiempo que sacaba la mano y caía sobre ella. A ambos nos costaba respirar, pero nuestros corazones latían al mismo ritmo, sincronizados el uno con el otro.

—¡Ay, no! ¿Qué ha sido eso? —Hipó y se agarró a mi espalda.

Me apoyé en los antebrazos y sonreí de oreja a oreja.

—Has sido tú... eyaculando.

AMBER

Tardé unos cinco segundos en comprender lo que Dash acababa de decir antes de que resonara en mi estómago, transformándose en una ola ácida que ascendió por mi garganta y me dejó un regusto amargo en la lengua. Respiré hondo para digerir aquel horrible pensamiento. Por supuesto que había leído al respecto en mis libros de texto, pero era algo poco frecuente, que las mujeres apenas experimentaban, aunque los estudios sugerían que todas eran capaces de hacerlo.

Parpadeé unas pocas veces y dejé que sus palabras se asentaran en mi mente. Tenía la vagina chorreando, pero había pasado la última hora estimulándome con sus manos y su boca. Quizá solo era una acumulación de fluidos. Solté un prolongado quejido, me senté y tiré de la sábana para cubrirme el pecho desnudo. La sábana que tenía debajo del trasero estaba mojada, seguramente más de lo que debía haber estado. Sabía que la eyaculación femenina no tenía nada que ver con la orina, pero en ese momento todo aquello hizo que me sintiera insegura e incómoda. ¿Por qué tenía que haberme enamorado de un gurú del Tantra en lugar de algún tipo torpe e inexperto que se limitara a meterme los dedos y, con un poco de suerte, lograra que me corriera? ¿No era eso lo que solían contar las chicas del instituto cuando se enrollaban con sus novios? ¿Que rara vez llegaban al orgasmo? Y yo había tenido tantos que había mojado la cama.

Sentí tal vergüenza que me ardieron el pecho y las mejillas. Aparté la vista y fruncí el ceño. ¿Le daría asco? Claro que sí. A *mí* me lo daba. Tenía que darme una ducha y marcharme. Y lavarle las sábanas. No, comprarle unas sábanas *nuevas*. Sí, eso haría. Y también olvidarme de repetir aquello. A pesar de que me había hecho sentir cosas que nunca había creído posibles, de ahora en adelante le diría que no y me ahorraría la humillación que en ese momento me atormentaba.

¡Cielos! Me había conectado a él de tal forma, que había habido varios momentos en los que olvidé que éramos dos personas diferentes. Cuando sus manos estaban sobre mí, solo éramos nosotros. Dash y Amber. La encarnación del amor.

Dash colocó una mano debajo de mi barbilla y me obligó a mirarlo.

—Oye, ¿qué ocurre? —Alzó ambas cejas con gesto preocupado. Yo solo quería estirar la mano, borrar esa expresión de su rostro y conseguir que volviera a sonreír.

—¿Alguna vez te había pasado? ¿Esta cosa femenina? —Señalé con una mano más allá de mis piernas, a la zona donde las sábanas estaban claramente empapadas.

Sonrió y negó con la cabeza.

—No, de este modo no. ¡Dios, Amber, ha sido tan…! —Miró a la distancia.

Cada milésima de segundo que pasó en silencio, sin decir nada que me tranquilizara, hizo que mi desesperación fuera en aumento.

—Asqueroso. Puedes decirlo. ¡Ha sido asqueroso! —Se me llenaron los ojos de lágrimas. Me bajé de la cama de un salto, llevándome conmigo las sábanas, mientras me dirigía al baño, con la tela colgando como si fuera la cola de un vestido de novia.

Me sentía vulnerable y expuesta. Había tenido la experiencia más intensa de mi vida, pero había venido acompañada de la mayor vergüenza posible. ¿No decían que después de algo malo llegaba lo bueno? Pues aquí había sido al revés. El sonido de la puerta al cerrarse resonó en las paredes. Abrí la ducha, dejé caer la sábana y me metí debajo del chorro.

Un golpe rompió el silencio fuera de la cabina. Era Dash llamando con los nudillos.

—Amber, tienes que hablar conmigo. Voy a entrar.

Abrió la puerta y yo me volví hacia la pared de azulejos. Apoyé las manos y el frío de las baldosas descendió hasta los dedos de mis pies, a pesar de que el agua estaba tan caliente que se me estaba enrojeciendo la piel.

Me arriesgué a mirar por el cristal. Dash estaba de pie, apoyado en el lavabo, con los brazos cruzados y el cabello cayéndole sobre los ojos; unos ojos que ardían de furia.

—Dos preguntas y espero respuestas honestas —rugió—. Uno, ¿por qué has dejado la cama? Dos, ¿cómo puedes pensar que algo de lo que hemos hecho es asqueroso? Por favor, explícamelo, Amber, porque yo he tenido una experiencia totalmente opuesta.

Sus palabras eran tensas y controladas. Estaba enfadado y os juro por mi vida que no entendía por qué. Era a mí a la que le había sucedido algo vergonzoso. ¿Por qué se mostraba tan irritado?

—¿Podemos hablar cuando salga de la ducha? Me cuesta oírte bajo el agua —mentí.

Bajó los brazos, abrió la puerta corredera y entró a la ducha. Conmigo. Desnudo.

Mi cerebro tardó unos instantes en recuperar el control cuando tenía al hombre más ardiente del universo, de pie, frente a mí, en todo su esplendor. Recorrí su cuerpo con la mirada, hasta que llegué al rostro y vi el ceño fruncido y el fuego en sus ojos.

—Ahora ya puedes oírme. ¿Quieres que repita las preguntas? —Ladeó la cabeza y esperó.

En un intento por ganar unos segundos más, me eché champú en la mano y me lo extendí sobre el cabello. Él me observó, apoyado con indolencia al fondo de la ducha. Las gotas que salpicaban su cuerpo musculoso le dieron un brillo sensual. Si sobrevivíamos a esa discusión y él aún quería estar conmigo, tendría que agradecer al Señor que me hubiera enviado a este ángel tan bello. Dash tenía un cuerpo increíble, esculpido en los lugares correctos, tonificado... Estaba hecho para el pecado.

—Estoy esperando, pajarito. Habla. ¿Te arrepientes de lo que hemos hecho? —Le vi una mueca de dolor al hacer la pregunta.

La palabra «arrepentimiento» me taladró el corazón.

—¡Dios mío, no! Dash... —Le tendí los brazos. Él vino hacia mí y me rodeó con los suyos, hundiendo la cabeza en mi cuello, del modo en que lo haría un niño arrepentido, aunque no había hecho nada por lo que tuviera que disculparse.

—Si te he hecho daño de alguna forma, déjame arreglarlo. Sé que ha sido muy intenso... —comenzó a decir.

—Dash, cariño, no. Creí que pensarías que lo ocurrido..., ya sabes, lo de la eyaculación... había sido... asqueroso.

Abrió los ojos con sorpresa y suspiró antes de atraerme con fuerza contra su pecho, cerrando sus brazos a mi alrededor. Mis senos mojados resbalaron contra su piel. El agua caliente golpeó nuestros cuerpos enredados y llenó el baño de vapor.

—Amber, eso era exactamente lo que quería que pasara. Cariño, lo que hemos experimentado, incluso al final, cuando eyaculamos al mismo tiempo, fueron nuestros cuerpos alcanzando la iluminación juntos. Nunca he tenido la suerte de vivir eso con nadie. Probablemente porque no estaba enamorado de la persona con la que lo intentaba.

Cerré los ojos, le besé el cuello y froté la nariz contra el músculo en tensión de la zona.

—¿De verdad?

Él rio y tomó mi cara entre sus manos.

—Ha sido la experiencia tántrica más hermosa de mi vida. La facilidad en que tuviste un orgasmo tras otro ha sido una prueba de nuestro amor. No puedo expresar con palabras lo mucho que el día de hoy ha significado para mí. Cómo tu amor y tu confianza me han hecho madurar como hombre, Amber. Ha sido insuperable.

Reaccioné rodeándole el cuello con los brazos y besándolo con todo mi ser.

Dash respondió al instante. Nuestras lenguas danzaron al tiempo que nuestros cuerpos resbaladizos se frotaron el uno contra el otro, encendiendo de nuevo la llama del deseo.

Estaba embriagada de Dash. Cada caricia era el preludio de otro trago, cada beso era otro chute a mi sistema que me mareaba y me producía un placer vertiginoso. Me encaramé a su cuerpo y froté mis partes más suaves y lujuriosas contra las suyas más duras y masculinas.

—¿Quieres correrte otra vez, pajarito? ¿No has tenido suficiente por hoy?

Ahora que lo mencionaba, sí, quería correrme otra vez. Allí donde mi piel tocaba la suya sentí un cosquilleo intermitente y una excitación agitada que ascendió y descendió, inundándome por completo. Que recordara, era la primera vez en mi vida que estaba cachonda, a falta de una palabra mejor, aunque era algo que solo reconocería en voz alta bajo amenaza de tortura. Era como si Dash hubiera abierto algo en mi interior, como si hubiera echado abajo la puerta del lugar en el que había encerrado a la gata sensual que llevaba dentro.

—Mmm, ¿eso sería un problema? —Sonreí y coloqué la mano sobre la vara aterciopelada que se alzaba entre ambos.

Él sonrió, me cubrió la mano con la suya y juntos masajeamos su erección.

—En absoluto. ¿Cómo lo quieres, pajarito? ¿Mis dedos, mi pene o mi boca?

Una intensa descarga de adrenalina bajó por mi espalda y se instaló entre mis piernas. Todas las opciones me parecían magníficas, pero hasta ahora, nada había sido tan placentero como su lengua.

—¿Tú qué quieres? —Alcé una ceja, intentando seguirle la corriente, aunque estábamos jugando a un juego del que desconocía todas las reglas.

Él negó con la cabeza, me agarró del trasero con ambas manos y se pegó contra mi cuerpo mientras yo seguía acariciándole el miembro.

—Tendrás que pedirme lo que quieres, mi amor. —Frotó la nariz a lo largo de mi mejilla y me susurró al oído—. Me excita cuando te oigo decirlo —gruñó—. Me pone durísimo.

Le creía a pies juntillas. Noté su enorme erección entre mis dedos. Volví la cabeza y lo besé, entrelazando la lengua con la suya mientras nos acariciábamos mutuamente. El agua estaba enfriándose y supe que tenía que decirle lo que quería o él no me lo daría. Conociendo a Dash, esa sería otra de las formas que tenía para hacer que me abriera. Aunque hoy ya me había abierto bastante a él para que me viera, tocara y saboreara a su gusto.

Mi clítoris palpitó al pensar en lo que quería que hiciera. Moví los pies, enderecé la espalda, y lo miré directamente a los ojos. Verde enfrentado al ámbar.

—Dash, quiero que pongas tu boca en mi vagina —dije con toda la confianza que pude reunir.

En lugar de caer de rodillas y hacer lo que le había pedido en un arrebato de pasión, que era como había dado a entender que procedería, retrocedió dos pasos, echó la cabeza hacia atrás y se rio como una hiena. Con sonoras carcajadas.

Totalmente indignada, apreté los labios y cerré las manos en sendos puños.

—¿Qué te hace tanta gracia?

Él seguía riendo, enormes y temblorosas bocanadas de aire que surgían de su pecho una tras otra.

—¡Poner mi lengua en tu va...vagina! —consiguió decir en medio de su ataque de risa.

—No le veo la gracia. ¡Me has pedido que te dijera lo que quería!

—¡Ah, mi amor! Voy a tener que enseñarte a decir más guarradas. ¡Dios, Dios, eres la chica más adorable que he conocido! Ven aquí. —Estiró los brazos.

Yo negué con la cabeza.

—De eso nada. ¡Puedes abrazarte tú solo! ¡Reírte de mí de ese modo! ¡Deberías estar muriéndote de la vergüenza! —dije indignada, empujé la puerta de la ducha y salí totalmente empapada. Al menos me había lavado el cabello y los pegajosos fluidos de nuestro interludio anterior habían desaparecido por el desagüe, junto con los restos de champú.

Dash me siguió mientras tomaba una toalla de un estante, me envolvía con ella y salía disparada hacia su habitación en busca de mi ropa.

Me agarró por detrás.

—¿Adónde vas ahora, pajarito? —Sus brazos se cerraron con fuerza en torno a mí.

—¿Acaso importa?

Dash frotó la nariz contra mi cuello.

—Siento haberme reído, pero tienes que admitir que pedirle a un hombre que ponga su boca en tu «vagina», la palabra más clínica posible, es algo gracioso. —Me dispuse a abrir la boca, pero él me la tapó con la mano—. Lo sé, lo sé. Y lo siento. Comencemos de nuevo. Solo que esta vez... ¿qué te parece si soy yo el que hablo y te digo las guarradas?

Quería decirle a Dash que ya estaba hablando y quitarle de un golpe esa sonrisa arrogante de la cara, pero lo que al final dije fue: «Adelante».

14

Postura de la tabla

(En sánscrito: Phalakasana*)*

*Es la postura por excelencia para todos los principiantes que quieren
aprender a mantener el equilibrio sobre los brazos. Fortalece los brazos,
el tronco, las piernas y, lo más importante, la mente. Cuanto más difícil
sea la postura de yoga, mayor tiene que ser la prevalencia de la mente
sobre el cuerpo. Si uno cree que puede hacer algo, lo logrará. Si cree
que no, jamás tendrá la oportunidad de conseguirlo.*

DASH

—Me alegra oír que has arreglado las cosas con Amber, hombre. —Atlas
me dio una palmada en la espalda mientras entrábamos a la caldeada
sala de Vinyasa Flow de Mila.

Ambos habíamos decidido que necesitábamos un poco de cardio, y
no había mejor manera de lograrlo que en una de las exigentes clases de
Mila. El Vinyasa Flow era una combinación de yoga con ejercicios car-

diovasculares que sincronizaban la respiración con el movimiento. Normalmente, la transición de una postura a otra era más rápida que en una clase suave de hatha yoga e iba dirigida a practicantes de nivel intermedio. Los alumnos obtenían el beneficio de activar su fuerza y fuentes de energía mientras trabajaban la flexibilidad y el equilibrio.

En esa clase en particular, Mila, la pequeña y atractiva instructora de origen mexicano, subía la calefacción hasta los treinta grados para que los participantes pudieran eliminar toxinas y otras cosas negativas a través de la transpiración. Personalmente, me encantaba la clase, pero estaba deseando descubrir lo que Atlas opinaba de ella. Y por *ella* me refería a Mila. Era su tipo. Menuda, de cuerpo firme y con la piel del color de las almendras tostadas. Hacía años que le había echado el ojo a Mila, pero intentaba no salir con compañeras de trabajo. Había tomado esa decisión después de algunas citas con las mujeres equivocadas en empleos anteriores. No era fácil escapar de una ex cuando trabajabas en el mismo lugar. Aunque con Mila no tenía ese problema. En cuanto nos hicimos amigos, eso fue todo. Pero eso no significaba que fuera ciego. La mujer poseía una exótica belleza étnica. Conocía a mi mejor amigo y estaba totalmente seguro de que se percataría de sus atributos al instante. Si conseguía que no soltara una estupidez tras otra, de ahí podía salir la pareja perfecta.

—Sí, gracias por abrirme los ojos la semana pasada. Amber y yo lo hemos resuelto y todo va bien. Muy bien en realidad —dije con una sonrisa de oreja a oreja.

Atlas sonrió con suficiencia.

—¿Asumo entonces que el problema de tu novia ya no existe? —Se frotó las manos antes de quitarse la esterilla que llevaba colgada del hombro, abrir las hebillas y extenderla sobre el suelo de madera.

Me estremecí por dentro.

—No. Es decir, sí, pero no. —Negué con la cabeza—. Amber es diferente. No es solo alguien con la que me quiera acostar. Estoy enamorado de ella. Es la indicada para mí. Así de sencillo. Y no me lamento por ello. Es la mujer a la que le voy a demostrar que soy digno de ella lo que me queda de vida.

Atlas se pasó las manos por el oscuro cabello, que le llegaba hasta el mentón. Sus rizos caían en todas direcciones, un rasgo que hacía que las mujeres babearan por él. Tenía ese aspecto salvaje y despeinado de «soy demasiado vago para cortármelo», pero que en él surtía efecto. Las mujeres lo adoraban y yo me abstenía de hacer ningún comentario al respecto... o al menos no muchos.

—Esa es una afirmación demasiado fuerte. ¿Vendrá acompañada de un anillo en su dedo en un futuro cercano? —preguntó.

Matrimonio. La sola palabra era como un cuchillo en mis entrañas.

—Casarse no te ofrece ninguna garantía. Y mi familia, que lo ha probado en repetidas ocasiones, es un claro ejemplo de que no significa un «para siempre». Mi madre va por el cuarto matrimonio, y mi padre por el segundo. No quiero eso para nosotros. Además, creo que podría convencerla de prescindir de los votos tradicionales por algo un poco más personal. He pensado que, más adelante, podríamos celebrar una pequeña ceremonia en un monasterio budista o pronunciar nuestros votos en la cima de una montaña en el lago Tahoe. Me encantaría que se planteara algo pagano, pero ella es católica.

Atlas se sentó en su esterilla mientras yo desenrollaba la mía.

—Espera, ¿es católica? ¿La han educado en la fe?

Asentí y coloqué mi toalla de yoga sobre la esterilla para que absorbiera el sudor que sabía que caería. El Vinyasa Flow era excelente para purificarse, pero se sudaba profusamente.

—¿Va a misa con asiduidad? ¿Reza antes de comer? ¿Lleva un crucifijo en el cuello?

¿Adónde diablos quería llegar con todo eso?

—¿Dónde estamos, en uno de esos concursos de preguntas y respuestas? Sí, sí y sí. Mi novia es creyente. —Reí—. De hecho, se molesta mucho cuando pronuncio el nombre de Dios o juro en su nombre. Y se pasa todo el día diciendo a la gente que rezará por ella. Incluso suelta un «Jesús» cuando alguien estornuda. Aunque se trate de un extraño. Ya puede estar a unos cuantos metros de esa persona, que se acerca para decírselo. —Me encogí de hombros—. Es adorable, aunque también me parece un poco raro.

Atlas apretó los labios y se inclinó hacia mí en el espacio que había entre ambos.

—Y tú y tu chica todavía no lo habéis hecho, ¿cierto? —Hizo el típico gesto de índole sexual con la mano.

Puse los ojos en blanco.

—No, no de esa manera. Como te he dicho antes, es virgen. No es que sea asunto tuyo, pero estamos tomándonoslo con calma.

—¿Habéis hablado del futuro y del matrimonio? —preguntó Atlas sin rodeos.

Miré directamente a sus ojos azul y marrón. Había algo que no me gustaba.

—Tío, ¿adónde quieres ir a parar? ¿Por qué te importa tanto?

Él soltó un suspiro.

—De acuerdo, mira. En una ocasión estuve con una chica, teníamos unos veinte años. Llevábamos saliendo seis meses y habíamos estado divirtiéndonos; hacíamos casi todo a excepción de, ya sabes... —Bajó la voz y se acercó más—. El coito. Y resulta que descubrí que era una católica acérrima.

Atlas dijo aquello como si estuviera desentrañando un enorme secreto.

—¿Y?

Resopló.

—Hombre, por lo que tengo entendido, puede que las mujeres que son tan devotas no estén dispuestas a hacerlo. Bueno, sí que lo harían si...

—Por supuesto que lo hará —le interrumpí—. Estamos yendo despacio.

—¿Te ha dicho eso ella o es algo que tú has asumido por tu cuenta? —preguntó.

Esta vez solté un bufido y me coloqué en la postura del niño. Apoyé el trasero en los talones, separé las rodillas para que mi pecho descansara entre mis muslos y estiré los brazos sobre la esterilla. ¡Dios, qué bien me sentaba esa postura!

—¿Adónde quieres ir a parar, Atlas? No haces más que dar vueltas a lo mismo.

—Lo que quiero decir es que quizá se está reservando para el matrimonio, como haría una buena chica católica.

Al oír aquello me incorporé y lo miré.

—Cierra el pico.

Atlas se tapó la boca con la mano para contener la risa.

—Me parece alucinante que no se te haya ocurrido que el hecho de que tu novia de veintitantos años, que está como un tren, siga siendo virgen tenga algo que ver con su religión. Solías detectar ese tipo de cosas de inmediato.

Puse la cabeza en mis manos y tomé aire lentamente varias veces. La intensidad de lo que había sugerido inundó todo mi cuerpo. Me concentré en mi *Ujjayi*, la respiración oceánica, y dejé volar mis pensamientos.

¿Amber estaba reservándose para el matrimonio?

¿Qué haría si me decía que sí?

¿Estaría dispuesta a dar el siguiente paso en el plano físico de nuestra relación sin una boda de por medio?

¿Había un límite de tiempo para la espera?

¿Cuán religiosa era la mujer que amaba?

¿Le daría esto un motivo para romper conmigo?

Clavé los dedos en mi cuero cabelludo y me tiré del cabello hasta que el dolor llegó a mi conciencia y me liberó de los temores que me carcomían por dentro. Necesitaba hablar con Amber.

—¡No me jodas! —gruñí.

—No en esta vida, semental —dijo una voz intensa y sensual detrás de nosotros.

Me senté y me volví. Mila Mercado, la enérgica y menuda instructora que todos los hombres deseaban, pero que ninguno tenía, estaba de pie a pocos pasos de nosotros. Medía menos de un metro sesenta y pesaría unos cuarenta y cinco kilos. Era todo músculos, tetas y un trasero apretado y redondo.

—Hola, preciosa —susurró Atlas con voz ronca mientras se ponía de pie. Luego alargó la mano—. Atlas Powers. Soy uno de los otros instructores de Vin Flow.

Mila observó a Atlas con sus ojos color chocolate.

—¿Preciosa? —Frunció el ceño, ignoró su mano y me miró—. Oye, ¿estás bien? No sueles ponerte a soltar palabrotas a mitad de la clase. —Me sonrió.

Me levanté, le pasé un brazo por el hombro y le di un beso en la comisura de la boca, cerca de la mejilla. Ella me devolvió el beso. Desde que me había metido en problemas por besar a Genevieve en la boca, había cambiado la forma en que saludaba a las mujeres solteras que conocía. Después de que Trent me pegara, pensé en el modo en el que solía abordar a las féminas y, si bien nunca había tenido quejas, comprendí el punto de vista del jugador de béisbol. Los besos eran un límite para la mayoría de los hombres. La mera idea de que mi Amber posara sus perfectos labios en otro tipo despertaba al monstruo de los celos en mi interior.

—Lo siento, Mila. —Miré alrededor para asegurarme de que no hubiera muchas personas que pudieran oírme. No era profesional soltar un taco, sobre todo dentro de los muros de La Casa del Loto. Las personas acudían allí para encontrar consuelo y serenidad, no palabrotas y vulgaridades.

Ella apretó los labios brillantes y señaló a Atlas con la cabeza.

—¿Quién es Ricitos?

—¿Ricitos? —Reí entre dientes—. ¡Ah, Mila! Te volvería a besar solo por eso, si mi novia me dejara.

—¿Ricitos? ¿Ricitos? Debes de estar bromeando. —Atlas se pasó una mano por su maraña de pelo.

—El apodo te queda mejor que el zapato de cristal a Cenicienta —dijo Mila.

—Pues yo te pondría ese zapato y haría que me rodearas la cintura con esas piernas —replicó Atlas.

Los ojos de Mila brillaron de indignación y sus cejas perfectas se fruncieron hacia abajo pareciendo un tridente demoníaco.

—¿Y qué tal si me lo quito y te clavo el tacón?

Atlas se acercó dos pasos y yo retrocedí, decidido a disfrutar de los fuegos artificiales.

—Así que eres una chica de tacones. —Sonrió y se lamió los labios—. *¡Qué bonito!* Tus piernas parecerían kilométricas en un par de tacones de aguja. —Se acercó todavía más, hasta que su rostro quedó a escasos centímetros del de Mila.

Estaba seguro de que debía de tener los ojos como platos. Ni siquiera me atrevía a respirar por miedo a echar a perder la batalla de tigres que esos dos estaban librando.

Mila plantó las manos en sus pequeñas caderas y empezó a caminar alrededor de Atlas.

—Eso crees, ¿eh?

Mi amigo la miró de arriba abajo, prácticamente comiéndosela con los ojos, desde los pies descalzos con las uñas pintadas de rojo, las piernas enfundadas en unos pantalones de yoga, el vientre desnudo, hasta llegar al pecho cubierto solo por un sujetador deportivo.

Los ojos de Mila se convirtieron en dos témpanos de hielo cargados de rabia.

—¿Acabas de examinarme entera?

—Claro que sí, gata salvaje. Tienes un cuerpo increíble. Seguro que trabajas lo tuyo para lucir tan bien.

Mila curvó los labios en lo que pareció el inicio de una sonrisa. Noté una ligera quiebra en su fanfarronería, y lo más importante, Atlas también se dio cuenta.

—Así es. Me esfuerzo mucho. Hablando de eso..., prepárate para sudar. —Entonces Mila se giró de repente, haciendo que Atlas casi perdiera el equilibrio.

—Puedes hacerme sudar el día que quieras, gata salvaje.

—Cálmate, hombre. Joder, creí que los dos terminaríais en llamas mientras os cercabais de ese modo. Sois como el aceite y el vinagre.

—Sí —señaló Atlas con voz ronca, sin apartar la vista de Mila—. Ponnos juntos y le daremos el toque perfecto a una ensalada. ¡Mierda! Esa chica me ha calado a la primera. Creo que me he enamorado. Negué con la cabeza y le di una palmada en la espalda.

—Tranquilo, colega. Mila es dura de pelar.

—Desafío aceptado. Me pongo a ello.

AMBER

Los pasillos estaban muy tranquilos cuando atravesé el centro médico hacia el auditorio donde se impartían las clases del Programa Médico Conjunto en el campus de la UC San Francisco. Los tacones de mis botas resonaron en la sucia superficie de linóleo blanco. Normalmente llevaba mis Nike; cuando cabía la posibilidad de que hiciéramos rondas después de clases prefería ir cómoda. Esa noche, sin embargo, Dash iba a recogerme en la universidad para llevarnos a mi familia y a mí a cenar. No se suponía que esa cena fuera a ser un gran evento, pero para mí sí lo era. Y aunque no hacía falta que fuera muy arreglada, quería hacerlo por él.

Habían pasado dos días desde que habíamos tenido lo que yo llamaba «nuestra noche de iluminación». Aun así, cada vez que me acordaba de lo sucedido me ponía roja y me reía como una virginal colegiala. Bueno, en realidad seguía siendo virgen, aunque hacía tiempo que había dejado el colegio.

Me había pasado la mayor parte de esos dos días muriendo de anhelo por él. Cada porción de mi ser parecía estar en tensión y centrado en un único objetivo. Sobra decir que estaba usando el estimulador de clítoris con mucha más frecuencia que antes. Dash y yo estuvimos de acuerdo en que no debíamos descuidar al resto de personas que formaban parte de nuestras vidas. Era muy fácil sumergirse por completo en una nueva relación y olvidarse del resto del mundo, sobre si uno estaba locamente enamorado. Quería estar con Dash todo el tiempo y, cuando no estaba con él, pensaba en él, preguntándome qué estaría haciendo, a quién tendría en sus clases y cómo le iría el día.

Él había reconocido tener la misma necesidad de apego que yo. Por eso habíamos decidido tomarnos un par de días para estar con nuestros amigos y familiares. Me había comentado que quería pasar un rato con su amigo Atlas, tomar algunas clases en el centro de yoga en su tiempo libre y charlar con sus compañeros de yoga. Yo había pasado el día anterior con Genevieve, preparando la habitación para su bebé. Como era de esperar, toda la decoración giraba en torno al béisbol. Trent no aceptaría que fuera de otro modo. Pero tampoco Rowan, el hermano de mi amiga, que ya estaba siguiendo los pasos de su cuñado.

Genevieve estaba a punto de explotar. Estábamos a finales de julio; quedaba poco para la fecha prevista de parto, en agosto..., si aguantaba. Mi amiga no se estaba quieta un segundo. Todavía daba clases de yoga prenatal y de yoga un poco más suave para principiantes. Además, había terminado su curso de cosmética. Lo que no sabía era que Trent ya le había comprado un salón de belleza a la vuelta de la esquina del centro de yoga. Algo que la haría feliz y le molestaría al mismo tiempo. A Vivvie no le gustaba que le regalaran nada, prefería conseguir las cosas por sí misma. Algo que tenía que ver con no sé qué de la deuda kármica. Cuando comenzaba con sus asuntos espirituales y citaba a Deepak Chopra, solía perder el interés. No porque no creyera en eso..., bueno, en realidad no creía en eso. Yo creía en Dios. Y sabía que Él se aseguraría de que Genevieve, Trent y todos sus hijos tuvieran una vida feliz juntos repleta de salud.

Me coloqué la mochila en el hombro, giré en dirección al auditorio y me encontré a Landen cerca de la puerta, calzado con sus Converse y con un pie apoyado en la pared. Cuando me vio, sonrió y se apartó de la pared.

—Oye, ¿dónde te has metido? No te he visto desde que fuimos al bar.

—¡Ah, sí! Tuve un conflicto de horarios el otro día y me salté la clase para ver al orientador. El profesor O'Brien me dio el visto bueno. Al parecer, todos los alumnos de primero tienen un orientador a estas alturas del curso para que les ayude a lograr sus objetivos y encaminarse hacia el área adecuada.

Abrió los ojos.

—¿Ya has escogido una? ¿Una especialidad?

Sonreí y asentí. Parecía una tontería, pero quería contárselo primero a Dash. No obstante, estaba deseando compartir mi decisión con todo el mundo.

—Bueno, ¿y qué has elegido?

—Adivina. —Enarqué una ceja y le di un empujón en el pecho a modo de broma. Landen y yo éramos amigos. O eso creía.

Él sonrió y se tocó los labios con un dedo.

—¡Ginecología y obstetricia!

Negué con la cabeza.

—No. ¡Pediatría!

—¡Hurra! —aclamó. Me abrazó, me levantó y me hizo girar en el aire.

Reí y él volvió a dejarme en el suelo, pero no me soltó. Me agarró de los brazos y acercó su rostro al mío.

—Eso es fantástico. ¿Estás contenta?

—Sí y no. Todavía tengo miedo de haber tomado la decisión equivocada, pero no podía elegir basándome en algo que le sucedió a mi madre. Adoro a los niños. Quiero tener un montón.

Landen sonrió.

—¿Y los quieres tener con el hombre que vino a recogerte? ¿El gigante que dijo ser tu novio? —Apretó los labios en una dura línea.

—Siento lo de Dash. Sí, es mi novio. Pero esa noche, no sé... Me preocupaba que hubiéramos perdido algo y que él no entendiera que... Vaya, no me estoy explicando bien —dije, dejando caer los hombros.

—No pasa nada. Oye, somos amigos, ¿no es así? —Bajó la vista para mirarme a los ojos.

Le aparté un mechón de cabello de la frente.

—Sí, somos amigos. Por supuesto.

—Entonces, si no estás disponible, tendrás que presentarme a alguien que esté tan buena como tú.

Solté una carcajada y le golpeé el pecho con la frente.

—¡Lo digo en serio! —Me acarició la espalda un instante antes de sujetarme el mentón.

Retrocedí y lo miré a los ojos. Eran adorables, del color del césped recién cortado en un día resplandeciente y soleado.

—No hay muchas que puedan superarte, así que será mejor que me encuentres una buena —concluyó.

Levanté la cabeza para asegurarme de que pudiera ver la sinceridad en mi rostro cuando le di una palmadita en el corazón.

—Será fácil. Para mí eres perfecto. Cualquier mujer se moriría por tener una cita contigo.

De pronto, en nuestra conversación se coló una potente voz masculina.

—¿Qué crees que estás haciendo, Landen? —rugió su padre con la mandíbula rígida y los dientes apretados.

Landen me colocó a su lado, rodeándome los hombros con un brazo. Yo rodeé con el mío su cintura, incómoda por el tono que había usado el profesor.

—Papá, ¿qué te pasa? Amber y yo solo estamos hablando.

El profesor entrecerró lo ojos detrás de la delgada montura de sus gafas. Se había cortado mucho los rizos castaño oscuro a ambos lados, haciendo que su apariencia normalmente distinguida pareciera más severa.

—¿Hablando? —resopló—. Eso no es lo que parecía.

—Papá, no es lo que crees. Y aunque lo fuera, ¿quién eres tú para decir con quién puedo salir o no?

—¡Soy tu padre! —le advirtió.

Sabía por la tensión de su rostro y por la vena azul que le palpitaba en la frente, que el profesor estaba más que disgustado. Por qué, no tenía ni idea. De todas formas, tuve la necesidad de intervenir y aclarar el malentendido.

—Profesor O'Brien, no sé muy bien lo que cree haber visto, pero su hijo y yo somos amigos. Buenos amigos. Eso es todo. Tengo un novio del que estoy enamorada. Landen solo estaba pidiéndome que le presentara a alguien. Sin embargo, me gustaría saber por qué cree que no soy buena para él. ¿He hecho algo que lo haya llevado a pensar mal de mí? Porque si es así, por favor, deme la oportunidad de aclararlo. Todavía tenemos que pasar varios años juntos y preferiría que ese tiempo no se viera afectado por ningún malentendido.

El profesor suspiró y dejó caer los hombros. Después se subió las gafas por la nariz y se las colocó.

—Amber, lo siento. No es por ti. Tenemos que hablar. En privado. ¿Estás disponible después de clase?

—¿Se trata de mi madre? —pregunté, impávida. Eso era precisamente lo que quería que me contara, pero el profesor había estado evitando el asunto desde el día en que mencionó su nombre. Y yo estaba convencida de que lo había hecho a propósito.

Abrió los ojos y se puso pálido, igual que le había sucedido a su hermano la otra noche en el bar.

—Landen, entra. Me gustaría tener unas palabras con la señorita St. James.

—¿Te vas a portar bien con ella, papá? En serio. No se merece la forma en la que la has estado tratando.

El profesor tomó una profunda bocanada de aire.

—Sí, hijo. Me portaré bien. Y tienes razón. Se merece algo mejor. Espero que podamos solucionarlo. Ahora, entra.

Landen me atrajo hacia él y me dio un beso amistoso en la sien. Vi cómo su padre ensanchaba las fosas nasales.

—Si vuelve a comportarse como un bruto, estaré ahí dentro, ¿de acuerdo?

Me reí y le di una palmada en el brazo.

—Tranquilo, amigo, todo va a ir bien. Te veo en clase.

Landen me dejó sola con su padre, que hizo de todo menos hablar conmigo durante dos minutos enteros. Movió los pies, se ajustó el cuello de la camisa, jugueteó con las monedas de su bolsillo... mientras yo esperaba, con los brazos cruzados, haciendo todo lo posible por no gritarle o sacarle las palabras a la fuerza.

Hasta que no pude soportarlo más.

—¿Va a explicarme por fin qué problema tiene con mi madre o lo que sea que le sucede con ella? Está muerta, profesor. No va a levantarse de la tumba para perseguirlo, ni nada por el estilo.

Él negó con la cabeza y se llevó la mano a la boca para toser.

—Eres igual que ella. Mordaz y brillante. ¿Sabes que probablemente seas la estudiante más inteligente de mi clase?

—Mmm, de acuerdo. —Ya disfrutaría de ese comentario después, cuando estuviera sentada cenando con Dash y con mis abuelos—. Lo siento, pero ¿qué tiene que ver eso con mi madre y con cómo reacciona conmigo debido a ella?

El profesor se frotó la nuca y apartó la vista.

—Amber, tiene todo que ver con tu madre. Porque si lo que sospecho es verdad, están a punto de cambiar muchas cosas.

Justo en ese momento, llegaron corriendo dos alumnas.

—Sentimos llegar tarde, profesor. No volverá a suceder.

Él suspiró y abrió la puerta.

—¿Podemos continuar con esta conversación después de clase?

Un ligero hormigueo de inquietud se deslizó por mi espalda hasta instalarse en mis hombros.

—Sí, está bien, pero mi novio tendrá que estar presente. Viene a recogerme para salir a cenar. Llamaré a mis abuelos para retrasarlo. ¿Una hora será suficiente?

Apretó los labios.

—Sí, una hora está bien. Gracias por esperar, Amber.

—Siento que llevo esperando toda mi vida. —Me habría gustado añadir «para saber más de mi madre», pero las palabras que dijo entre dientes, casi en un susurro, cayeron sobre mí como una losa del tamaño de un automóvil, aplastándome el corazón.

—Yo también.

15

Chakra sacro

A menudo se puede encontrar un chakra sacro débil en personas que tienen problemas sexuales, falta de libido o que son incapaces de experimentar placer, incluidos los orgasmos o la disfunción eréctil. Esta debilidad también puede manifestarse a través de enfermedades en la vejiga, el pene, el útero o la columna. Así mismo, puede producir problemas de índole mental como comportamientos irracionales, celos o accesos de ira.

AMBER

Dash llegó poco antes de terminar la clase, como habíamos quedado y me esperó en el pasillo. Pude ver su alta y musculosa figura a través de la puerta abierta del auditorio. Llevaba un par de pantalones de vestir negros y una camisa color lavanda. Allí, apoyado contra la pared opuesta a la puerta, estaba guapo a rabiar, como demostraban las distintas mujeres que le echaban el ojo, coqueteaban o intentaban hacer contacto visual al pasar junto a él.

Lo mejor de todo era que él ni siquiera se molestaba en mirarlas. Mientras bajaba despacio cada escalón que conducía a la salida, Dash solo tenía ojos para mí.

—Hola, Cosmo. —Esbocé una enorme sonrisa, incapaz de contenerme—. Estás guapísimo.

Él me guiñó un ojo y se subió las mangas de la camisa, haciendo ostentación de esos antebrazos dorados bajo la luz que se derramaba por su vello rubio oscuro. Mmm...

—También tú, doctora St. James. —Alzó una ceja y su atractivo aumentó a niveles estratosféricos.

—¡Ah, me gusta cómo suena eso! —dije mientras caminaba hacia él. No me detuve hasta que mis pechos chocaron con el suyo.

—Entonces tendré que llamarte así más veces, doctora —añadió con una sonrisa.

Me hinché como un pavo ante sus palabras y lo miré llena de amor y deseo. ¿Cómo se había convertido en el centro de mi mundo en tan poco tiempo?

Me rodeó la cintura con los brazos y cruzó las muñecas sobre mi trasero. Y entonces me dio el golpe de gracia. Se inclinó hacia mí, me rozó los labios con los suyos y frotó su nariz contra la mía.

—¿Cómo está mi chica?

Casi me desmayo ahí mismo.

Señor, ya no soy responsable de mis actos. Nací como pecadora y pecadora seré.

—Perfecta, ahora que estás aquí —susurré antes de colocar una mano en su nuca, ponerme de puntillas y besarlo hasta dejarlo sin aliento.

Si le sorprendí, no lo demostró. No, mi chico tomó el control del beso, y poseyó mi boca como una serpiente lista para atacar a su víctima desprevenida.

Le mordisqueé, lamí y succioné los labios, alternando entre el de arriba y el de abajo, añadiendo la presión suficiente para involucrar su mitad inferior en el juego.

No me había costado mucho percatarme de una peculiaridad de Dash: no tenía el más mínimo problema con las demostraciones públicas de afecto, incluso las que podían considerarse subidas de tono. Cuando estaba de humor para demostrar su cariño, lo hacía. ¿Y a mí me importaba? Bueno, digamos que en cuanto el tren salía de la estación era incapaz de detenerlo. Y tampoco lo intentaba.

Sus labios devoraron los míos, mientras me agarraba con fuerza del trasero y me frotaba la entrepierna contra su creciente erección. Jadeé en su boca e intenté apartarme, consciente de que estaba en el pasillo de la universidad y estábamos comportándonos de una forma completamente irracional. Pero a Dash le dio igual. Buscó mi boca, envolvió una porción de mi cabello alrededor de su mano y tiró de mi cabeza atrás para inmovilizarme y que no me quedara otra que rendirme a su beso.

Tenía que reconocer que, en el fondo, me encantaba cuando se ponía en modo macho alfa neandertal. Lo encontraba increíblemente sexi. No me parecía humillante. Todo lo contrario. Le afectaba tanto la conexión que compartíamos, que no le importaba *adorarme* donde estuviéramos. Al diablo con la intimidad. Aunque, si lograba que se guardara alguna de esas reacciones para situaciones en las que tuviéramos un poco más de privacidad, mejor.

—¡Te lo dije, papá! —Oí decir a Landen detrás de nosotros.

Aparté mi boca, pero Dash solo permitió que nos separáramos unos pocos centímetros.

—Dash..., esto..., tenemos compañía. —Señalé con el pulgar detrás de mí.

Él miró por encima de mi hombro.

—Lo sé. Estoy decidiendo si me importa.

¡Ah, no, de ningún modo!

—¡En serio, no seas grosero! —rugí en su rostro. Le agarré de la camisa y lo empujé. Al cabo de un instante, por fin me soltó. Y con «soltar» me refiero a que permitió que cambiara de posición y me colocara a su lado, donde me rodeó los hombros con un brazo y colocó el otro en mi vientre. Muy debajo. Demasiado debajo como para que pudiera considerarse un gesto solo amistoso.

El profesor O'Brien juntó las manos con una sonora palmada que resonó por el pasillo casi vacío.

—Bueno, supongo que te debo una disculpa, hijo —dijo.

Landen asintió y sonrió satisfecho.

Hice todo lo que pude para no poner los ojos en blanco ante su inmadurez. Sin embargo, me resultó divertido ser la única que se había dado cuenta de que el profesor no se había disculpado con Landen realmente, solo le había dicho que le debía una disculpa. Un punto para el profesor O'Brien.

Pero eso era un asunto entre ellos. No quería que comenzaran a discutir otra vez, sobre todo delante de Dash, y más si tenía que ver con la idea de que Landen y yo tuviéramos algún tipo de relación romántica. Aunque seguía sin entender por qué era un problema. Es decir, nunca había pensado que yo fuera gran cosa, pero tampoco era una mujerzuela. Además, él me había dicho que era la más inteligente de la clase, así que ¿qué tenía en contra de mí? No era algo importante en sí mismo, pero me fastidiaba no saberlo.

—Señorita St. James, ¿sería tan amable de acompañarme a mi despacho?

Landen parpadeó sorprendido.

—¿Por qué? Creía que íbamos a cenar con mamá —dijo con curiosidad, aunque estaba claro que no tenía ni idea de lo que fuera que su padre me iba a decir sobre mi madre.

—Hijo, ve a casa y dile a tu madre que estaré allí en una hora. Tengo un asunto que discutir con la señorita St. James.

Landen se metió las manos en los bolsillos, miró a su padre, luego a mí y por último a Dash. No sé qué vio en los ojos de Dash, pero lo que fuera hizo que siguiera su camino, porque lo siguiente que hizo fue despedirse.

—Bien, te veré el miércoles en clase, Amber.

—Sí, nos vemos. Gracias por la ayuda con A y F hoy. Te debo una. —Anatomía y Fisiología podían ser engorrosas cuando se trataba del sistema nervioso.

—¡Consígueme una cita con una amiga tuya y estaremos empatados! —Rio mientras retrocedía hacia la curva del pasillo.

Negué con la cabeza y miré a Dash.

—El profesor O'Brien quiere hablarme sobre mi madre. ¿Quieres..., ya sabes..., estar presente?

Por favor, di que sí. Por favor.

Dash me acunó una mejilla.

—Amber, te dije que iba a estar para lo que necesitaras. Si te sientes incómoda, yo también lo estoy. ¿De acuerdo?

—De acuerdo.

—No le molesta si os acompaño, ¿verdad? —preguntó Dash al profesor.

El doctor O'Brien se frotó la nuca y volvió a colocarse el cuello de la camisa. Ahora que lo miraba más de cerca, noté que algunos mechones de su cabello eran más oscuros. O estaba nervioso o estaba sudando, aunque, según mi opinión, el edificio tenía la temperatura perfecta.

—Si a Amber no le importa compartir información muy privada contigo, no tengo ninguna objeción.

Dash entrelazó los dedos con los míos y me agarró la mano para que nuestras palmas se tocaran.

—Adelante entonces.

El profesor caminó delante de nosotros y nos guio a través de dos pasillos desiertos hasta una hilera de despachos. Cada una de las puertas tenía una placa de vidrio esmerilado con el nombre de un médico en ella. Reconocí a alguno de los profesores del programa. Seguro que terminarían dándome clase en algún momento. El doctor O'Brien no podía enseñar todas las especialidades. Los especialistas se encargaban de todas las materias que fueran más allá de la medicina general y las urgencias.

Abrió la puerta de su despacho y encendió la luz. La habitación era un caos, por decirlo de una manera suave. Había dos paredes con estanterías repletas de libros que iban desde el techo al suelo y que hacían que la estancia pareciera más claustrofóbica y oscura de lo que era. En la pared trasera estaba la única ventana del despacho, pero estaba cerrada con unos postigos tan herméticos que no se podía saber si fuera era de día o de noche. Encima del escritorio podían verse libros, pilas de carpetas y trozos de papel con palabras garabateadas, por lo que el espacio disponible para trabajar no era más grande que un folio. Hasta la silla de la esquina estaba llena de libros, junto con una planta a la que le habría venido bien un vaso de agua, o una docena, y un sombrero que podía caerse del borde del asiento en cualquier momento.

—Bonito despacho —comentó Dash con tono seco.

El profesor miró las dos sillas que había frente al escritorio. Ambas cubiertas de carpetas y cosas diversas.

—Lo siento, Landen es mi ayudante, pero no lo he dejado entrar a organizar mi despacho. La última vez que entró aquí, me pasé un mes sin poder encontrar nada.

—¿Qué hizo? —pregunté con una sonrisa—. ¿Tirarle sus cosas?

Él negó con la cabeza mientras quitaba las carpetas de las sillas y las dejaba sobre una pila ya rebosante en el borde del escritorio de madera.

—No, lo ordenó todo.

—Menudo sacrilegio —bromeó Dash.

El profesor se puso a reír.

—Fuera de broma, es...

—Un caos organizado. Se parece a mi escritorio de casa. Mis abuelos se vuelven locos cuando lo ven. Soy meticulosa con mi habitación, mi ropa, mis hábitos de estudio, pero mi escritorio es una auténtica pesadilla para cualquiera...

—Menos para ti —señaló. Me miró con un brillo extraño en los ojos.

Ladeé la cabeza.

—Exacto.

—Tal para cual —dijo Dash. Estiró el brazo por el espacio que separaba nuestras sillas, me agarró la mano y me lanzó un beso en el aire.

El profesor O'Brien se sentó frente a nosotros y apoyó las manos sobre su escritorio. Después me miró directamente a los ojos y dejó caer la bomba que haría que mi mente creyente explotara en mil pedazos.

—Cuando tu madre tenía diecinueve o veinte años, ella y yo tuvimos una aventura. Durante un año.

—¡Joder! —dije en voz alta. Había pensado quedarme en silencio mientras Amber y el profesor hablaban de lo que fuera que él sabía sobre el pasado de su madre, pero jamás me había imaginado que empezara reconociendo que había tenido una aventura con ella.

Amber abrió la boca, volvió a cerrarla y tragó saliva.

—¿Disculpe? —susurró.

El médico se pasó una mano por su cabello despeinado, que ya lucía algunos parches de canas en las sienes.

—Era mi primer año como profesor de Anatomía y Fisiología, a mediados de los noventa. Kate, tu madre venía a mi clase. Estaba en segundo. Llevaba dos años en mi programa, y fue la primera alumna en la que pensé para que fuera mi ayudante.

¡Ay, Dios! Sabía por dónde iban a ir los tiros antes de que lo dijera en voz alta. Era la típica historia de «una noche se nos hizo tarde... y las cosas se nos fueron de las manos». Podía oír las excusas a un kilómetro de distancia.

Dado el giro de los acontecimientos, Amber me apretó la mano como si quisiera estrujármela. De buena gana la habría puesto sobre mi regazo para ofrecerle ese plus de contacto que sabía que necesitaba, pero ella no lo habría aprobado. No delante de su profesor. En vez de eso, le acaricié la muñeca con el pulgar para recordarle que estaba allí, escuchando y listo para luchar contra cualquier demonio que pudiera surgir con esa nueva información.

—Continúe —le instó Amber con voz áspera. Se notaba que la emoción comenzaba a impregnar su hermoso timbre.

—Kate era la mejor de su grupo, igual que tú. Brillante, tenía el mundo a sus pies. —Respiró despacio y suspiró como si llevara años esperando aliviar ese peso de sus hombros—. Mi esposa y yo estábamos pasando por un mal momento, nos habíamos separado. Yo vivía en un hotel y me pasaba el día corriendo de un lado a otro para enseñar, pasar tiempo con mi hijo de seis meses e intentar darle a ella algo de espacio.

—¿Ya estaba casado en ese momento? ¿Y tenía a Landen? —Amber cerró los ojos y tomó aire varias veces.

Mi mente sintió una descarga de energía cargada de dolor. A mi chica no le estaba sentando nada bien esa información, pero merecía saber la verdad, y yo estaba decidido a ayudarla a pasar el trance hasta que lo supiera todo.

El médico soltó un suspiro.

—No estoy orgulloso de lo que hicimos. Era diez años mayor que ella, había violado el código deontológico al mantener una relación sentimental con una alumna y estaba engañando a mi mujer. Pero Kate tenía ese algo... Estaba convencida de que estábamos destinados a estar juntos y, si no hubiera estado casado y con un hijo, yo también lo habría creído. Vaya que si lo habría creído. En mi interior pensaba lo mismo. Amaba profundamente a tu madre, Amber. Por favor, tienes que saberlo. Ella era todo lo que siempre había querido en una pareja. Pero llegó a mi vida demasiado tarde.

—¿Así que dice que mantuvo una relación con la madre de Amber durante un año?

Él asintió.

—Sí. Mi esposa y yo nos separamos casi inmediatamente después del nacimiento de nuestro hijo. No le sentó bien la maternidad. Quería estar en su trabajo, donde se sentía segura de sí misma, fuerte y, según pensaba ella, necesitada. Al final le diagnosticaron depresión postparto. Aunque tardó casi un año en volver a ser algo parecido a la mujer con la que me había casado ocho años antes.

Amber reprimió un sollozo.

—¿Llevaba casado ocho años antes de estar con mi madre?

El profesor se humedeció los labios y apartó la mirada.

—Como te he dicho, no estoy orgulloso de las decisiones que tomé. Solo puedo alegar en mi defensa que tu madre tenía algo especial. Me fue imposible *no* estar con ella. Era como oro bañado por rayos líquidos de sol. Su calidez y su amor brillaban tanto que estaba ciego a todo lo que me rodeaba, lo único que podía ver *era* a ella. Me ayudó a atravesar el momento más difícil de mi vida.

Si todo eran rosas y arcoíris entre Kate y el profesor, ¿por qué la madre de Amber terminó embarazada y sola? ¡Oh, no! ¡Joder, no! Un miedo terrible ascendió por mi garganta, cubriéndola como si fuera una espesa capa de lodo. Me costaba respirar. No podía ser...

—¿Entonces por qué no acabaron juntos? —Amber sollozó y él le entregó una caja de pañuelos desechables. Ella se secó los ojos y se lamió los labios—. Estoy bien. Continúe.

El médico juntó los dedos de las manos frente a él.

—Bueno, durante el tiempo que estuve con Kate, mi esposa buscó ayuda. Obtuvo un diagnóstico y le recetaron ansiolíticos y antidepresivos. En cuestión de meses, volvió a ser la mujer con la que había tenido un niño. Nuestro hijo..., Landen..., necesitaba a sus dos padres. No podía darme por vencido.

Una lágrima cayó por la mejilla de Amber. Quería borrársela con un beso, levantarla sobre mi hombro y salir corriendo de ese horrible despacho. Ese hombre había hecho daño a su madre y ahora se lo estaba haciendo a Amber. Estaba harto de todo eso.

—Así que la dejó —dijo ella sin rodeos.

Él asintió.

—Una noche vino a verme, tenía algo importante que quería decirme. ¡Dios! Si hubiera sabido entonces lo que sé ahora..., no hace falta decir que desearía haberla escuchado. Pero no lo hice. La interrumpí, le dije que teníamos que terminar con nuestra relación, que tenía responsabilidades y que iba a volver con mi esposa para darnos otra oportunidad. —El profesor se frotó el rostro y se quitó las gafas. Y ahí fue cuando lo vi. Sus ojos me resultaban tan familiares como los míos, porque pasaba horas mirándolos cuando contemplaba a la mujer que era todo para mí.

—¿Co... Cómo se lo t... tomó ella? —preguntó Amber.

El médico cerró los ojos.

—Con elegancia. Me abrazó, me besó una última vez, y me dijo que siempre me amaría y que nunca hablaría de nuestra aventura.

Amber tragó saliva mientras las lágrimas caían por sus mejillas.

—¿Y usted qué le dijo?

—Que nunca la olvidaría. Que siempre habría un lugar en mi corazón que le pertenecería solo a ella y, por último, que nunca amaría a otra mujer como la amaba a ella. Y nunca lo he hecho. —Su voz sonó tan triste que le creí.

—Gracias por compartir su historia conmigo. Significa mucho para mí y me ayuda a seguir adelante. Ahora entiendo por qué dejó la Universidad cuando lo hizo. —Amber se secó la nariz y me apretó la mano.

A veces, hay momentos en la vida en los que uno tiene la sensación de que todo está a punto de cambiar. Una especie de premonición de cómo ciertos eventos pueden poner patas arriba el mundo tal y como lo conoces. Justo en ese instante, esa sensación me golpeó el corazón como si un maremoto azotara la costa durante un huracán.

—¿Puedo hacerte una pregunta, Amber?

Ella asintió.

—¿Cuántos años tienes y cuándo es tu cumpleaños?

Arrugó la nariz de esa forma que me parecía tan adorable.

—Cumpliré veintitrés el dieciséis de noviembre, ¿por qué?

Él volvió a cerrar los ojos y se presionó las sienes con dedos temblorosos.

—El día de San Valentín.

—¿Cómo? —dijo Amber.

—Debiste de ser concebida cerca del día de San Valentín.

Amber se rio.

—Como muchos niños, supongo. Es una fecha romántica. ¿Adónde quiere ir a parar?

—Mi esposa y yo no celebramos el día de San Valentín ese año, pero Kate y yo, sí. La llevé a cenar en un crucero, bailamos bajo la luna y compartimos nuestros deseos para el futuro. Yo quería ser el jefe del departamento del programa médico. Kate quería ser pediatra.

Amber soltó su mano de la mía y se inclinó hacia delante.

—¿Pediatra? Acabo de escoger esa especialidad. Por eso me salté la última clase.

Él sonrió con solemnidad.

—Eres hija de tu madre. Por eso, cuando vi tu cara por primera vez, fue como mirar dentro de mi pasado. Te pareces tanto a ella... Solo os diferenciáis por pequeñas sutilezas.

—Sí, por ejemplo, los ojos verdes.

—Eso y que tu barbilla es un poco más redonda aquí. —Se señaló la suya propia.

Se me encogió el corazón. Él seguía dándole vueltas al asunto y aún no sabía cuándo se detendría... ¡y le contaría a mi novia esa verdad que era tan obvia! Si no terminaba con eso, estaba a dos segundos y medio de anunciarlo yo mismo a bombo y platillo y con todos los instrumentos que hicieran falta.

Amber se sonó la nariz con el pañuelo, se la limpió y se echó un gel desinfectante en las manos que vio de casualidad en el escritorio.

—Ha sido muy amable por su parte al compartir conmigo su historia, pero ¿a qué ha venido la pregunta sobre mi cumpleaños?

El doctor O'Brien apoyó ambos codos en el escritorio, se quitó de nuevo las gafas y las dejó colgando en una mano.

—Porque, Amber, el año en que tu madre se quedó embarazada, ella y yo estábamos juntos. Y el día de San Valentín que celebramos juntos también encaja. Haría falta una prueba de ADN para demostrarlo, pero estoy casi seguro al cien por cien de que en ese momento yo era el único hombre con el que Kate tenía una relación sentimental.

Amber abrió mucho los ojos y se le dilataron tanto las pupilas que el verde casi desapareció. Se le pusieron las mejillas rojas y parecía sorprendida, ansiosa y atemorizada al mismo tiempo.

—¿Está sugiriendo que...?

—¿Que soy tu padre? Sí, Amber. Eso es exactamente lo que estoy sugiriendo.

—No —susurró ella, tapándose la boca con la mano.

—Me gustaría que nos hiciéramos una prueba de ADN para asegurarnos, pero cuando te miro a los ojos, Amber, querida, veo los míos y los de tu madre. Incluso los de Landen.

—¡Ay, por Dios, Landen! —Amber se levantó y las lágrimas volvieron a correr por sus mejillas.

El desgraciado la había vuelto a hacer llorar. Y ya iban dos veces. Anda que no llevaba la cuenta. Cerré las manos en sendos puños. Nunca había sido una persona violenta, pero en el momento en que otro hombre hizo que mi mujer derramara la primera lágrima... La rabia inundó mi sistema nervioso y tuve que apretar los dientes para no perder los estribos y lanzarme a por él.

El profesor se levantó y se llevó las manos al pecho.

—Todavía no sabe nada. Primero quería hablar contigo y estar seguro. ¿Sabes quién es tu padre?

Amber negó con la cabeza. Los largos mechones oscuros que me encantaba acariciar cayeron sobre su rostro.

—¿Tu madre escribió algún nombre en tu certificado de nacimiento?

Una vez más, ninguna palabra salió de su boca, solo movió de forma casi imperceptible la cabeza a modo de negación.

—De acuerdo. ¿Tal vez tus abuelos te contaron algo de tu padre biológico en algún momento?

Amber enderezó la espalda y echó los hombros hacia atrás antes de volverlos a dejar caer.

—Mi madre murió al dar a luz. Se llevó la identidad de mi padre a la tumba. —Cada una de sus palabras fue una declaración fría y sin vida de una mujer que estaba emocionalmente perdida. Si no la hubiera tenido delante de mí no la habría reconocido.

—Creo que es hora de irnos, mi amor. De llevarte a casa.

—¿A casa? ¿Dónde está mi casa? —Sus ojos estaban vacíos, inexpresivos, y tenía el rostro ceniciento.

—Amber... —empezó el profesor, pero yo le interrumpí de inmediato.

—No. No puede mostrarse preocupado. No ahora. Quizá nunca —dije entre dientes—. Amber, cariño, tu casa está donde yo esté.

Ella asintió, levantó la mochila como si fuera una autómata, se fue hacia la puerta y alargó la mano hacia el tirador. Antes de abrir, se detuvo y giró solo la cabeza.

—Creo que usted la amaba. Y también creo que mi madre murió protegiendo a sus seres queridos. Lo protegió a usted y cumplió su promesa de no hablar de su aventura hasta su último aliento.

—Amber, lo siento. —El hombre tenía la voz rota.

Ella hizo un mohín y asintió levemente.

—Espera —le dije. Y entonces arranqué un único pelo del cabello oscuro de mi pajarito con la mayor suavidad posible. Ella ni siquiera se sobresaltó. Mi chica estaba totalmente entumecida. Envolví el pelo en un pañuelo que saqué de una caja que había en un estante—. Haga su prueba. —Le entregué el pañuelo. Después tomé mi cartera y saqué una tarjeta de visita—. Envíe los resultados a esta dirección o llámeme para que lo hablemos.

El profesor miró la tarjeta un instante y la cogió con tanta fuerza que se le pusieron los nudillos blancos.

—Sí la amaba —dijo una última vez.

—No lo suficiente —sentencié. Esa era la verdad y, en ese caso, además una verdad dolorosa.

Abrí la puerta y saqué a Amber fuera de una habitación llena de tristeza y arrepentimiento, hacia una vida cargada de oportunidades y de felicidad. Pero antes teníamos que atravesar ese campo lleno de minas a tiempo. Y yo iría a su lado para ayudarla.

De camino a casa, llamé a sus abuelos y les dije que su nieta no se encontraba bien. Que me encargaría de cuidarla esa noche y que podríamos cenar la próxima semana. Estuvieron de acuerdo y le mandaron un beso. Esas dos personas sí sabían cómo querer a alguien.

16

Postura del arado

(En sánscrito: Halasana*)*

Es una postura que tonifica y rejuvenece el cuerpo. Al hacerse de forma invertida, ayuda con el asma y la presión arterial alta. También es buena para fortalecer los hombros y aliviar la tensión en la espalda y la columna. Al ser una asana de nivel intermedio, es mejor practicar la postura de la vela antes de hacer la transición al arado completo. Para dominar esta postura es necesario que el yogui tenga un torso fuerte y una cierta flexibilidad.

AMBER

Dash me llevó a su apartamento de estilo industrial y me condujo hasta su cama. Me quedé quieta en silencio, ahogada en las tumultuosas emociones que giraban en un vórtice interminable de destellos de nuestra conversación con el doctor O'Brien. No, mejor dicho, con el que podía ser mi padre biológico. Un hombre que se suponía había amado a mi madre, pero no lo suficiente como para quedarse con ella. «Responsabilidades» había dicho. ¿Y qué pasaba con la responsabilidad que tenía con mi madre y conmigo? ¿Cómo era posible que no supiera que estaba embarazada de mí al dejarla?

Tú sabes por qué.

Una voz empezó a hablar dentro de mi cabeza.

Ella no se lo dijo. Se lo ocultó a todo el mundo... incluso a ti.

Cerré los ojos cuando Dash me obligó a sentarme en su cama. Se agachó y me quitó las sensuales botas que me había puesto para nuestra primera cena formal, en la que iba a «conocer a mis abuelos». En realidad, habría sido la segunda vez que Dash comía con ellos, ya que, la noche que se había preocupado por mí cuando salí con Landen, había cenado con mis abuelos y había sufrido un tercer grado por parte del señor St. James mientras esperaba que llegara a casa. Algo que al final no hice.

Cuando se deshizo de mis calcetines, Dash me levantó un pie, me besó el empeine e hizo lo mismo con el otro. Me agarró de las manos y me impulsó para incorporarme. Me quitó la blusa y la arrojó sobre la silla que había junto a su cama. Me besó cada hombro y encima del corazón. Yo lo observé inmóvil e insensible mientras me desabrochaba los vaqueros y me los bajaba. Luego me dio una palmadita en cada tobillo para que alzara los pies y pudiera retirar la pernera del pantalón. Obedecí a todo sin saber realmente lo que hacía.

Después me dejó allí quieta, se dio la vuelta, fue a su armario y sacó una camiseta blanca lisa. Se la colgó al hombro como un camarero con un paño de cocina. Me rodeó con los brazos, me desabrochó el sujetador y liberó a las chicas. Me atravesó una ligera sensación de alivio. Dash deslizó las manos por mis brazos, se inclinó y me besó la punta del pecho derecho. Luego rodeo con la lengua el pezón erecto y lo succionó y mordisqueó hasta que jadeé. Entonces pasó al otro seno. Le agarré el cabello, cerré los ojos, los abrí y miré al techo. Por primera vez desde que habíamos dejado la universidad, sentía algo.

Dash colocó ambas manos en mi cintura y me sentó en la cama. En cuanto me recosté, me empujó hacia el cabecero. Sin palabras, solo con el intenso amor que brotaba de él, me besó el cuello y trazó un camino de besos húmedos hacia mis pechos, donde se detuvo y pasó un buen rato saboreando, succionando y mordisqueando. Me retorcí y moví las piernas mientras él estimulaba cada pezón. Después me agarró los pechos, los sostuvo unidos, me miró y lamió los dos pezones enhiestos simultáneamente, lo que aumentó mi lujuria cien veces más. Estuvo atento a cada una de mis reacciones y siguió frotando y pellizcando hasta que mis pezones se convirtieron en dos picos duros llenos de deseo.

Ubicó las caderas entre mis muslos para que yo pudiera frotar mi mitad inferior contra su cuerpo duro mientras él me acariciaba. Justo cuando estaba a punto de correrme solo con la estimulación de los pezones, retrocedió.

Gruñí y le agarré la cabeza mientras él bajaba lamiendo y besando mi abdomen hasta llegar a mis bragas. Me quitó la ropa interior en tan solo un segundo, me abrió las rodillas y colocó los labios justo en el lugar donde más lo necesitaba. Gemí, su lengua tocó la región de tejidos hipersensible antes de succionarme el clítoris con la fuerza suficiente como para que viera las estrellas.

Sin palabras ni ningún otro sonido, me hizo el amor. Me demostró que, cuando pensaba que todo estaba perdido, nuestro amor era algo bello a lo que aferrarme. Que él era mi luz en esa oscuridad, la razón para seguir adelante, para aceptar esa información como lo que era y luego dejarla ir. La vida con él sería hermosa. Ya era maravillosa.

Cuando su lengua penetró mi núcleo, se me escapó una bocanada de aire. Me mantuvo las piernas tan abiertas como pudo. Me sentía desgarrada, quebrada mentalmente y, por la forma experta en que me estaba complaciendo con sexo oral, estaba a punto de perder la cabeza. Esta vez, sin embargo, no me haría pedazos, porque Dash estaba allí para que mantuviera los pies en la tierra cuando quisiera echar a volar.

La sensación de su lengua moviéndose en mi interior, sus labios acariciándome y esa magnífica boca succionando profundamente el centro de la pasión de mi cuerpo, envió una descarga de energía tan intensa a través de mí que me arqueé y temblé. Él me mantuvo quieta, disfrutando de mi punto más vulnerable como si nunca fuera a cansarse de su sabor y nunca pudiera tener suficiente.

—Dash... —gemí. Empujé su cabeza contra mí con una mano y monté su rostro sin vergüenza. No podía detenerme. Las sensaciones se impusieron a mi voluntad y me transformaron en un péndulo de necesidad y deseo.

Él gruñó, pasó la lengua sobre mi clítoris y mordió el pequeño manojo de nervios hasta que literalmente grité. El orgasmo me tomó por sorpresa, recorriéndome por entero. Mi cuerpo se contrajo y se arqueó hacia arriba. Le sujeté el cabello con ambas manos y me agarré a él mientras los temblores me recorrían una y otra vez, hasta que movió su boca hacia mi hendidura y metió la lengua todo lo que pudo. Otra descarga sacudió mi cuerpo por la intimidad del acto. Movió la lengua por las paredes espasmódicas de mi sexo, como si estuviera lamiendo cada gota de mi liberación.

Se me hizo la boca agua al pensar en hacerle lo mismo.

—Tu pene, dámelo —susurré con voz ronca. Lo quería en mi boca; quería sentirlo en todo mi cuerpo para ahogarme en él y no en el pasado.

Él negó con la cabeza y besó mi húmedo interior hasta que desapareció el último coletazo de mi orgasmo.

—Esto no se trata de mí.

Dash se sentó y tomó la camiseta limpia que había caído en algún lugar. Estiró el algodón y metió el cuello por mi cabeza. Ahora totalmente relajada, me ayudó a pasar los brazos flácidos por cada manga, apartó las sábanas y me arropó. Recorrió la casa para apagar las luces y se desnudó hasta quedarse en ropa interior. Sentía los párpados muy pesados, cada vez. Vi cómo apagaba la luz de la lámpara de la mesita de noche, retiraba las sábanas y se acostaba a mi lado.

Su cuerpo estaba caliente como una hoguera, lo que me vino de perlas cuando se acurrucó contra mí en la postura de la cuchara. Me agarró un muslo, lo levantó y metió su rodilla y muslo para cubrir mi otra pierna. Luego me agarró la mano, pegó su cuerpo a mi espalda y posó los labios en mi nuca.

—Duerme, mi amor. Ya hablaremos por la mañana.

Moví las caderas en círculo justo donde su impresionante erección pedía ser saciada.

—¿Y tú qué?

Me besó justo debajo del nacimiento del cabello.

—¿Y yo qué? —Bostezó.

—¿No quieres que te devuelva el favor?

Rio suavemente contra mi cuello. Al tenerlo tan cerca, un escalofrío me recorrió la columna.

—Ahora no es momento de devolver favores. Necesitabas sentirte amada y mi tarea como novio es demostrarte lo mucho que te quiero.

Me quedé pensando en sus palabras un par de minutos. Su respiración se hizo más profunda, pero por la forma en que me sujetaba, supe que no estaba dormido.

—Pero ¿y si yo también quiero demostrarte mi amor?

—Mañana. —Resopló en mi cuello—. Despiértame con una mamada y te amaré inmensamente.

Reí ante la idea de despertarlo con mi boca alrededor de él. Tenía muchas ventajas. Era casi como un ataque sorpresa. Puede que lo hiciera.

—Te quiero. Duérmete. —Balbuceó las palabras somnoliento.

—Yo también te quiero, Dash. —Le agarré la mano, me la llevé a la boca y le besé los dedos que pude sentir. Luego cerré los ojos con su mano en mis labios. Si podía olerlo y sentirlo todo el tiempo, tal vez pudiera atravesar esa situación de mierda.

Comencé con la oración del *Padre Nuestro* antes de pasar al asunto que realmente necesitaba hablar con el de arriba.

Dios, hoy ha sido un día difícil. Todavía no soy capaz de asimilar lo que ha sucedido. Sin embargo, quiero darte las gracias por haberme traído a Dash y darme la fuerza para apoyarme en él. Lo necesito ahora más de lo que nunca he necesitado a nadie. Aparte de Ti, por supuesto. Por favor, por favor, mantenlo a salvo y no lo alejes de mí. Jamás.

Amén.

DASH

Amber se había comportado como un zombi toda la semana. Si me hubieran dado un centavo cada vez que suspiraba rendida, me habría hecho rico. Y eso me molestaba sobremanera. Siempre había sido un hombre tranquilo y espiritual, al que le gustaba más hacer el amor que pelear, pero tras una semana viendo cómo la mujer por la que moriría perdía un poco de sí misma cada día, estaba listo para montar en cólera.

No habíamos sabido nada de la prueba de ADN. Se suponía que esas cosas llevaban su tiempo, incluso si un hombre adinerado pagaba increíbles sumas de dinero para obtener los resultados cuanto antes. Y me imaginaba que el doctor O'Brien tenía los recursos necesarios para hacerlo.

Después de la confesión de hacía casi una semana, Amber había dormido a mi lado casi todas las noches. Me había permitido hacerle el amor con la boca y los dedos, pero no había dado el más mínimo indicio de querer ir más lejos.

Se había vuelto una experta en el sexo oral. Os lo juro, en el instante en que esos labios de seda me envolvían el miembro y me miraba con sus ojos verde esmeralda, me corría en cuestión de segundos. Bueno, tal vez no *tan* rápido, pero era realmente vergonzoso en términos de resistencia. Siempre me había enorgullecido de mi habilidad de durar horas sin tener un orgasmo. Mi pajarito se quitaba la ropa, ponía la mano o la boca alrededor de mi verga, y todas mis buenas intenciones se ahogaban en mis gemidos de placer.

Suponía que mi afinidad sexual con ella demostraba aún más que era la indicada para mí. No había tenido ninguna duda desde el instante en que la tuve debajo de mí en la clase. Hablando de clases, Amber llegaría en cualquier momento. Había dado la última sin ella para darle tiempo con la Universidad y con la nueva información sobre su posible padre. Pero esta noche, iba a traer a mi pajarito de regreso al nido al que pertenecía. Quería sumergirla en amor y placeres sensuales y en la atmósfera de las otras parejas, para expulsar la energía negativa que la había atormentado durante esa semana.

Después de bajar la música a un volumen más suave, levanté la vista y vi que venía hacia mí. Llevaba un par de diminutos pantalones de yoga azul oscuros, que parecían más ropa interior o una prenda destinada a la seducción. Estaba casi seguro de que mostraba una porción de trasero con cada paso que daba, pero para confirmarlo tendría que verla desde atrás. En la parte superior, traía puesto un sujetador deportivo con cremallera que apenas contenía sus deliciosos pechos. Esos pezones color arena eran del mismo tamaño y forma que los dulces de mantequilla y azúcar, y estaban igual de cremosos. Me encantaba cómo venía vestida.

—¿Ropa nueva? —La miré de arriba abajo. Dos veces.

Sonrió con satisfacción.

—Me la ha dejado Genevieve. Ya no le entra nada y las probabilidades de que recupere su tamaño anterior justo después de dar a luz son escasas. Además, me dijo que cada vez que abre el armario y ve esta ropa, tiene la sensación de que se está burlando de ella.

Cuando llegó al lugar en el que estaba sentado, me puse de rodillas, la abracé y apoyé la frente en su pecho, antes de besarle el vientre a modo de saludo.

Amber enroscó los dedos en mi cabello unas cuantas veces.

—¿Qué te pasa? —preguntó al percibir mi melancolía. Desde que estábamos juntos, Amber siempre se percataba de mis cambios de ánimo. Otra prueba de la unión que teníamos.

Froté la barbilla sobre su abdomen, empapándome de su aroma a fresas.

—Simplemente, me tienes preocupado.

—¿Yo? —Frunció el ceño y apretó los labios—. Estoy bien.

Negué con la cabeza y le apreté la cintura.

—No lo estás. Haces lo que tienes que hacer, pero tu mente está en otra parte. Hoy, eso va a cambiar. Durante la clase de esta noche vamos a centrarnos en nosotros, en estar presentes en el aquí y en el ahora.

Curvó los labios en una suave sonrisa.

—Para lo que necesites, Cosmo. Aquí me tienes. —En el fondo me encantaba que me hubiera puesto un apodo. Me había llevado un tiempo acostumbrarme, pero haría lo que fuera por ella, me llamara como me llamase.

—Y tú a mí. Ahora, coloca tu dulce trasero en su lugar. Las parejas están llegando. —Le di una fuerte palmada en el glúteo cuando se volvió. Por debajo del pantalón asomaba una sensual porción de sus nalgas. Mi pene despertó de su letargo, parpadeó, bostezó y empezó a erguirse.

Calma, amigo. Todavía no.

Las parejas extendieron sus esterillas de yoga y se acomodaron. Cuando todos estuvieron sentados, me dirigí a ellos.

—Hoy comenzaremos con treinta minutos de hatha yoga. Luego nos centraremos en estar presentes en el aquí y el ahora, que incluirá momentos de diversión con posturas sexuales de Tantra. Seguro que es algo que muchos de vosotros estabais esperando.

Algunos hombres y mujeres se rieron. Analicé cada rostro. Todos estaban sonrientes y listos para comenzar.

—Primero, empezamos sentados, adoptando la postura del loto, con los isquiones directamente conectados con la esterilla y las manos en el centro del corazón. Cerrad los ojos y calmad la mente a través de la respiración. Quiero que miréis en vuestro interior. ¿Qué queréis lograr en la clase de hoy? Conectad con vuestra pareja desde un punto de vista positivo y generoso. Dad las gracias por la relación que tenéis. Si ambos no estuvierais dispuestos a seguir el camino de la iluminación a través del Tantra, no estaríais aquí.

Observé a las parejas inhalar y exhalar de forma simultánea. Lo que nadie podía ver desde mi posición privilegiada, en la plataforma que presidía el aula, era que todos los presentes estaban respirando sincronizados. Cada pecho se expandía cuando tomaban aire y cada pareja exhalaba en una íntima comunión. La estancia se llenó de una energía cargada de unión, solidaridad y conexión. Fue algo realmente mágico. Toda la habitación respiraba como una sola entidad. La mayoría de los instructores de yoga se pasaba toda la vida esperando un momento como ese y ahora estaba sucediendo delante de mis ojos, en mi clase. ¡Por todos los santos! Era de una belleza indescriptible. No, mucho más, era glorioso.

Durante veinte minutos, guie a la clase por una serie de posturas de hatha yoga para relajar los músculos y trabajar en su flexibilidad. Cualquier persona tiene la capacidad de volverse tan flexible como un yogui. Solo hay que entrenarse con regularidad. Quedarse sentado en una silla, en el coche o en un sofá suponen pequeñas sentencias de muerte para el cuerpo. Nuestros huesos y músculos necesitan el movimiento para sobrevivir. Por eso las personas que se pasan el día sentadas tienen dolor de espalda, de caderas, el cuello tenso, los hombros rígidos y los tendones duros como piedras. Con cada hora que una persona permanece sentada, su cuerpo pierde movilidad y flexibilidad.

—Ahora, una postura de yoga que todos podéis intentar es la del arado. La mujer la realiza de esta forma. —Me volví y le indiqué a Amber que entrara en la postura, con los glúteos en el aire y las manos en la espalda baja. La sostuve con fuerza mientras sus piernas descendían sobre su torso y los dedos de sus pies tocaban el suelo detrás de su cabeza.

¡Mierda! Los diminutos pantalones se deslizaron sobre la hendidura del trasero, ofreciéndome una visión de su delicada vagina, apenas cubierta, que me hizo la boca agua. Tenía que hacer todo lo posible para mantener el pene flácido. Si hubiéramos estado solos, simplemente habría apartado los minúsculos pantalones y habría metido la lengua profundamente en su vagina. Pero como estábamos en medio de una clase, tenía que ponerme a pensar rápido en lo más aburrido que se me ocurriera para no tener una erección. Impuestos. Sí. Impuestos. Había hecho ya la declaración, ¿verdad? Sí, eso creía.

Despacio, coloqué ambas manos en sus caderas y la ayudé a mantener el equilibrio. Luego empujé la entrepierna en la hendidura de su trasero.

—Ahora, si vuestra compañera está cómoda y es lo bastante flexible como para aguantar en esa posición, empezad a embestir despacio y aumentad el poder de cada envite hasta que ambos estéis listos para el orgasmo. La postura puede llegar a ser demasiado con ella doblada. La mayor parte del tiempo lo será, porque, cuando una persona se excita sexualmente, la sangre va hacia la cabeza y, en esta posición, ya están del revés. Hablad entre vosotros. Debéis estar seguros de que ambos estáis cómodos.

—Levanta las piernas hacia mí, amor.

Amber esbozó una sonrisa preciosa y levantó las piernas hacia el cielo, hasta quedar completamente en la postura de la vela, con todo el peso del cuerpo sobre los hombros. Le sujeté los tobillos y luego los curvé hacia mi pecho, para que pudiera apoyar allí los pies. Después le rodeé los muslos con las manos y simulé embestirla.

—Esta nueva postura disminuye mucho la presión sobre vuestra pareja y os da un control total. Señoras, sé que os gusta participar, pero en esta posición obtendréis una penetración más profunda del punto G, con el que, como ya habéis experimentado con el masaje del punto sagrado —le guiñé un ojo a Amber, cuya cara se puso roja al instante—, el orgasmo será más intenso. Centraos solo en llegar al clímax al mismo tiempo, para que ambos podáis alcanzar un estado de meditación conjunta a través del placer sexual. Esta es una piedra angular del yoga tántrico y algo que quiero que todos intentéis conseguir en vuestra casa.

Después del arado, les recordé la postura de *Yab-yum* en la que ambos compañeros se sientan sobre el regazo del otro, frente a frente. Luego les expliqué la de la mariposa, en la que la mujer se tumba en una mesa o en una cama y el hombre la penetra de rodillas o de pie.

—Para la siguiente postura tántrica, quiero que ambos os tumbéis de costado.

Me tendí frente a Amber, con ella de espaldas a la clase. Ella se rio contra mi cuello, con un sonido tan dulce e inocente que le di un beso rápido en la mejilla y luego en los labios.

—No puedo quitarle las manos ni la boca de encima. —Reí y recibí varios asentimientos, sonrisas y carcajadas a modo de respuesta—. De acuerdo, ahora vamos a pasar a la serpiente de cascabel. Esta postura está pensada para que interactuéis cara a cara, y ambos podéis besaros, acariciaros y miraros a los ojos mientras os estimuláis. El objetivo es que la excitación aumente gradualmente hasta llegar a la liberación.

Levanté la rodilla de Amber y la giré hacia fuera para que mi entrepierna tuviera acceso directo para penetrarla.

—Ahora, elevad la pierna de vuestra compañera. Una vez que la tengáis abierta, podéis penetrarla y sellar la conexión colocando su pierna sobre la vuestra. —Agarré el tonificado trasero de Amber y lo apreté—. Como podéis ver, esta postura os deja las manos libres para juguetear a vuestro antojo. —Sonreí cuando ella hundió la cabeza en mi cuello y sentí su risa silenciosa por el temblor de su pecho contra el mío.

Observé cómo la clase realizaba el movimiento, cada una de las parejas seguía mis instrucciones al pie de la letra.

—Si vuestra compañera tiene más flexibilidad, levantadle más las piernas para lograr una conexión más intensa y una penetración más profunda. Podéis frotaros el uno contra el otro, vuestro hueso pélvico estimulará el clítoris con cada movimiento; moveos como más os guste. Besaos, hablad, decid a vuestros compañeros lo que os encanta de ellos, cuánto los queréis. Ahora, compartid en privado la intimidad del momento.

Cuando todos se quedaron absortos en sí mismos, en sus torsiones de caderas y exploración de su sexualidad, me tomé un tiempo de descanso para bajar la cabeza y mirar a los ojos a mi amor.

—Eres encantadora, ¿lo sabes?

Su sonrisa de respuesta me iluminó por dentro.

—Tú no estás tampoco mal.

Jadeó cuando le alcé más la pierna y froté mi erección contra ella, asegurándome de rozar su nudo de placer a través de los pantalones casi inexistentes. Le apreté los glúteos y moví las caderas al mismo ritmo que las suyas, mucho más pequeñas.

—Me gusta esta posición —dijo con la respiración entrecortada.

—¿Sí? —Le acaricié la cara, bajé la mano por su esbelta figura, a la espera de la reveladora señal con la que siempre me bendecía cuando estaba lánguida y exultante.

Soltó lo que pareció un gemido y sentí lo mucho que anhelaba aquello por las olas de deseo que fluyeron desde su flexible cuerpo hacia el mío.

—Ten cuidado, pajarito, si me presionas demasiado, puedo darte lo tuyo y hacerte con un orgasmo. Tu cuerpo frotándose contra el mío con solo ese pedazo de tela es mi debilidad, y lo sabes. —Bajé una mano hasta su pecho y le pellizqué el pezón a través de la licra.

—¡Ah, Dash! Te deseo todo el tiempo... —susurró sobre mi cuello antes de lamerme el tendón con la lengua.

Gemí y empujé contra su pelvis con más fuerza.

—¿Estás lista para tener todo de mí, mi amor? ¿Para que nos unamos físicamente... por *completo*? —Acentué la pregunta con una torsión de caderas.

Subió la lengua hasta mi oreja y su aliento me hizo cosquillas en esa pequeña zona erógena.

—Estás cambiándome, Dash.

Algo en su tono me advirtió que no la presionara, pero no pude controlarme.

—No quiero que cambies. Eres perfecta como eres. —Le acaricié el muslo con una mano. No solo quería que escuchara mis palabras, sino que también sintiera la verdad en ellas.

—No. —Negó con la cabeza como si intentara eliminar el cumplido.

—Amber, para mí, eres pura belleza. Eres todo lo que cualquier hombre podría desear. Todo lo que *yo* quiero. Lo que *necesito* en mi vida. Solo a ti.

Su rostro pareció desmoronarse frente a mí, como las rocas sueltas que caen desde un acantilado al mar. Estábamos perdiendo la estrecha conexión y la melancolía anterior se filtró en nuestra burbuja de felicidad, contaminando nuestra unión con su energía negativa.

De pronto, el cuerpo de Amber se tensó.

—Dash, te quiero con todo mi corazón, pero no estoy segura de poder darte lo que mereces —anunció con voz trémula.

Detuve el movimiento de caderas, hundí las manos en su cabello y le sostuve el rostro para que nada más pudiera distraernos.

—¿Qué es lo que crees que merezco? —pregunté.

Le tembló la barbilla y los labios, como si pronunciar las palabras que estaba a punto de decir la rompiera en mil pedazos.

—Todo de mí.

Sonreí con dulzura y acerqué mi cabeza a la suya, atraído por la gravedad de la persona a la que adoraba.

—¡Ah! Pero ese es un regalo que espero recibir cuando estés lista para dármelo.

—Dash... —Fue un sonido sin aliento, un susurro en el viento—. Estoy reservándome.

—Lo sé. Pronto, mi dulce Amber, verás cómo habrá merecido la pena.

—Dios, eso espero —dijo e interrumpió nuestra conversación pegando los labios a los míos.

Una vez más, el asunto de su virginidad quedó sin resolver. Aunque ahora me sentía más confundido que nunca. Había dicho que estaba reservándose, por lo que todavía se resistía a dar ese paso físico conmigo, pero seguía sin que me confirmara qué era lo que se lo impedía. ¿Tendría razón Atlas? ¿Sería una decisión de índole religiosa?

Antes de que pudiera descubrirlo, Amber se levantó y miró al reloj.

—La clase ha terminado y tus alumnos prácticamente están montándose una orgía.

Miré a la clase y encontré a las parejas en varios estadios de copulación. No había ninguna penetración real..., bueno, o eso parecía.

—¡Cielos! Clase, calmaos. Hora de terminar.

Amber se levantó, se acercó a su bolsa de deporte, sacó un par de pantalones de chándal y se los puso, seguidos de una sudadera con la que cubrió el sujetador. Menos mal que estaba tapándose antes de salir. A mi monstruo de los celos le habría dado un ataque si hubiera intentado salir del centro de yoga vestida con la ropa que había usado durante la clase.

—¿Adónde vas? —le pregunté con la voz teñida de preocupación.

—Esta noche necesito estar en casa. Sola. —Apretó los labios y cerró los puños.

Hice acopio de todo el coraje que me quedaba, fortalecido por la confianza que tenía en nuestro vínculo y asentí.

—Está bien. Te quiero, Amber.

Ella bajó la vista al suelo y luego volvió a levantarla.

—Yo también te quiero.

A pesar de que pronunció las palabras, no hizo nada por demostrarlo. De hecho, todo su lenguaje corporal irradiaba descontento. Le daría tiempo esa noche y, al día siguiente, hablaríamos. Si Dios quería, arreglaríamos esa nueva brecha que se había abierto paso en nuestra relación.

17

Chakra sacro

A nivel individual, una persona influenciada por el chakra sacro puede ser egoísta, materialista y demasiado confiada. Sin embargo, si una pareja está influenciada por este chakra, tiene el potencial de mantener una relación estable, saludable y duradera. Se debe respetar la comunicación y tener en cuenta los deseos individuales. Para que la relación dure, ambas partes deben creer con todo su corazón que el otro es su alma gemela y comprometerse a estar juntos para siempre.

AMBER

Un sonido agudo me arrancó de un sueño profundo. Busqué a tientas el móvil y leí la pantalla. «Llamada de Trent».

—¿Hola, hola? ¿Es la hora? —Me aparté el cabello de la cara mientras intentaba orientarme. El corazón me iba a mil.

—Es la hora. Estoy arrancando el coche. Vivvie quiere que vengas con nosotros, Amber. Pregunta a tu abuela si puede cuidar a los niños. Siguen dormidos.

Miré el reloj. Las dos de la madrugada.

—Sí, claro. Estoy allí enseguida. Y Trent...

—¿Sí? —Su voz sonó como un fuerte gruñido.

—¡Yupi! ¡Ya viene el bebé! —chillé.

Trent volvió a gruñir.

—Ven aquí ya —bufó—. Tienes cinco minutos antes de que meta a los niños en el coche.

Además de ser el novio de Vivvie y padre de su bebé, Trent Fox también era un macho alfa, célebre jugador de béisbol, totalmente protector y posesivo con su nueva familia. Mucho de eso tenía que ver con el hecho de que mi mejor amiga aún no había accedido a casarse con el hombre (tanto para mi disgusto como para el de él), a pesar de que llevaba dentro a su progenie.

Me moví tan rápido como me lo permitieron los pies, tomé un par de pantalones de yoga, calcetines y zapatillas de deporte, una camiseta, una sudadera y me hice una coleta en el cabello.

Dios, por favor, cuida de Genevieve. Hoy necesita Tu fuerza, amor y guía para traer al mundo a uno de Tus niños. Estoy deseando ver Tu milagro cobrar vida. Amén.

Caminé de puntillas por el pasillo hasta la habitación. Abrí la puerta y escuché los estruendosos ronquidos. Mi abuela tenía que convencer a mi abuelo como fuera para que le operaran de vegetaciones. Por desgracia para ella, él no creía en intervenciones médicas innecesarias. Si no se estaba muriendo, no haría nada al respecto.

Cuando llegué junto a la cama, toqué con cuidado el brazo de mi abuela y le susurré: «Nana».

Abrió los ojos de inmediato. Siempre había tenido el sueño ligero. Su arrugada mano salió de debajo de las sábanas y me agarró de la muñeca. La ayudé a sentarse.

—¿Qué sucede, tesoro?

—Vivvie se ha puesto de parto. Quiere que esté allí con ella.

Abrió los ojos al instante y se colocó el cabello detrás de la oreja.

—De acuerdo, entonces necesita que cuide a los niños. Me pondré la bata y las pantuflas y te veré allí. Que Dios bendiga su alma. Tenemos un bebé en camino.

Sonreí y me marché de su habitación arrastrando los pies. Luego bajé las escaleras y salí a la calle.

—¡Ya era hora! —rugió Trent cuando llegué. Miró por encima de mi hombro—. ¿Dónde está Sandy? —preguntó casi en un grito. Tenía la mandíbula dura como el granito.

—Estará aquí en unos minutos. Tiene una llave. Vamos.

Miró a Genevieve, que estaba en el asiento del copiloto con los ojos cerrados, los dientes apretados y las manos sujetando con fuerza su vientre del tamaño de un balón de baloncesto.

Rodeé el automóvil corriendo y me senté atrás. Coloqué las manos en sus hombros. Ella se sobresaltó y luego suspiró.

—Amber... ¡Gracias a Dios! Duele tanto... —gimió.

Trent subió al vehículo y esperó un minuto. Luego vio que la puerta de mi casa se abría y mi abuela salió saludando, con su bata y las pantuflas.

—Ahora podemos irnos.

Sonreí, pero guardé silencio. Trent realmente había demostrado ser digno de mi mejor amiga y de esos niños. Los quería como si fueran sus propios hermanos. Me llenaba de alegría ver ese lado protector que tenía y que pensara en la seguridad tanto de esos niños como de la mujer que amaba y de su hijo por nacer.

Trent salió disparado del camino de entrada y se adentró a toda velocidad en la oscuridad de la noche. Apenas encontramos tráfico de camino al hospital. Nos dejó a Genevieve y a mí en la entrada de Maternidad y se fue a buscar aparcamiento.

Viv se sentó en la silla de ruedas que le ofreció una enfermera.

—¿Estás bien? —le pregunté.

Ella asintió y soltó una larga exhalación. La contracción debía de haber pasado porque, en cuestión de segundos, su rostro abandonó la mueca de dolor y mostró una expresión de sencilla elegancia. Nunca entendí del todo a las mujeres embarazadas cuando decían que, durante el parto, solo sentían dolor durante las contracciones. Tenía que ser agotador esperar a que comenzara la siguiente ronda.

—Gracias por venir. No tenía claro si quería a alguien más en la habitación, pero tú tienes línea directa con Dios y siento que ahora lo necesito.

El comentario dibujó una sonrisa cursilona en mi rostro. Me agaché, la agarré de las manos, cerré los ojos y me llevé sus manos contra mis labios.

—Dios, por favor, ayuda a Genevieve a traer a su hijo Will a este mundo sano y salvo. Confiamos en Ti para proteger a este niño y bendecirlo con Tu amor. Amén.

—Amén —dijo Genevieve, antes de volver a hacer una mueca de dolor y tocarse el vientre endurecido.

Coloqué la mano en los lugares que ella no había cubierto. ¡Vaya! Todo el vientre se contrajo y tensó tanto que la piel pareció estirarse al máximo de su capacidad. Increíble.

Justo cuando una enfermera estaba llevándonos por el pasillo hacia una habitación abierta, apareció Landen, doblando una esquina, vestido con un par de pantalones de uniforme de hospital azules. La cara de sorpresa que pusimos ambos fue bastante graciosa.

—Oye, tú, ¿qué estás haciendo aquí? —preguntó y miró a Genevieve.

—¡Mi mejor amiga está de parto! ¿Y qué haces tú aquí?

Nos acompañó por el pasillo hasta nuestra habitación.

—Me ha tocado guardia nocturna en Maternidad. Creo que dentro de unas semanas también te asignarán una.

—Genial —asentí—. ¿Vas a asistir a mi amiga?

—Sí. Estoy con el doctor Lee.

—Increíble.

En ese momento, apareció una enorme masa de ansiedad de un metro noventa de estatura.

—¡¿Dónde está?! —rugió tan fuerte que debió de despertar a la mitad de los profesionales que estaban de guardia esa noche. Aunque, teniendo en cuenta que la mayoría de las personas de esa planta estaban dando a luz o esperando sus cesáreas, que un hombre gritara tampoco debía de parecerles nada extraño.

—Cálmese, señor. —Landen se acercó a Trent con los brazos estirados.

—No me digas que me calme. ¡El amor de mi vida está en algún lugar de esta planta, sufriendo dolores y a punto de tener a mi bebé!

—¡Trent! —le llamó Genevieve al otro lado de una cortina, no muy lejos de donde estábamos. La enfermera le había puesto una bata y conectado un monitor fetal.

—¡Gominola, gracias a Dios!

—¿Amigo tuyo? —Landen señaló a Trent, que ahora cuidaba a Genevieve con infinita ternura.

—Sí. —Reí—. El futuro padre. Un futuro padre muy nervioso, como habrás podido comprobar.

—Es un tipo enorme.

Me tapé la boca con la mano para contener la risa.

—Es Trent Fox, el bateador estrella de los Ports de Oakland. Suelen ser bastante grandes.

Landen alzó tanto las cejas que estas casi desaparecieron debajo de la línea del cabello.

—¿Ese es... Trent Fox? ¿*El* Trent Fox de toda la vida? ¿El mejor puto bateador desde, bueno..., siempre? —Jadeó e intentó obtener una mejor vista de Trent.

Asentí y sonreí de oreja a oreja.

—Así que será mejor que le des a él y a su mujer un trato muy, muy especial o es probable que te arranque la cabeza.

Landen se pasó ambas manos por el cabello y se mordió el labio inferior.

—Trent Fox... No me lo puedo creer. ¡Qué gozada de noche!

Mi futuro sobrino estaba llegando al mundo... Sí, así era.

DASH

El teléfono se había convertido en mi némesis. Me pasé todo el día cogiéndolo y volviéndolo a dejar sin hacer nada. El deseo de llamar a

Amber era tan fuerte que tuve que apagar el condenado dispositivo. Y entonces entró en juego la ley de Murphy. Todo lo que podía salir mal, salió. Cuando volví a encenderlo, Amber me había escrito para decir que estaba en el hospital con Genevieve y Trent. Estaban teniendo a su hijo. Varias horas después del mensaje de texto, llegó un mensaje de voz un poco incoherente en el que me anunciaba que el bebé estaba llegando y que avisara a los alumnos de yoga. Al menos terminó el mensaje con un acelerado «Te quiero». Esas dos breves palabras fueron suficientes para aplacar el miedo que me desgarraba el pecho con cada respiración.

Ahora, caminaba por los pasillos de linóleo blanco del hospital, en busca de Maternidad para sorprender a mi chica. Por lo que había entendido, llevaba en el hospital desde las dos de la madrugada. Ya eran las cuatro de la tarde, habían pasado catorce horas.

Mientras miraba el directorio con las indicaciones de dónde se encontraba cada departamento, una voz conocida sonó detrás de mí. Me volví y me encontré frente a frente con Landen O'Brien, el niño prodigio que quería algo con mi chica y que probablemente acabaría siendo su medio hermano. ¡Vaya con los giros inesperados!

Una expresión de reconocimiento atravesó su rostro.

—Eres el novio de Amber.

—Así es. ¿Por casualidad sabes dónde está? —pregunté.

—Claro. Su amiga acaba de dar a luz. Yo asistí el parto —anunció con el pecho hinchado de orgullo, lo que le dio unos cuatro o cinco centímetros más de altura.

—¡Ah, qué bien! ¿Y qué te pareció? —Supuse que no me haría daño tener una conversación con el muchacho. Si iba a formar parte de la vida de Amber como amigo o hermano, y sobre todo como compañero de estudios, no me vendría mal conocerlo un poco. Ver cómo era.

Negó con la cabeza.

—¿Sabes?, pensaba que sería desagradable y asqueroso.

—¿Y lo fue?

Landen rio.

—¡Ah, fue asqueroso! Lo que sale de una mujer cuando está dando a luz a un bebé no es para personas que se asustan fácilmente, pero... no sé... —Se encogió de hombros—. En el instante en que apareció la cabeza del bebé y tomó su primer aliento de vida, todo encajó. ¿Me entiendes?

Él había vivido un milagro. Un evento espiritual único que, visto a través de los ojos correctos, podía cambiar a una persona para siempre.

—Lo creas o no, te entiendo. He tenido algunas experiencias así. Una muy reciente con mi chica. —Pensé en el masaje del punto sagrado. ¡Joder! Casi todas las experiencias sexuales que habíamos tenido Amber y yo hasta entonces me habían parecido una bendición espiritual.

—Amber es realmente increíble. Deberías haber visto cómo ayudó a su amiga a respirar y luego al marido de su amiga a no hiperventilar. —Rio y me llevó hasta una puerta cerrada—. Bueno, ya hemos llegado. Han tenido al bebé hace un par de horas, así que deben estar descansando.

Le ofrecí la mano.

—Oye, me alegro de haberme encontrado contigo. Seguro que en el futuro nos veremos más a menudo.

—Si sigues con Amber, seguro. —Se despidió con un saludo y luego desapareció en algún lugar recóndito dentro de las entrañas del hospital.

Si seguía con Amber. ¿Por qué diablos no iba a seguir con ella? Probablemente no había querido dar a entender nada raro, pero la sola mención de no estar con ella envió una incómoda punzada a mis entrañas. Respiré a través del malestar y llamé a la puerta con los nudillos.

—Adelante —dijo una voz masculina al otro lado de la puerta.

Abrí y entré. La habitación era pequeña, no más de diez metros cuadrados. Genevieve estaba tumbada con las manos sobre el vientre, bastante más pequeño que antes. Trent estaba a su lado, acariciándole el rostro y haciéndola sonreír. Amber estaba sentada en la silla junto a la cama, absolutamente embelesada con el pequeño bulto que tenía en los brazos. Levantó la vista cuando entré.

—Hola —susurró—. Me alegra que hayas venido.

—No quería perdérmelo —dije. Me acerqué a Trent con la mano estirada.

Trent pasó de la mano y me abrazó directamente, palmeándome la espalda con fuerza. El gigante era todo sonrisas y se le veía radiante de alegría. Se metió la mano en el bolsillo y sacó un puro. Tenía un sello azul alrededor que ponía: «Es un niño».

—Felicidades, hombre. Un hijo.

Trent tomó aire y abrió los brazos.

—El mejor día de toda mi vida.

Sonreí y me pasé la mano por el mentón sin afeitar.

—¿Y tú cómo estás, bella dama? —pregunté a Genevieve. ¿Todo bien?

Su sonrisa de satisfacción me dio la respuesta.

—Estoy tan feliz... Nuestro William es perfecto. —Suspiró y miró a Amber.

Me acerqué a ella y bajé la vista hacia el bebé envuelto en una mantita blanca y azul, con un gorro de lana celeste en la cabeza. Tenía una cara redonda y rosada. Mientras lo miraba, abrió la boca y bostezó como si hubiera tenido un día muy largo, lo que supuse que era verdad. El nacimiento debía de ser igual de duro para el bebé que para la madre.

—Es muy guapo —dije.

Trent se acercó y colocó una mano en mi hombro mientras contemplábamos a su hijo.

—Eso es porque se parece a su madre.

Genevieve soltó un resoplido desde la cama.

—No creas nada de lo que te diga. Si quitas el gorro a esa suave cabecita, verás un montón de cabello color arena y estoy casi segura de que tendrá los ojos verdes de su papá, aunque ahora sean azules.

—Eso es verdad —añadió Amber—. La mayoría de los bebés nacen con ojos azules que luego cambian de color. Los de Will son tan claros que pueden mantener el azul o terminar siendo verdes.

—Bueno, estoy seguro de que Amber y tú no tardaréis mucho en seguir nuestro camino. Después de que os caséis, claro. —Trent me apretó el hombro con fuerza.

—¡Ah! Nosotros nunca nos casaremos —dije sin ni siquiera pararme a pensarlo.

Amber alzó la cabeza al instante y el bebé resopló y parpadeó con los ojos cansados.

—¿Disculpa?

La habitación se sumió en un silencio inquietante.

—Sí, bueno... No creo en el matrimonio. No en el sentido tradicional. Creo que vosotros lo habéis hecho bien. Tener un bebé es un compromiso mucho más fuerte que un trozo de papel.

Los otros tres adultos seguían sin decir palabra, hasta que el bebé comenzó a llorar. Trent se inclinó sobre Amber para tomar al bebé.

—Lo tengo. Creo que mi hijo necesita a su madre. ¿No es así, dulzura? —Acunó al niño.

Tengo que reconocer que ver a un hombre tan grande como Trent acunando a un bebé hacía que uno viera la vida desde una perspectiva diferente.

—¿Puedo hablar contigo en el pasillo? —Amber se levantó y se metió las manos en los bolsillos. Su voz era contenida y le faltaba la alegría de minutos antes, cuando tenía al recién nacido en sus brazos.

—Por supuesto. Os dejo solos. Vuelvo mañana para ver qué tal os está yendo u os hago una visita en unos días en vuestra casa —dije a Trent y a Genevieve.

—Gracias por venir, Dash —respondió Genevieve, centrada ahora en abrirse el sujetador de lactancia. Trent estaba tan concentrado en el pequeño que se retorcía en sus brazos que ni siquiera se dio cuenta de que me marchaba. Sí, había llegado la hora de retirarme.

Amber tomó la delantera y también salió de la habitación. En el instante en el que cerré la puerta, se lanzó sobre mí. No física, sino verbalmente.

—¿Qué quieres decir con eso de que no crees en el matrimonio? —Sus palabras fueron apresuradas y frenéticas.

Ladeé la cabeza y observé su postura. Estaba alterada. Tenía el cuerpo rígido, las manos en las caderas y una expresión de feroz determinación en el rostro.

—¿Qué problema hay con eso? Muchas parejas se comprometen de otras formas. No necesito un trozo de papel para saber que eres mía para siempre.

Amber apretó los dientes.

—Bueno, yo sí. Dash, he hecho una promesa conmigo misma y con Dios.

Por fin estábamos llegando a algún lado.

—¿Y en qué consiste esa promesa?

Se le humedecieron los ojos y su cara se convirtió en una máscara de dolor y frustración.

—Que me entregaré... *por completo* a mi esposo.

Me apoyé en la pared, más que nada para poder procesar sus palabras.

—¿Estás diciéndome que no...? —Bajé la voz, la agarré de las muñecas y la atraje a mi pecho a fin de contemplar de cerca cada matiz de las emociones que cruzaran su rostro—. ¿Que no me entregarás tu virginidad si no te conviertes en mi esposa del modo tradicional?

Me parecía algo tan ridículo que la pregunta salió de mi boca acompañada de un bufido de risa nada caballeroso. A ver, esa mujer me había dejado tocar cada centímetro de su cuerpo con la boca y con las manos, ¿y estaba conservando una simple membrana... como algún absurdo símbolo de unidad para un hombre que podría o no encontrar?

Amber enroscó el puño en mi camiseta y me taladró con la mirada.

—Quiero que el hombre con el que me comprometa físicamente sea el único que tenga esa parte de mí.

—¿Por qué? —Negué con la cabeza.

Sus ojos echaban chispas.

—Porque significa algo para mí.

—Lo que en realidad deberías decir es que sigues una creencia religiosa arcaica basada en un libro escrito por doce hombres que podrían o no haber recogido la palabra del Hijo de Dios. De hecho, nunca se ha probado que sea cierto.

Cerró los ojos y me empujó con tal fuerza que perdí el equilibrio y tuve que agarrarme al pasamanos de la pared.

—Se llama fe, Dash. Algo de lo que, por lo visto, nunca has oído hablar. —Sus palabras eran mordaces, cargadas de veneno, dirigidas a hacerme daño.

Y lo hizo.

—Tengo fe, Amber. Tengo fe en ti. Tengo fe en mí. Y te aseguro que tengo fe en nuestro amor. ¿Qué más necesitas?

Amber se lamió los labios y giró la cabeza a un lado. Era tan arrebatadora que me habría encantado tomarla en mis brazos y sacudirla hasta hacerla entrar en razón.

—Necesito el trozo de papel.

Tomé una lenta bocanada de aire que exhalé a toda prisa.

—Amber, mi madre se ha casado cuatro veces. No quiero eso para nosotros. No somos una estadística. Podemos celebrar nuestra propia ceremonia privada para simbolizar nuestro amor. Tatuarnos anillos en los dedos. Un tatuaje es mucho más vinculante que un trozo de papel.

—No para la Iglesia y no para mí. —Su voz temblaba con el poder de su fe.

Cerré los ojos y presioné ambos puños contra ellos.

—El setenta y cinco por ciento de los matrimonios de California terminan en divorcio.

Ella bajó los brazos, se acercó a mí y apoyó las manos en mis hombros. Después se puso de puntillas y me besó. Las lágrimas caían de sus ojos, mojándome los labios. Hundí las manos en su cabello, incliné la cabeza y le acaricié los labios con la lengua hasta que los abrió. Me sumergí en su boca, las lágrimas saladas añadían un elemento de dolor y tristeza que no quería probar al besar a la mujer que amaba. Pero las lágrimas no cesaron. Pensé que podría borrarlas con un beso. Secarlas con el poder de mi amor. ¡Mierda! Estaba tan equivocado...

Al final, los dos tuvimos que detenernos para tomar aire. Respiramos juntos, sincronizados, como en casi todas las cosas, excepto esta.

—Amber, te quiero. Estoy completamente comprometido contigo, con nosotros.

Ella frotó su frente contra la mía y suspiró, las lágrimas aún caían como ríos por sus mejillas.

—Si eso fuera verdad, valdría la pena el riesgo.

Esas palabras perforaron mi corazón y me helaron la sangre.

—Amber... —susurré, sintiendo cómo se alejaba. Cómo nuestro amor se disolvía en un pasillo blanco que olía a desinfectante y a muerte.

—Tengo que valer el riesgo —dijo antes de darse la vuelta y caminar con solemnidad por el pasillo hasta desaparecer por la salida.

18

Postura de la montaña

(En sánscrito: Tadasana*)*

Para realizar esta postura, párate con los pies separados, paralelos a las caderas. Aprieta los músculos del torso y de las piernas, manteniendo la espalda lo más recta posible y mirando hacia delante con el mentón firme. Puedes elevar los brazos hacia el cielo, estirando los dedos, o colocar las manos en el centro del corazón para que circule el flujo de energía. La postura de la montaña ayuda a que te sientas fuerte, endereza la columna y alarga el cuerpo. Es perfecta para un estiramiento matutino.

AMBER

Hoy volví a encender el móvil. Había pasado una semana desde que había dejado a Dash en el hospital. No podía olvidar sus hombros caídos, como si su cuerpo se hubiera encogido por el cuchillo que le había clavado en el corazón. Llevaba toda la semana reprendiéndome por no haberle mencionado nada sobre mi voto, del compromiso que había hecho conmigo misma y con el Señor. Al mirar atrás, me di cuenta de que todos los pasos físicos que habíamos dado durante los tres meses pasados habían hecho culminar nuestra unión en la última forma posible en la que una mujer y un hombre podían hacerlo: como auténticos amantes. Pero yo no estaba preparada para renunciar a esa parte de mí misma sin la promesa de que fuera para siempre.

Cualquier persona puede decir que ama a otra y creérselo de verdad. Pero cuando alguien está dispuesto a apoyar esa declaración con todo lo que conlleva (física, mental, emocional y, por último, pero no menos importante, legalmente) es cuando empieza el «para siempre».

Bajé la vista hacia la infinidad de mensajes que sonaron en el móvil. Ninguno era de Dash. Se me contrajo el corazón y me atraganté con un sollozo ahogado. No. No lloraría. Enderecé la espalda, me aclaré la garganta y tomé una bocanada de aire. Móvil. Tenía que concentrarme en regresar al mundo real. En la pantalla apareció un mensaje de Landen, enviado hacía menos de una hora.

De: Landen O'Brien
Para: Amber St. James
Papá necesita hablar contigo. Dice que es muy importante. Estará en su despacho todo el día. Te veré en clases mañana. ☺

Carita sonriente. Le pedí a Dios que permitiera que, lo que fuera que tuviera que decirme, mereciera una sonrisa, aunque en el fondo de mi corazón sabía que no sería así. Supuse que habría recibido los resultados de la prueba de paternidad. Mi mente regresó al momento en el que Dash le había entregado su tarjeta. ¿Lo habría llamado primero? Pero de ser así Dash me lo habría dicho, ¿verdad? Aunque el doctor O'Brien parecía la clase de hombre que recurre al mejor recurso, en este caso su propio hijo. ¿Lo sabría Landen? ¿Se lo habría dicho? ¿Se lo habría contado a su esposa?

Había tantas preguntas sin respuestas... Por mucho que quisiera llamar a Dash y pedirle que viniera conmigo a ver al profesor, no sentía que tuviera derecho a hacerlo. Nuestra última conversación había terminado dejándonos un regusto amargo. No sabía si habíamos roto oficialmente o nos habíamos tomado un tiempo para pensar en lo que ambos habíamos revelado. ¡Dios, qué complicado era todo! Arriba ya no era arriba. Abajo ya no era abajo. Me sentía atrapada en una especie de tierra de nadie en la que no sabía dónde estaba un lado u otro ni podía ver los pros ni los contras.

El limbo.

Un escalofrío me recorrió la espalda. En la fe católica al Limbo se le conocía habitualmente como el «purgatorio», un estado de sufrimiento al que entraban las almas de los pecadores cuando intentaban expiarse y limpiarse de pecados antes de entrar al cielo. ¿En ese punto estaba mi relación con Dash? ¿En un lugar de sufrimiento? Así lo sentía. ¿Y si eso significaba que uno de nosotros tenía algo que expiar?

Cerré los ojos y presioné los dedos contra las sienes. Solo había una persona con la que podía hablar de eso. El Padre McDowell. Él me ayudaría a ver la luz de la voluntad de Dios y lo que tenía que hacer por mí. Pero primero, tenía que ver a un hombre y hablar sobre una prueba de paternidad. Mi vida no necesitaba más sacudidas.

El edificio donde se impartían las clases estaba casi vacío. Aunque tenía esa misma impresión la mayor parte del tiempo. ¡Qué extraño! Supuse que casi todos los estudiantes estaban en la biblioteca o haciendo sus rondas en el hospital. Seguí el mismo camino que había tomado semanas atrás, cuando el profesor había confesado su romance con mi madre.

Cuando llegué a su despacho, la puerta estaba abierta. El doctor O'Brien tenía la cabeza baja, las gafas colgando de dos dedos y las manos alrededor de las mejillas.

Llamé con los nudillos al vidrio traslúcido de la puerta.

—¿Quería verme?

Él levantó la vista y sonrió con suavidad. Señaló la silla sorprendentemente vacía frente a él. El resto del despacho seguía siendo un desastre, con cosas amontonadas en todas las superficies disponibles, no estaba ni más limpio ni más organizado que dos semanas atrás, cuando Dash y yo habíamos estado sentados allí y él me había soltado una bomba que no había esperado.

—Cierra la puerta detrás de ti, por favor.

Hice lo que dijo y me senté en la silla frente a él.

—¿Cómo estás? —preguntó.

Tenía la palabra «bien» en la punta de la lengua, pero no solía mentir, ni siquiera por decoro.

—Ha sido una semana larga. —Escogí mis palabras con cuidado.

Él asintió, tomó un sobre amarillo y me lo entregó.

Agarré el sobre con el dedo pulgar y el índice, como si fuera a quemarme.

—¿Qué es esto?

—Los resultados de la prueba de paternidad.

Enarqué una ceja.

—¿Y?

—¿No preferirías leerlos tú misma?

Negué con la cabeza.

—No. Sinceramente, preferiría que usted mismo me lo dijera.

Él tragó saliva y sus labios dibujaron un atisbo de sonrisa.

—Está confirmado. Eres mi hija.

Cerré los ojos y dejé que la información se asentara en mi corazón. Después de veintidós años, por fin podía mirar a mi padre biológico a los ojos y ponerle un rostro al fantasma que mi madre me había dejado.

—¿Estás seguro? —pregunté.

—Bueno, un noventa y nueve por ciento de fiabilidad deja poco lugar a dudas —respondió con una sonrisa.

—¿Por qué no sabías que mi madre estaba embarazada de un hijo tuyo? —pregunté sin rodeos, yendo directamente a la razón de por qué estaba allí sentada después de veintidós años, conociendo a mi padre por primera vez.

Liam, mi *padre*, pues ya no era solo el profesor O'Brien para mí, se reclinó en su asiento y se frotó el rostro con ambas manos.

—Durante las dos últimas semanas me he hecho la misma pregunta. ¿Cómo pude no saber que existías? Y la simple respuesta, querida mía, la única respuesta... es que tu madre no quería que lo supiera.

Solté un resoplido.

—¡Pero si iba a la misma universidad donde enseñabas, incluso era tu alumna!

—No. —Negó con la cabeza con rotundidad—. Rompí la relación dos semanas antes del fin del semestre. Ella no regresó en otoño. Recuerdo claramente haberle preguntado a su tutor por ella.

Me fijé en sus manos cerradas con fuerza sobre el escritorio.

—¿Por qué?

—¡Porque la amaba, maldita sea! —Golpeó el escritorio—. Incluso después de decidir que iba a intentar que funcionaran las cosas con mi esposa y con mi hijo, no podía olvidar a Kate. La echaba de menos del mismo modo que un amputado con su miembro perdido. El fantasma de nuestra relación me acechó durante años. ¡Todavía lo hace! —admitió con lágrimas en los ojos.

Ver a un hombre adulto estallar en llanto era lo último que había esperado. En ese momento, ambos estábamos atormentados por el arrepentimiento; un arrepentimiento agravado por el hecho de que no teníamos a quién culpar. La única persona que podría haber solucionado todo llevaba muerta veintidós años, y no regresaría.

—¿Qué hacemos? —pregunté con voz temblorosa mientras una lágrima rodaba por mi mejilla.

Él cerró los ojos, tomó aire y fijó su mirada en la mía. Verde sobre verde. Había heredado el color de sus ojos. Ahora que se había revelado la verdad, era inconfundible. Claro como el día una vez que el velo de la verdad había caído.

—Conocernos. Me parece inconcebible no haber sabido que existías durante todos estos años. Mi propia hija. —Se le quebró la voz—. Y eres preciosa. Igual que ella. Mi Kate. —Le brillaban los ojos por las lágrimas no derramadas—. Y lista, tan lista. Apuesto a que has sido una hija digna de elogio.

Tragué el enorme nudo de ansiedad y miedo que me obstruía la garganta.

—Tendrás que preguntárselo a mis abuelos.

—Me gustaría hacerlo. Y darles las gracias por haber criado a una joven tan adorable.

Una risa espontánea escapó de mis labios.

—¡Oh, Dios mío! No sé si seguirás diciendo lo mismo cuando los conozcas. Son muy protectores. La abuela querrá escuchar todos los detalles sórdidos de tu romance con su hija, más que nada porque es una romántica empedernida, y mi abuelo querrá darte una paliza por haber hecho daño a su pequeña y dejarla embarazada sin estar casados.

Él sonrió.

—Si esa es la única penitencia que tendré que pagar, estaré encantado de recibirla. Lo digo en serio, Amber. Quiero conocerte y que me conozcas, que seas parte de mi familia.

Familia.

Mi familia siempre había estado compuesta por mis abuelos, Genevieve, Rowan y Mary. Ahora incluía a Trent, a William y, si Dios quería, a Dash.

—Me parece una idea maravillosa, pero ¿qué hay de Landen y tu esposa?

—¿Susan? Ella sabía lo de Kate.

Se me desencajó la mandíbula de tal modo que estuve a punto de golpear el escritorio, como en los dibujos animados.

—No soy tan canalla. Cuando Susan y yo acordamos dar una oportunidad a nuestro matrimonio, nos confesamos nuestras infidelidades. Ella había estado con un colega de trabajo. Y yo había tenido una aventura con Kate. Juntos, con años de terapia matrimonial, resolvimos nuestros conflictos. —Suspiró—. Nunca dejé de amar a tu madre, pero en ese momento pensé que estaba haciendo lo mejor para todos los involucrados. Si hubiera sabido de tu existencia... —jadeó— ¡Santo Dios, qué diferente habría sido todo!

—No creas. Mi madre murió al dar a luz, así que, en teoría, separarte de tu mujer no habría cambiado nada. Quizás ese fue siempre el plan de Dios.

—Puede que tengas razón.

Respiré hondo y enderecé los hombros.

—Volviendo a la pregunta anterior. —Tomé aire, lo solté y enderecé los hombros—. ¿Y ahora qué hacemos?

—¿Qué te parece cenar con tu familia? —propuso.

—Bueno, no sé qué dirán mis abuelos y Genevieve acaba de tener un hijo, así que está muy ocupada...

—No, Amber —Liam estiró la mano a través del escritorio y me agarró la mía—. Tu nueva familia. —Me dio un apretón. Tenía una mano suave y cálida, como la de un padre.

—¡Ah, sí! De acuerdo. Eso tiene sentido.

—Quiero saber todo sobre la tal Genevieve y su hijo, y sobre tus abuelos. ¿Qué te parece si te llamo para reservar en algún sitio este fin de semana? Puedes traer a tu pareja, Dash.

La mención de Dash hizo que se me erizara el vello de la nuca.

—Sí, de acuerdo.

Él se levantó, rodeó el escritorio y alargó los brazos.

Fui hacia ellos para recibir, por primera vez en la vida, el abrazo de uno de mis progenitores. Una sensación de calor burbujeó en mis mejillas y hombros mientras permitía que me envolviera con fuerza. Lo rodeé con mis brazos y me empapé de él.

—Te llamaré —dijo, antes de darme un beso en la sien, como siempre supuse que haría un padre.

—Y yo responderé.

DASH

Toda una semana. Siete días. Ciento sesenta y ocho horas. Diez mil ochenta minutos. Seiscientos cuatro mil ochocientos segundos desde que dejé que Amber se alejara de mí. No le había hablado ni escrito, no había visto a mi pajarito desde que huyó volando del nido. Por decirlo de una manera suave: yo era un puto desastre. Un completo embrollo de contradicciones.

Me había pasado una cantidad infinita de tiempo repasando los pros y contras de aceptar su simple condición. ¿Por qué estaba tan atascado en este asunto? El hecho de que el noventa y nueve por ciento de las personas que conocía estuvieran divorciadas o provinieran de familias divorciadas no significaba que nos fuera a pasar lo mismo si decidíamos hacer un juramento ante Dios.

Un juramento.

El amor de mi vida había hecho un juramento a Dios, a sí misma y al hombre con el que pasaría el resto de su vida, a pesar de que no sabía que ese hombre sería yo. Había pasado veintidós años guardando una parte de ella que solo tenía intención de ofrecerme a mí. El hombre con el que quería pasar el resto de su vida. ¿Entonces por qué no podía superar ese punto peliagudo?

Porque todas las personas que había conocido habían ridiculizado el matrimonio. Mi madre. Mi padre. ¡Joder! Incluso sus respectivos padres se habían casado y divorciado, y eso que en su época no era algo frecuente. Para el clan Alexander, la sagrada institución del matrimonio no equivalía a un «felices para siempre», sino a un «felices para nunca».

Gruñí y me tiré del cabello mientras estaba de pie en una sala de yoga vacía. Todos los clientes se habían ido ya. Solo quedábamos yo, mis pensamientos y el galopante ariete que era mi corazón.

—Toc toc.

Jewel y Crystal estaban paradas en la entrada de la estancia.

—Oye, hemos pensado que tal vez te apetecería tomar una taza de café y unos bocadillos con nosotras —sugirió Crystal.

Suspiré. Últimamente mi estómago no había tolerado muy bien la comida, aunque sabía que tenía que alimentarme. Me había pasado toda la semana entrenando y dando clases sin parar, como parte de un inútil intento de calmar a la bestia salvaje que quería irrumpir en casa de Amber, echársela sobre el hombro, arrojarla en mi cama y hacerla mía, de una vez por todas y para siempre.

—Claro. —En casa me esperaba un apartamento vacío. Me encogí de hombros, me puse la sudadera con capucha y los zapatos de yoga y cerré la puerta del aula.

—¿Te parece bien el Sunflower? —preguntó Jewel cuando salíamos del centro de yoga, con su brillante cabello rojo bailando con el viento.

Cristal llevaba el cabello rubio recogido en un moño, pero tenía varios mechones sueltos que le caían por las mejillas y la hacían parecer más joven.

—Sí, bien.

Cuando entramos, mi amiga Dara estaba sirviendo a los clientes como siempre. La instructora de meditación de La Casa del Loto tenía un segundo empleo detrás del mostrador de la pastelería de sus padres adoptivos. Mi teoría era que los Jackson tenían un gran olfato para los negocios y habían puesto a una deslumbrante mujer de piel morena, con un cuerpo escultural, cabello espeso, rizado y largo hasta el trasero y unos ojos azules como un mar tropical, al frente del mostrador para recibir a los clientes. De ese modo, casi todos los hombres solteros en veinte kilómetros a la redonda compraban allí, con la esperanza de conseguir una cita con su hija.

—¡Dash! ¡Cuánto tiempo sin verte! No has venido a ninguna clase esta semana. ¿Te encuentras bien? —preguntó Dara, entregando su pedido a los clientes delante de nosotros.

—Ha sido una semana dura, eso es todo. —Apreté los labios y examiné lo que tenían para pedir.

—Tonterías. Está lidiando con un corazón herido y un tercer chakra bloqueado —afirmó Jewel con total naturalidad.

Me tragué la respuesta porque ella tenía razón. Opté por autoincriminarme.

—¿De veras?

Jewel se apartó unos cuantos rizos rojos de los ojos y se subió las gafas de montura negra por la nariz.

—¡Ah, es obvio! ¿Crees que nací ayer? ¡Puf!

Crystal sonrió con suficiencia y señaló un bollo danés vegano.

Jewel levantó dos dedos.

—¿Café con leche de soja y semillas de vainilla con azúcar ecológica? —dijo Dara.

—Sí, señora —asintió Jewel—. Y cuando termines con el corazón en pena de aquí, envíalo con nosotras. ¡Ah! Y paga él.

—Claro que lo haré —protesté, no porque no quisiera hacerlo, sino porque era un caballero—. Como si no fuera a pagar —le dije a Dara.

Ella se rio.

—¿Qué ha pasado entre tú y la doctora?

—Nada —respondí con un gruñido.

Dara alzó ambas cejas.

—Pues algo me dice que detrás de ese «nada» hay mucho que contar.

—¿Quién te ha preguntado?

Se llevó una mano a la cadera e ignoró a toda la fila de personas que se había formado detrás de mí. En realidad a Dara le daba igual quién estuviera en la fila. Su filosofía era que si alguien quería sus productos, tenía que esperar el tiempo necesario para obtenerlos, aunque eso incluyera su parloteo incesante con cada uno de los clientes hasta que se pusiera azul o accediera a llamar a su primogénito como ella.

—El universo. Hola, tu aura es rosa. Lo que significa que algo va mal con tu vida amorosa. ¿Qué está pasando, pastelito? —insistió con su característico tono alegre.

Volví a gruñir y le lancé un billete de veinte dólares.

—¿Con esto llega?

Miró el dinero y asintió.

—Aunque no cubrirá tus remordimientos.

—¿Remordimientos? —Me apoyé sobre el mostrador.

—Lo llevas escrito en la cara. ¿Con quién tienes que disculparte? —Sus ojos azules estaban llenos de preocupación.

Respiré hondo y golpeé el mostrador.

—No te preocupes por eso. —Me di la vuelta y me dirigí hacia la mesa en la que doña Yoga 1 y doña Yoga 2, es decir, Jewel y Crystal, estaban sentadas elegantemente, bebiendo sus cafés y comiendo sus bollos sin azúcar. Veganos. Negué con la cabeza. Eso era algo que no entendía.

—¡Sabes que me preocuparé hasta que el color cambie! —gritó Dara antes de atender al siguiente cliente.

Suspiré y me dejé caer en la silla como lo haría un elefante tumbándose en el suelo. ¿Los elefantes se tumbaban o dormían de pie? No lo sabía.

—Dash, ¿qué ocurre entre Amber y tú? —preguntó Crystal, yendo al grano—. Te está rompiendo el corazón.

—Y sea lo que sea, está bloqueando el chakra de tu tercer ojo, impidiéndote razonar —añadió Jewel para más inri.

Me incliné hacia delante y apoyé la cabeza en mis manos.

—Quiere casarse. —Alcé la vista derrotado. Ambas se estaban mirando con una sonrisa en la cara.

—¿Y eso te supone un problema porque no quieres estar con ella a largo plazo? —preguntó Jewel con ese tono cuidadoso que usa una madre cuando quiere inmiscuirse en la vida amorosa de su hijo y tiene que caminar descalza sobre brasas ardientes para conseguirlo.

Me estremecí.

—Mmm, creo que sucede justo lo contrario, Jewel. Que sí quiere estar con ella —comentó Crystal.

—¡Claro que sí! Pero no creo en el matrimonio tradicional. Todos acaban en horribles y crueles divorcios que arruinan más vidas que las de las dos personas involucradas. Crystal colocó una mano sobre mi hombro.

—Por fin vamos avanzando.

19

Chakra sacro

Cuando el chakra sacro está en equilibrio, las personas tienden a ser felices, llenas de energía, sexualmente satisfechas, resilientes y con una buena conexión con todas las personas que les rodean. Lo más importante es que esas personas gozan de una estrecha sintonía con sus parejas y lo demuestran con entusiasmo.

AMBER

La verja de hierro forjado negro crujió cuando entré al jardín del santuario. Un lugar que, para mí, se había convertido en un paraíso con el paso de los años. Allí era donde solía acudir cuando tenía que tomar una decisión difícil o tratar con algo que estaba fuera de mi control. Estar rodeada de la belleza terrenal de Dios me ayudaba a tranquilizarme y a calmar mi mente torturada. Ese día no era diferente.

Me senté en el banco que daba frente a una pequeña colina. Mi refugio estaba rodeado de pinos altos, varios arbustos redondos salpicaban el paisaje y había margaritas púrpuras y blancas por todas partes, espolvoreadas como la cobertura de un *cupcake*. En medio de todo se erigía una imagen de la Virgen Santísima tallada en mármol blanco, con las manos en posición de rezo sobre su pecho y la cabeza inclinada hacia abajo. Alrededor había otras estatuas: una mujer, un niño, un hombre joven, un cordero. Todos mirándola en busca de su guía y sabiduría, igual que yo.

Con dedos sudorosos, sujeté el rosario que mi abuela me había dado cuando tenía cinco años. El mismo que también había recibido mi madre a idéntica edad. Hoy lo llevaba no solo para sentirme cerca de la Madre de Cristo, que con frecuencia intercedía por los hijos de Dios, sino para conectar con mi madre. Bajé la cabeza y comencé con el Padre Nuestro, seguido por el Ave María, por respeto a su gracia.

Santa Madre, tal vez puedas ayudarme a terminar con el descontento que consume mi alma y mi fe.

Levanté la vista hacia la estatua y esperé, pero ella nunca respondió. Normalmente, me sentaba allí hasta encontrar una respuesta. Daba igual que fuera una que ella me ayudara a obtener o una que Dios me concediera con Su misericordia, o incluso una en la que Jesús decidiera dar un respiro a esta pecadora. Lo que fuera que ocurriera, jamás me marchaba de la iglesia sin un camino concreto para solucionar el problema que presentaba al sentarme en ese banco.

—Amber, corderito, ¿eres tú? —dijo una voz suave desde la verja detrás de mí.

Sonreí y me di la vuelta.

—Sí, Padre, soy yo.

El Padre McDowell abrió la puerta y se acercó, con las manos unidas por delante.

—¿Qué te ha traído al jardín de María, en este agradable día de agosto?

Apreté el rosario que tenía en la mano con tanta fuerza que las cuentas de cristal se me clavaron en la suave carne de la palma. No tanto como para que sangrara, pero lo suficiente como para dejar marca. En ese momento deseé que las cuentas se incrustaran profundamente en mi piel y trajeran todas las respuestas que necesitaba en la forma de mi sangre.

—Estoy perdida, Padre —reconocí ante mi párroco, el único hombre, además de mi abuelo, con el que había tenido algún tipo de conexión paternal.

El Padre McDowell se acercó y se sentó en el banco a mi lado.

Alargó la mano y me agarré a ella como si fuera un salvavidas.

—Corderito, ¿en qué puede ayudarte nuestro Padre Celestial? Se te ve atormentada y ninguno de los hijos de Dios debería sentirse así cuando lo tienen a Él para confiarle sus problemas.

Me desplomé y solté el aliento que había contenido durante demasiado tiempo con tal intensidad que se me curvó la columna.

—Estoy dividida entre el hombre al que amo, con el que quiero pasar el resto de mi vida, y la promesa que le hice al Señor y a mí misma.

Me dio unas palmaditas en la mano con la mano que tenía libre y luego tomó ambas entre las suyas.

—¿Te está presionando para que te entregues de una forma con la que no te sientes cómoda? —preguntó.

Me apresuré a negar con la cabeza.

—No, en absoluto. Pero... mmm... he hecho un voto de castidad que he mantenido toda mi vida. Sé que el hombre con el que estoy es el indicado. Le amaré hasta la muerte. Dios no lo habría puesto en mi camino si no estuviera destinada a estar con él, ¿verdad?

El sacerdote ladeó la cabeza.

—Dios actúa de forma misteriosa. Sin embargo, si este hombre es digno de ti y de tu castidad, ¿por qué no accedería a comprometerse contigo en la Iglesia, ante los ojos de Dios?

Ahí estaba. Claro como el agua. Si Dash me amaba, si realmente me quería, comprendería la importancia de mi fe y estaría dispuesto a comprometerse conmigo ante los ojos del Señor.

—No lo sé.

El padre me apretó las manos.

—Pero todavía no estás segura de tu camino.

Asentí.

—Lo amo.

—Y Dios ama a todos sus hijos, incluso a los descarriados. ¿Es posible poner a este joven en contacto con la Iglesia, con tus creencias?

La mirada de María iba dirigida a aquellos que se arrodillaban a sus pies, porque ella estaba libre de pecado. Como adulta, comprendía que nacíamos pecadores. Dios había enviado a su único hijo a morir en la cruz por nuestros pecados. Era algo que aprendíamos desde niños. La Iglesia enseñaba que el camino a la absolución y a la reconciliación era confesarse, pedir perdón, cumplir la penitencia y prometer no volver a pecar. Padres Nuestros, Ave Marías, confesiones, plegarias; siempre podíamos encontrar una explicación lógica, tal y como estaba haciendo yo, sentada allí, frente a esa estatua, en el jardín de María, hablando con mi párroco. Cuando lo único que de verdad quería era que Dios me dijera que estaba bien cometer un pecado. Que podía vivir en pecado con un hombre sin el cual no podía imaginar mi vida. ¿Cómo podía justificar ese deseo?

—Dice que no cree en el matrimonio. Que siempre acaban en divorcio. Creo que su familia no ha sido el mejor ejemplo de uniones felices —confesé.

—Ya veo. ¿Y cómo te propones hacerle cambiar de opinión?

—De eso se trata. No creo que sea justo intentarlo. Él no cree lo mismo que yo.

—Hija, no todas las personas de esta tierra creen las mismas cosas. El hecho de que tú y yo creamos en el Padre, el Hijo y el Espíritu Santo no significa que cada una de las personas con las que interactuamos o a las que llegamos a amar lo hagan también. Lo que sí creo es que todos los hijos de Dios tendrán ese momento revelador en algún momento. Es solo cuestión de tiempo.

Sonreí, le solté la mano y me puse de pie mirando a la Virgen.

—¿Entonces qué hago?

—¿Amas a ese hombre, hija?

—Con todo mi corazón —susurré con lágrimas en los ojos.

—¿Crees que Dios te lo ha enviado para amarte y adorarte durante el resto de tu vida?

—Me he estado diciendo a mí misma que Dios no hubiera permitido que me enamorara tan perdidamente de él si no estuviera destinado a ser mi pareja.

Se levantó y cruzó las manos.

—Entonces debes mostrarle el amor de Dios. Puede que tardes un año, o veinte, pero no te rindas nunca.

—¿Y qué hago mientras tanto? ¿Con respecto a la castidad y al matrimonio?

El párroco tomó una profunda bocanada de aire.

—Solo tú sabes la respuesta a eso, corderito. Y creo que ya has tomado una decisión al respecto, aunque no has sido capaz de expresarla.

El Padre McDowell hizo un gesto para que me acercara. Estiró ambas manos para que las tomara. Cuando lo hice, cerró los ojos.

Juntos, rezamos el Padre Nuestro y luego añadió una plegaria propia.

—Señor, deja que tu hija encuentre paz y consuelo en Tu amor. Guíala en su esfuerzo por cumplir Tu voluntad. Calma su mente a través de tu camino a la iluminación. En el nombre del Padre, del Hijo y del Espíritu Santo. Amén.

Nos persignamos, tocándonos con los dedos nuestras frentes, corazones y hombros, en la forma tradicional en la que los católicos terminan sus plegarias.

—Amén.

El sacerdote me acunó las mejillas como lo hubiera hecho un padre.

—Ve con Dios, mi niña. —Y dicho esto, se dio la vuelta y me dejó sola en el jardín. Sola con mis pecados, o con el enorme pecado que estaba a punto de cometer.

Él había sabido lo que yo no había sido capaz de admitir ante mí misma. Que por Dash, por nuestro amor, y para sustentar nuestro vínculo de por vida... iba a romper mi promesa.

Dios, ayúdame.

DASH

Doña Yoga 1 y doña Yoga 2 me tenían agarrado por los cojones. No de forma literal, por supuesto. Me habían bombardeado a preguntas sobre mi relación con Amber, hasta que no me quedó otra que poner las cartas sobre la mesa y contarles la verdad.

—Dash, ¿crees en el amor? —Crystal me taladró con esos brillantes ojos azules.

Tragué el nudo que tenía en la garganta con un buen sorbo de café caliente.

—En los veintiocho años que llevo de vida, no he sabido lo que es el verdadero amor. Lo he esperado. Lo he deseado. Pero jamás lo había vivido en persona. No hasta que llegó Amber. Ella es el amor. A su lado, cualquier persona que hubiera antes de ella palidece.

Jewel y Crystal se miraron. Crystal tomó mi mano y se la acercó al pecho.

—Dash, ¿no merece Amber que te olvides de esto? ¿De verdad crees que dejarla ir es mejor que apostar por el amor?

Cerré los ojos. Los recuerdos de los últimos tres meses acudieron a mi mente.

Amber en mi regazo mientras daba indicaciones a la clase. Su aroma a fresas nublando mi razón. Los dos acurrucados en mi sofá, viendo una película de acción. Ella accediendo a ver cualquier película porque le bastaba con estar conmigo, y le daba igual lo que hubiera en la televisión. Mi pajarito gritando durante el clímax gracias a mi mano, mi lengua, mi... amor. Las palabras íntimas que me susurraba al oído después de complacernos el uno al otro. *Te amo, Dash. Siempre te amaré.*

—No puedo hacer esto. —Me puse de pie.

Crystal tiró de mí para que volviera a sentarme en la silla.

—¿No puedes hacer qué? ¿Perderla y con ella todo lo que ambos habéis creado o seguir siendo un cabezota por algo que podrías controlar sin ningún problema?

En circunstancias normales no se me habría ocurrido decir una sola palabra para contradecir a ninguna de esas dos mujeres, pero en ese momento, tenía un puñado de ellas.

—No puedo controlar lo que depara el futuro.

—¡Aleluya! ¿Puedo decir «amén»? ¡Gracias a Dios! —dijo Jewel con los ojos en blanco—. Por fin te has dado cuenta.

—¿Y qué se supone que me quieres decir con eso?

—No puedes controlar el futuro. —Crystal tomó mi otra mano y me miró directamente a los ojos. Su mirada azul claro era como un cielo despejado sobre el océano—. Pero Amber y tú podéis controlar vuestra relación. Si tienes que dar ese paso legal para complacerla, hazlo con la certeza de que jamás romperás ese contrato. El único motivo por el que los divorcios son tan elevados es porque las personas se casan por las razones equivocadas. Solo hay una razón correcta para casarse: porque no puedes imaginarte la vida sin la otra persona. ¿Tú puedes?

—¿Vivir mi vida sin ella?

Crystal asintió.

La última semana había sido horrible. No estar con Amber era como caminar en una oscuridad perpetua. Las cosas felices no me parecían tan positivas. Un día despejado no reflejaba su belleza. El sol no parecía tan brillante. La comida no me sabía tan bien, ¿y dormir? ¡Puf! Dormir había sido una quimera. No había hecho nada más que soñar con ella. Echarla de menos. La quería a mi lado, en ese momento y siempre.

—No sería una vida feliz.

Una sonrisa iluminó poco a poco sus facciones.

—Entonces creo que ya tienes la respuesta. Solo te queda decidir una cosa.

—¿Y es...?

—¿Cómo vas a recuperar a tu chica?

Me pasé la mano por el cabello y tiré de él. Ese breve dolor hizo que me centrara y volviera a tener los pies en la tierra.

—¡Dios, Crystal! No lo sé.

AMBER

El pub O'Brien estaba atestado de gente cenando cuando entré. Familias y parejas disfrutaban de la comida, la bebida y el ambiente. Pero yo había ido allí para ver a una única persona.

La persona en cuestión se estaba bebiendo las últimas gotas de lo que fuera que hubiera en el vaso que tenía frente a sí. El tío Cal, que en realidad también era mi tío, me guiñó un ojo desde el otro extremo del bar. Le devolví el saludo con un gesto discreto de mi mano.

—¿Puedo invitarte a tomar algo? —pregunté mientras colgaba el bolso en el gancho que había debajo de la barra.

Landen se volvió un poco hacia mí, colocó el codo en la barra y apoyó la cabeza encima de él.

—¡Qué sorpresa verte aquí... hermana!

No pude discernir si su tono era de enfado, dolor u otra cosa. Lo único que sabía era que, durante los últimos tres meses, habíamos sido amigos. Buenos amigos, y no quería perder eso. Sobre todo después de descubrir que éramos familia. Ahora quería conocerlo como hermano. La pregunta en ese momento era si él permitiría esa relación.

—Tu padre te lo ha dicho —comenté con suavidad y entrelazando los dedos.

—Sí —respondió con un suspiro.

—¿Estás enfadado?

—¿Con él? ¡Pues claro que sí, joder!

Estaba segura de que era la primera vez que lo escuchaba decir una palabrota. No me parecía que fuera de los que usaban un lenguaje soez. Quizás porque siempre lo había visto como un chico formal.

—¿Y conmigo?

—¿Contigo? —Echó la cabeza hacia atrás y se volvió completamente hacia mí—. ¿Por qué tendría que estar enfadado contigo? Tú no has engañado a mi madre, ni embarazado a su amante.

Tenía razón. Mucha razón. Más razón que un santo.

Puse la mano en su brazo.

—Lo siento, si te sirve de algo.

Landen soltó un resoplido.

—Tú lo sientes. ¡Maldita sea, Amber! Yo lo siento por ti. Tú eres la que ha crecido sin sus padres y su hermano. ¡Mierda! He tenido una hermana toda mi vida. —Negó con la cabeza—. Siempre quise tener a alguien con quien compartir la locura que es ser hijo de un médico y de una ejecutiva publicitaria, y durante todo este tiempo, ahí estabas tú, viviendo con tus abuelos. Él debería haberlo sabido y me cabrea haberme perdido tener una hermana mientras crecía.

Mi corazón se liberó de una carga del tamaño de Texas. Landen me quería en su vida. La nueva información no cambiaba nuestra relación. Bueno, sí lo hacía, pero para mejor.

—Y lo peor —continuó él—, es que me he comportado como un pervertido con mi propia hermana. ¿No te parece asqueroso? —Todo su cuerpo se sacudió con un exagerado temblor.

Me puse a reír con tantas ganas que terminé pareciendo un cerdo gruñendo.

—Creíste que estaba buena.

—¿Dije eso? —Se estremeció.

—¡Así que piensas que soy guapa! —Solté una carcajada.

—Bueno, sí. —Me rodeó los hombros con un brazo y pegó su sien a la mía—. Venimos del mismo árbol. Por supuesto que estamos buenísimos. —Sonrió.

Lo rodeé con un brazo.

—Me alegra que nos conociéramos e hiciéramos amigos antes de que la verdad saliera a la luz. Desde el primer momento en que te vi, me sentí muy cómoda contigo, algo que no me sucede a menudo. Siempre he sido un poco solitaria, pero tú insististe y lograste que saliera de mi caparazón. Gracias.

Me besó en la sien y me apartó.

—Las chicas son tan tontas... —Me guiñó un ojo—. Siempre hacen una montaña de un grano de arena. Tío Cal, ven aquí y pon a tus sobrinos algo de beber. ¡Estamos sedientos!

Por lo visto, Landen no era el único que lo sabía.

—¿Tu padre se lo ha contado a Cal?

—Y a mamá —asintió.

El pánico reptó por mi cuerpo y erizó el vello de mis extremidades. ¿Cómo se habría tomado la madre de Landen la noticia de que su marido tenía una hija de veintidós años de la que nunca había sabido nada, fruto del romance que había tenido cuando habían estado separados años antes?

Me mordí el labio inferior.

—¿Y va todo... eh... bien?

En ese momento Cal se acercó y nos dejó dos pintas frías. Después se inclinó sobre la barra y me besó en la mejilla.

—Me alegra tenerte en la familia, Amber. Estoy deseando presentarte a tus cuatro primos.

—¡Tengo cuatro primos! —exclamé emocionada. Tuve que agarrarme a la barra para no perder el equilibrio. Saber que tenía un hermano y un padre, además del tío Cal, había sido suficiente para alegrarme el año, tal vez incluso los próximos cinco. Pero ahora formaba parte de una auténtica familia numerosa. Con primos incluidos—. ¡Ay, por Dios, quiero saberlo todo!

El tío Cal dio un golpe en la barra, me señaló con el dedo y me guiñó el ojo con el pulgar en alto.

—Haremos una barbacoa. Va a ser increíble.

—En realidad, mamá se lo ha tomado muy bien. Siempre le ha preocupado no haber querido dar más hijos a papá. Él quería una casa llena de niños.

—Mi madre quería lo mismo, según lo que me había dicho siempre mi abuela.

Landen se tomó un buen trago de cerveza. Yo hice lo mismo.

—Quiere conocerte. Que vengas a cenar. Comenzar el proceso de integrarte a nuestras vidas. Si tú... quieres. —Vi cómo se le tensaba la piel alrededor de los ojos y cómo curvaba la comisura de los labios—. Porque tú quieres, ¿verdad?

—Sí, claro. A ver, sé que esto te va a parecer raro, pero me ayudaría mucho ir acompañada de mis abuelos la primera vez que la conozca.

—Por supuesto. —Apoyó la mano en mi hombro—. Son parte de ti. Y ahora, tú eres parte de nosotros.

—Bueno, de acuerdo entonces. Organizaremos algo. —«Después de que se lo cuente», quise añadir, pero no lo hice.

Acababa de enterarme de que tenía una gran familia. No sería fácil contárselo a mis abuelos, las personas que me habían criado. Esperaba que hubiera lágrimas y un montón de plegarias. Incluso no descartaba una rápida visita a la Iglesia para volver a ver al Padre McDowell. Por ellos en esta ocasión, no por mí. Bueno, quizá también por mí. Nunca tendría suficiente ayuda de Dios, sobre todo ahora que sabía lo que iba a hacer cuando volviera a ver a Dash.

Sonreí a Landen y luego noté que estaba mirando a alguien por encima de mi hombro.

Hablando del rey de Roma.

Dash estaba parado detrás de mí, con los brazos cruzados y la cabeza ligeramente ladeada. Tenía la misma expresión que la noche en que nos había encontrado a Landen y a mí en estos taburetes. Pero ahora no estábamos borrachos. Ni siquiera me había acabado la primera cerveza. También era importante el hecho de que podía dejar a un lado sus monstruosos celos, porque ahora tenía una razón realmente buena para estar con Landen.

Rodeé los hombros de Landen con un brazo y observé cómo el rostro de Dash pasaba del asombro al cabreo en solo un segundo.

—Dash Alexander, quiero presentarte a mi hermano, Landen O'Brien. Landen, este es el hombre con el que pasaré el resto de mi vida.

20

Postura del niño

(En sánscrito: Balasana)

Es la principal postura de descanso en yoga. De rodillas con las piernas separadas, inclínate hacia delante hasta que el pecho descanse entre las piernas dobladas y presiona la frente sobre la esterilla. Extiende los brazos hacia delante o colócalos hacia atrás, a ambos lados de tu cuerpo. Respira. Encuentra tu centro. Entra en contacto con tu subconsciente. Deja que se desvanezca todo a tu alrededor... Relájate.

DASH

Dejé de respirar cuando ella dijo la palabra «hermano» y casi caigo a sus pies de pura gratitud ante el anuncio de que pasaría el resto de su vida conmigo. Era justo lo que necesitaba oír. Dejando a un lado la parte de lo del hermano. Sí, eso era toda una revelación por sí sola, y aunque sospechaba que esa información debía de estar consumiéndola por dentro, lo prioritario ahora era solucionar lo nuestro. No iba a pasar otra semana más sin esa mujer en mi vida. Ni siquiera otro día. Jamás.

Aunque ella todavía no lo sabía, después de esta noche, se vendría a vivir conmigo y planearíamos nuestra boda. Punto. Tras terminar de almorzar con las propietarias de La Casa del Loto y despedirme de ellas, me había pasado un tiempo pensando en lo que quería en la vida. Había reflexionado de verdad, sopesando qué ansiaba de cada día, de cada año, de mi futuro en general. Y me había dado cuenta de que nada era importante sin ella.

Pero ahora tenía las cosas claras y había trazado un plan de vida. Y Amber St. James, la futura señora Alexander, era la protagonista de cada uno de mis proyectos:

1. Hacer que Amber me perdonara por ser un idiota.
2. Declararle mi amor eterno y compromiso hacia ella.
3. Disculparme por haber intentado hacer que escogiera entre su fe y su futuro.
4. Proponer a Amber matrimonio.
5. Casarme con Amber.
6. Vivir feliz junto a Amber, para siempre.

De acuerdo, era una lista un poco pobre, pero contenía todas las cosas importantes.

—¿Tu hermano? —Enarqué una ceja y esperé a que ella pensara en su respuesta.

—Sí. La prueba de paternidad ha confirmado que Liam O'Brien es mi padre biológico. —Me miró con ojos tristes y cansados.

Me ocuparía de eso cuando pudiera sacarla de allí y llevarla de regreso a mi casa. Asentí y me quedé donde estaba. Por mucho que quisiera correr hacia ella y envolverla en mi calor para toda la eternidad, ahora ella llevaba la batuta.

Se bajó del taburete con su elegancia natural, se colgó el bolso en el hombro y besó a Landen en la mejilla.

—¿Entonces cenamos pronto? —Su tono era esperanzado, pero también contenido.

Se me retorcieron las entrañas. Mi pajarito estaba sufriendo. Podía verlo en el cansancio que mostraba su rostro, en los ojos hinchados y en las mejillas rojas. Saber que había contribuido a ese dolor me carcomía.

Landen sonrió y asintió.

—Pronto.

Esperaba que viniera directa a mi pecho, tal y como había imaginado que sucedería, pero no lo hizo. En cambio, me rodeó y se dirigió a la puerta. Su espeso cabello cayó sobre un hombro cuando miró hacia atrás.

—¿En tu casa o en la mía?

—La mía. Si te parece bien.

—Te veo allí —dijo. Su tono extenuado me rompió en mil pedazos.

Cálmate, Dash. Tu chica te necesita. Sé un hombre y sigue con tu plan. Hazla tuya.

Me había pasado la mayor parte de las dos últimas horas pensando en cómo resolver nuestro distanciamiento. Lo único que se me había ocurrido era postrarme a sus pies. Y eso haría. Ella se lo merecía.

El trayecto a mi casa transcurrió en un borrón de farolas y señales de *stop*. Todo en blanco y negro. El único color que vi era el azul del automóvil de Amber mientras la seguía de cerca, sin perderla de vista.

Aparcamos al mismo tiempo, salimos de nuestros vehículos y llevé a Amber al ascensor y luego hacia mi zona del edificio. Había un total de diez apartamentos estilo industrial en lo que antes había sido un almacén. Yo había comprado el mío a un precio de ganga y lo había restaurado yo mismo. En el futuro, Amber y yo podríamos levantar algunas paredes, si las necesitábamos, para las habitaciones de los niños.

Niños. ¡Dios! Ya estaba haciendo planes para nuestra descendencia y ni siquiera había conseguido que accediera a casarse conmigo. Pero lo haría. Moriría intentándolo. Además, hacía menos de una hora, ella misma me había presentado como el hombre con el que pasaría el resto de su vida. Ahora, lo único que tenía que hacer era demostrar ser digno de esas palabras.

Cuando dejó el bolso me dio la espalda. Ya no podía mantenerme alejado. Corrí hacia ella, la agarré de los hombros para darle la vuelta, la atraje contra mi pecho y hundí las manos en su cabello.

Amber empezó a sollozar; unos sollozos que sacudieron su cuerpo como si estuviera liberándolos desde su propia alma. Se me llenaron los ojos de lágrimas, pero no las contuve. Ella se merecía verlas.

—Lo siento, Amber, mi amor. Lo siento tanto...

Ella negó con la cabeza contra mi pecho y se frotó la nariz en mi camisa.

—No puedo estar sin ti. Te necesito, Dash. —Sus sollozos ahogados tuvieron un precio. Un candado que sujetó mi corazón con tal fuerza que no quería que se abriera jamás.

—No tienes que hacerlo. No quiero cambiarte.

—Pero lo has hecho. —Se sorbió la nariz y colocó las manos en mi pecho.

Su roce me atravesó como un fuego abrasador, calentándome por completo. Me había pasado toda la semana petrificado por el frío, sin que nada pudiera afectarme por el témpano de hielo en el que se había convertido mi corazón.

Cerré las manos en torno a sus mejillas y entrelacé los dedos en los gruesos mechones de su cabello. El aroma a fresas invadió mi nariz, despertando mi miembro al instante. ¡Dios! No podía imaginar mi vida sin esa esencia envolviéndome día tras día.

Sus ojos eran como dos estanques llenos de lágrimas. Sentí mi propia tristeza goteando por mis mejillas.

—Te amo tal como eres. Y te lo voy a demostrar.

Ella negó con la cabeza.

—No. He tomado una decisión. Voy a romper mi voto. Quiero estar contigo sin importarme el precio. Dios es misericordioso. Él me perdonará. Yo me perdonaré. Pegó su boca a la mía y me besó. Con pasión—. Te deseo. —Su beso se volvió salvaje al instante—. Hazme tuya para siempre. Tómame por completo.

Las lágrimas siguieron cayendo por mis mejillas, mezclándose con las de ella mientras nuestras lenguas bailaban un intrincado tango. Amber sabía a tristeza y a esperanza. Quería ahogarme en su esencia, volver a llenarla de luz y amor.

Amber cambió su postura y tiró de mí hasta que sus rodillas chocaron con el borde de mi cama. Después, sin soltarme, se dejó caer en la maraña de sábanas. Yo perdí el equilibrio, como sospechaba que era su plan, y caí encima ella. Se me endureció el miembro al instante y solo pude mover las caderas al tiempo que tomaba su boca con desenfreno.

Ella gimió y deslizó las manos por debajo de mi camisa. Tenía los dedos fríos, pero se calentaron cuando los movió de arriba abajo por mi espalda. Aparté mi boca de la de ella, solo un poco. Ella intentó continuar con el beso, pero necesitaba saber qué estaba tramando.

—¿Qué haces, pajarito? —Sonreí y recorrí su rostro con una mano, limpiando sus lágrimas.

—Quiero que me hagas el amor, Dash. Déjame demostrarte que soy tuya para siempre.

—Pero tu voto... —Las palabras salieron de mi garganta en un susurro ronco.

Me agarró de las muñecas, que descansaban en la cama a cada lado de su cabeza. Su cabello se extendía como un halo oscuro. Sus ojos verdes brillaban húmedos, abriendo su alma para que yo la viera. Sus labios, normalmente rosados, estaban hinchados e irritados por nuestros besos. Nunca había estado tan guapa como ahora.

—Lo he cambiado.

Apreté los labios y observé su rostro. Sus ojos no eran tan verdes como de costumbre y había círculos oscuros debajo de ellos.

—¿Cómo que lo has cambiado?

Tragó saliva y respiró hondo, entreabriendo los labios ligeramente.

—Haré un juramento contigo, Dash Alexander. Te prometo que te amaré y respetaré el resto de mis días. Seré tu esposa en espíritu y me entregaré completamente a ti a cambio de tu voto de amor y lealtad.

Todo mi cuerpo se tensó. Se me aceleró el flujo sanguíneo y unos puntitos brillantes danzaron ante mis ojos.

—Amber...

—Tómame. Hazme el amor. Me estoy entregando a ti. No quiero vivir sin ti.

Por un momento, cerré los ojos y dejé que el poder de sus palabras bañara mi alma con una serenidad sagrada.

Cuando los abrí, vi mi futuro. Amber. Nada más que felicidad y paz para siempre. Ella me había escogido. Había depositado toda su fe en mí y ahora dedicaría lo que me quedara de vida intentando ser digno de su sacrificio.

Me levanté y fui hasta mi abrigo. Extraje la pequeña caja que contenía el artículo que había comprado ese mismo día. Me miró con curiosidad hasta que regresé junto a ella y la agarré de la mano para hacer que se sentara en la cama.

—Dash... —Su voz se quebró cuando me arrodillé ante ella.

—Amber St. James, me has enseñado que el amor verdadero existe. Antes de ti, no creía que fuera posible. Me prometí que no sucumbiría a la parafernalia del matrimonio. Me has demostrado que, cuando aparece la persona indicada, tu alma gemela, la que Dios ha elegido para ti, te aferras a ella con todo tu ser. Este soy yo, aferrándome a ti para siempre.

Más lágrimas cayeron por mis mejillas. Sostuve la pequeña caja y la abrí. Dentro había una fina alianza de platino. Sin diamantes. Nuestro amor no era ostentoso ni tenía que llamar la atención de los demás. Era para nosotros. Amber y Dash. Un compromiso más allá de la tradición. Ella se tapó la boca para contener un jadeo.

Saqué el anillo de su cojín de terciopelo y lo sostuve frente a ella.

—He hecho que grabaran una inscripción en el interior.

Con una mano temblorosa, tomó el anillo entre dos delicados dedos. Respiró, leyó el interior y cerró los ojos. Dentro del anillo estaba grabada mi verdad.

Mi camino a la iluminación.

Contemplé con emoción cómo el rubor teñía sus mejillas y su rostro. Sus labios dibujaron una sonrisa serena antes de que parpadeara para liberar las últimas lágrimas de sus ojos.

—Tú también eres mi camino a la iluminación —susurró, como si la habitación pudiera espiarnos y sus palabras estuvieran dirigidas solo a mí.

—Cásate conmigo, Amber.

Arrugó la nariz de esa manera dulce que tanto adoraba.

—Pero tú no crees en el matrimonio.

Deslicé el anillo en su dedo.

—Creo en nosotros. Y lo más importante, por ti merece la pena correr el riesgo. Nuestro amor merece la pena.

AMBER

El día de nuestra boda fue el más increíble de mi vida. Para disgusto de mis abuelos, no la celebramos en nuestra iglesia católica, ni fue oficiada por el Padre McDowell, porque Dash no era católico. Sin embargo, el sacerdote asistió y nos dio su bendición para que tuviéramos una larga y próspera vida juntos. A mí me bastó con eso. A mi abuelo no tanto, pero lo superaría. No le hizo mucha gracia que me casara a los veintitrés con un hombre al que había conocido hacía menos de un año. En concreto, nos habíamos casado en un lapso de nueve meses.

Nuestra boda se celebró en la catedral de Grace, una iglesia de San Francisco que permitía las ceremonias aconfesionales. Nos casamos el día de San Patricio, a mitad de semana, en el laberinto de pavimento exterior. Llevé un sencillo vestido blanco de encaje y satén largo hasta los tobillos. El escote con forma de corazón, junto con el corpiño que se ajustaba perfectamente a mi cintura, acentuaban mis atributos femeninos. Calzaba unas bailarinas clásicas, también de satén, y el cabello peinado hacia atrás y a un lado, sujeto con una peineta con diamantes incrustados. Era una reliquia familiar que mi abuela me había regalado y que había ido pasando de generación en generación en nuestra familia. Fue todo un honor lucirla, sabiendo que, algún día, yo también se la pasaría a mi hija o nuera.

El área exterior era muy verde, así que no tuvimos que añadir mucho a la decoración que Dios ya había provisto con Su adorno natural. Dispusimos sillas alrededor del laberinto con forma circular para que todos los presentes pudieran tener una vista despejada de la ceremonia. Un clérigo interconfesional se situó en el centro. Para atestiguar nuestra unión, invitamos a un número muy reducido de personas: mis abuelos, la familia de Genevieve, los padres de Dash, los O'Brien, algunos instructores de yoga de La Casa del Loto y, por supuesto, a las propietarias, Crystal y Jewel.

En lugar de caminar hacia el altar, me encontré con Dash en el centro del laberinto de pavimento. Estaba deslumbrante con un sencillo traje de color caqui, una inmaculada camisa de vestir blanca y una corbata de color crema. Llevaba el cabello peinado para contener cualquier mechón rebelde, pero no tanto como para que no me entraran unas ganas locas de hundir los dedos en él y agarrarlo mientras lo besaba.

Fiel a su estilo, cuando nos encontramos me dio la oportunidad de escapar.

—Es el momento de volar, pajarito. —Sonrió, aunque sus ojos ámbar mostraron una pizca de miedo.

—Volar es fácil. —Tomé sus manos, hinché mi pecho con orgullo y me apoyé en su costado—. El auténtico desafío es quedarse. ¿Estás listo para recorrer ese camino?

—¿A la iluminación? —Su sonrisa fue el mejor recuerdo que me llevé de ese día. Que te miren con tanto amor y adoración es algo que una no olvida fácilmente.

—Cada día me iluminas —dijo, alzó mi mano, la besó y, juntos, recorrimos el camino.

Caminar por el laberinto simbolizaba un viaje con tres fases.

La primera fase era dejar ir. Ambos nos deshicimos de nuestros pensamientos caóticos, calmamos nuestras mentes y soltamos nuestras preocupaciones cotidianas.

En el centro, alcanzamos la fase de iluminación; la fase en la que recibimos. Allí fue donde nos detuvimos, nos encontramos con nuestro pastor y pronunciamos nuestros votos oficialmente, en presencia de Dios y de nuestros testigos. Después, Dash me besó hasta dejarme sin aliento para sellar nuestra unión como marido y mujer.

Terminamos la última parte del laberinto de la mano, y nos unimos a nuestro poder superior, en nuestro caso Dios en el cielo, para que Su amor sanara, bendijera y fortaleciera nuestra unión.

Al final de la ceremonia, recibimos los abrazos y besos de nuestros amigos y familiares, nos hicimos fotografías en los jardines y enviamos a nuestros invitados a nuestro pequeño restaurante favorito de las colinas, que los padres de Dash habían reservado por completo para nuestra recepción.

Antes de que saliéramos de la catedral, Dash me llevó a un tranquilo corredor interior que también incluía un laberinto. La luz se filtraba a través de innumerables e intrincados vitrales. Las paredes de piedra y los techos abovedados proporcionaban al espacio una profundidad impresionante. Dash se quitó los zapatos y yo hice lo mismo. Después posé los pies descalzos con las uñas pintadas de rosa sobre el frío suelo de piedra.

—Este camino es para nosotros. Se hace en espejo. Tú caminas por ese lado, yo por este y nos encontramos en el medio.

—De acuerdo. —Fui hacia la zona donde tenía que empezar.

Con nuestras miradas fijas en el otro, dimos nuestros primeros pasos despacio. El poder simbólico de mirar hacia dónde iba, siguiendo las líneas curvas del camino, pero sabiendo que en el medio me estaría esperando mi mayor deseo, me llegó al alma. Quería correr hacia él, pero algo en su mirada me detuvo. Eso era importante para él. Para nosotros. Y mientras serpenteaba con un paso firme, me di cuenta. Dash y yo éramos individuos, dos personas diferentes con caminos reflejados. Y siempre nos encontraríamos en el centro, regresaríamos el uno al otro. Daba igual dónde comenzáramos o termináramos, podríamos retroceder y seguir al otro, o seguir adelante, pero el camino siempre nos llevaría al centro de nuestro universo.

A nuestro amor.

Cuando llegamos al centro, me acurruqué en sus brazos, apoyé el mentón en su pecho, y levanté la vista hacia el hombre con el que pasaría el resto de mi vida.

—Lo entiendo.

Su sonrisa me robó el aliento.

—Incluso cuando estemos trabajando en pos de nuestros objetivos, de nuestros deseos individuales, nuestros caminos se reflejan de modo que nuestra felicidad está en el centro, donde nos unimos como una sola persona —susurró. Y luego me besó. Fue nuestro segundo beso como marido y mujer, pero allí, solos, nos comprometimos por completo en la intimidad, sin la parafernalia de una ceremonia o la mirada de los testigos. Ese momento fue exclusivamente nuestro y, por supuesto, de Dios.

—Te amo, Dash Alexander.

—Te amo, Amber St. James.

EPÍLOGO

AMBER

El aire frío me rozó las piernas cuando Dash me alzó en brazos en el umbral de nuestro apartamento. Al día siguiente, nos iríamos de luna de miel a Cancún, pero esa noche sería la primera como marido y mujer en nuestra casa. Me había mudado hacía unos meses, ya que Dash no quería que viviéramos separados después de la propuesta de matrimonio. Accedí porque sabía que él lo necesitaba para sentirse más seguro. A cambio, él había respetado mi voto. Esa noche, me entregaría por completo a él.

El apartamento estaba iluminado con velas con aroma a vainilla. Puntos de luz parpadeaban en varios lugares. En lo que a partir de ahora sería nuestra cama matrimonial, se extendían pétalos de rosa rojo oscuro formando un corazón. Junto a la cama, sobre el tocador, había champán en una cubitera, fruta fresca y el último piso de nuestra pequeña tarta nupcial. Estaba segura de que aquello era obra de Genevieve. Y, como regalo, ella y Trent habían anunciado que estaban comprometidos y planeaban casarse en otoño, después de la próxima temporada de béisbol. Dos mejores amigas, casadas y viviendo felices para siempre con sus parejas. Era como en un cuento de hadas.

Dash me llevó hasta la zona que considerábamos nuestra habitación, aunque no hubiera paredes. Me soltó las piernas y me deslicé por su musculoso cuerpo. Mi esposo siempre era digno de admirar vestido de traje, pero en ese momento disfruté todavía más de las vistas.

—¿Te he dicho lo apuesto que eres? —Deslicé las manos desde sus hombros hasta sus puños.

Él sonrió y me enlazó el talle.

—No, pero me lo he imaginado por las veces que me has acariciado el brazo y la espalda con los dedos. Incluso me apretaste el trasero.

—¡No es cierto! —resoplé.

—¡Claro que sí! Delante de mi madre y del Padre McDowell. Si te soy sincero, hasta a mí me sorprendió.

—¡Mientes! —Le golpeé el pecho, pero él me atrapó y me atrajo hacia él para besarme. Comenzó siendo un beso sencillo y dulce, pero enseguida se volvió voraz y sus manos recorrieron mi cuerpo con deseo.

—De acuerdo, estaba bromeando —reconoció cuando se apartó.

—Estás perdonado —dije con una risita.

Echó un vistazo al champán y a la comida.

—¿Te apetece una copa?

—Me encantaría. Déjame ir un momento al baño a quitarme el vestido de novia.

Enarcó una ceja.

—Por favor, señora Alexander, por supuesto. —Señaló el baño con la mano, el único lugar en todo el apartamento que tenía paredes.

Mecí las caderas, dejando que mi vestido se balanceara como una campana.

En el baño, abrí la cremallera de la bolsa que había colgado allí antes, donde estaba mi lencería para la noche de bodas. Un camisón de satén blanco largo brillaba bajo el riel de luces del techo. La parte delantera tenía el mismo escote con forma de corazón que mi vestido de novia, pero en la espalda tenía una V pronunciada que resaltaba los hoyuelos que tenía justo encima de las nalgas. Un lujurioso hormigueo me recorrió de arriba abajo al pensar en lo mucho que le gustaba a Dash besar esas dos marcas. Tenía dos hendiduras a cada lado que llegaban casi hasta la cadera. Debajo del camisón, no llevaba nada. La ropa interior solo habría sido una molestia.

Mi corazón resonaba como un tambor en el pecho. Esa noche por fin haríamos el amor como marido y mujer. Esperar al matrimonio para entregar a Dash mi virginidad había sido la decisión más difícil de mi vida. Sobre todo después de mudarme a su apartamento y planear la boda. Le había ofrecido acceso completo a mi cuerpo en cuanto tuve en el dedo la alianza de platino que selló nuestro compromiso, pero él no había aceptado. Lo que hizo que le quisiera aún más, no solo porque demostró que se preocupaba por mi fe, sino porque no quería que hiciera nada de lo que pudiera arrepentirme. Durante los últimos meses, me había pasado horas prometiéndole que «no habría arrepentimientos». De hecho, se había convertido en mi lema durante esos mismos meses, pero fue en vano. Su respuesta siempre fue la misma.

—Solo aceptaré este regalo cuando seas mi esposa ante la ley.

Bueno, esa noche me acostaría con mi esposo. Sentí un escalofrío en la espalda y se me contrajo el estómago. No estaba segura de si fue la anticipación o el nerviosismo lo que hizo que me temblaran los dedos cuando me quité la peineta de mi abuela del cabello y la dejé sobre el lavabo.

—Vamos, Amber. Es Dash, tu marido. No tienes nada que temer. Llevas meses deseando esto. Sal con tu camisón sexi y haz el amor a tu marido —le dije a mi reflejo.

Adelante.

Me pellizqué las mejillas y me humedecí los labios. Mi cabello caía en ondas largas y oscuras sobre mis hombros y, gracias al maquillaje de Genevieve, mis ojos todavía parecían de un verde fascinante. Eso tendría que bastar. Me puse de lado para revisar el camisón. Enmarcaba mis pechos a la perfección. La cintura ajustada me daba una forma de reloj de arena que mi cuerpo atlético no tenía y las aberturas a los costados me sentaban de maravilla. A Dash le gustaban mis largas piernas. Gracias a Dios que mi esposo era alto porque, con mi casi metro ochenta de estatura, necesitaba a un hombre como Dash para que me hiciera sentir pequeña. Y lo hacía. Aunque eso también podía deberse a que su personalidad y energía eran tan arrolladoras que todo a su alrededor encogía en comparación con él.

Un suave golpe en la puerta rompió el silencio del baño.

—Oye, ¿estás bien?

Reí, agarré el pomo y abrí sin mediar palabra.

—¡Ah, cielos! —Dash retrocedió, sorprendido. Se apoyó en el marco de la puerta para no perder el equilibrio y se quedó quieto. Lo único que se movía era su pecho, subiendo y bajando con cada respiración. Miró mi camisón de arriba abajo. Dos veces. Casi podía sentir sus ojos acariciando cada curva de satén mientras me comía con los ojos a su antojo.

—Amber, Dios... Estás... Yo... —Siguió mirándome, aunque nunca detuvo los ojos en un mismo lugar por mucho tiempo—. Soy el hombre más afortunado del mundo. Tu belleza..., tu alma..., me cautivan, mi amor.

Sonreí y fui hacia él. Después le quité la copa de champán de la mano.

—¿Eso significa que te gusta mi camisón?

—Me gusta el camisón. —La voz le tembló al hablar—. Me gusta lo que contiene. Me gustaría tener lo que hay dentro.

¡Ah! Ahí estaba mi Dash posesivo. Reí, alcancé la otra copa llena que había en el tocador y se la entregué.

—Un brindis.

Dash levantó la copa junto a la mía en el aire, a medio metro de mí.

—¿Por qué deberíamos brindar? Ya tengo todo lo que siempre he querido, de pie, frente a mí. Tú.

—Pero no lo has tenido *todo* de mí. —Sonreí traviesa.

—Sí. Algo que termina esta noche. —Sus ojos ardieron de deseo y pasión. Ni siquiera intentaba ocultarlo. Yo resplandecía bajo su escrutinio, me sentía como una diosa.

—Si Dios quiere —susurré.

—¡Ah! Dios me ha dado su permiso expreso en el instante en que te he hecho mi esposa. —Se mordió el labio inferior y me recorrió con la mirada una vez más. Se me endurecieron los pezones.

—¡Al demonio con el brindis! Bebe. Ahora. —Echó la cabeza hacia atrás y se lo bebió todo de un trago.

Yo di un sorbo a mi copa, pero esta y su contenido desaparecieron de pronto como por arte de magia. Instantes después tenía las manos de Dash rodeándome y mi espalda chocando con la puerta del baño.

—Vaya... —balbuceé justo antes de que sus labios descendieran sobre los míos.

Estaba ansioso, voraz en su necesidad de controlar el beso. Exploró mi boca con la lengua, lamiéndola con fervor. Con una mano me cubrió la mejilla y restringió todos mis movimientos. Me tenía pegada a la pared, su cuerpo era un muro en llamas. Me agarré a su musculosa espalda y le devolví el beso, disfrutando de la conexión y permitiendo que el fuego me consumiera.

Dash deslizó la otra mano desde mi cintura hasta mi pecho, para acariciar y amasar la suave carne. Suspiré y gemí cuando me frotó el pezón con el pulgar en movimientos circulares. Mi esposo apartó la boca de la mía con un duro jadeo, antes de descender con los labios por mi cuello. Lamió la larga línea entre mi clavícula y la oreja, mordiendo el lóbulo.

—No voy a dejar ni un solo centímetro de ti sin tocar o saborear. Te voy a devorar por completo, pajarito, hasta que tú y yo dejemos de existir y solo haya un nosotros.

Solté un gemido.

—Por favor —supliqué.

DASH

Oír la súplica de Amber acabó con el poco autocontrol que me quedaba. Quería estar dentro de mi esposa, pero también quería que fuera la experiencia más abrumadora de su vida. Una mujer solo perdía su virginidad una vez en la vida. Adoraba a Amber y me sentía tremendamente honrado porque me hubiera elegido para ello.

Todavía no me podía creer que fuera el marido de alguien. Nueve meses atrás, la idea me habría parecido anticuada y superflua. Pero ahora, con la persona que más amaba en el mundo contra la pared, rogándome que le hiciera el amor, me di cuenta de lo equivocado que había estado. El matrimonio no era una sentencia de muerte. Era un comienzo. El del señor y la señora Alexander. Estaría eternamente agradecido a mi esposa por haberme abierto los ojos e iba a empezar por darle una noche que nunca olvidaría.

Deslicé las manos por sus amplios pechos y pellizqué cada pico suculento a través del satén para incrementar las sensaciones. Cerró los ojos y entreabrió la boca en una rápida inhalación.

—Ahora estos son solo míos —dije, permitiendo que mi lado dominante participara en las actividades de la noche.

—Sí —suspiró.

Me incliné hacia ella y empujé ambos senos hacia arriba, hasta que rebosaron y estiraron la tela al límite. Con un rápido movimiento de los pulgares, el satén resbaló y asomaron los dos pezones color arena. ¡Qué vista más hermosa! Los lamí sin piedad, disfrutando de la imagen de Amber retorciéndose. Se golpeó los codos con la madera y movió la cabeza de un lado a otro. Entonces me di cuenta de que se había quedado sin aliento y supe que estaba a punto de correrse.

—Dash... —gimió, moviendo la pelvis contra la mía sin parar.

—Tus orgasmos también son solo para mí.

—¡Ay, Dios, sí! —Su cuerpo se tensó cuando le mordí un pezón—. ¡Dash! —exclamó mientras los espasmos se apoderaban de ella.

Gemí contra sus pechos, esperando a que descendiera del clímax. Ese solo era el primero de los muchos orgasmos que tenía planeado provocarle esa noche.

Amber me quitó la chaqueta del traje y la arrojó al suelo. Cuando abrió los ojos me fijé en sus pupilas, las tenía tan dilatadas que casi no podía distinguir su fascinante color verde. Estaba tan dominada por la pasión que solo tenía que tocarla para que volviera a correrse. Di las gracias a Dios porque mi amada fuera tan receptiva. Su chakra sacro estaba preparado y listo para mí, alimentado por nuestro amor.

Manipuló mi corbata con los dedos y, con un movimiento más enérgico de lo que habría esperado, me la quitó y la tiró al suelo. La camisa abandonó mi cuerpo tan rápido que consideré la posibilidad de que tuviera poderes mágicos. Entonces me perdí en sus ojos. Su mirada hambrienta tomó el control sobre mi persona y no quise volver a ser libre.

Quise ayudarla, así que me aflojé el cinturón, me desabroché los pantalones y los dejé caer al suelo. Amber se arrodilló frente a mí, agarró la goma de la cintura de mis *boxers* y los bajó, liberando mi potente erección.

—Entonces, si yo soy toda tuya, ¿eso significa que ahora esto también es solo mío? —Me miró con una sonrisa tan sensual que se me contrajo el pene.

—Por supuesto. —Le acuné la mejilla con la mano y acaricié esos labios tan sexis con el pulgar antes de metérselo en la boca. Amber me succionó el dedo sin dejar de mirarme y luego me lo mordió con fuerza suficiente como para provocar un pinchazo de dolor.

A continuación prosiguió con su tarea de desnudarme por completo y me quitó los pantalones y los calcetines. Entonces posó sus delicadas manos sobre mis pantorrillas y las deslizó hacia arriba, hasta rodear y apretarme el trasero. Se lamió los labios y sacó la lengua. Empezó a lamerme el miembro desde la base hasta el glande, humedeciéndolo por completo, antes de meterse toda mi extensión dentro de su pequeña y cálida garganta. La sujeté del cabello y me dispuse a follarle la boca. Le encantaba cuando poseía su boca con fuerza. Me lo había tomado como una señal de que mi pajarito recibiría mi verga en su vagina con el mismo fervor. Esa noche lo descubriría.

—Suficiente. —La agarré del cuero cabelludo y la aparté para sacar el miembro mojado de su boca. Ella me dio un beso en el glande y alzó la vista. Mi particular ángel celestial. Amber sería capaz de convertir a un monje budista que llevara siendo célibe una década en un adicto al sexo.

Me agaché y la ayudé a levantarse. Luego la alcé en brazos como si fuera una princesa, lo que la hizo reír como una colegiala. La dejé sobre la cama con la misma suavidad que si se tratara de una muñeca de porcelana. Los pétalos de rosas se esparcieron a su alrededor, pero su aroma floral no pudo enmascarar la esencia de su dulce excitación.

Deslicé ambas manos por sus suaves piernas. El camisón de satén se abrió a ambos lados sin ningún esfuerzo. Mi sorpresa llegó cuando llegué a su sexo y lo encontré desnudo y brillante de humedad.

—¿Sin ropa interior?

—¿Querías ropa interior? —Enarcó las cejas.

—No, quiero saborear la vagina mojada de mi esposa.

—Considéralo un regalo de bodas, entonces —dijo con una sonrisa de oreja a oreja.

—¡Ah, sí...! —Le separé las piernas todo lo que pude para tener una vista completa de su parte más vulnerable. Una parte que ningún otro hombre, salvo yo, había visto ni vería jamás. Recorrí con el dedo la hendidura y rodeé su pequeño nudo de placer—. Sin duda, es el regalo que más me ha gustado.

Cuando introduje el dedo en su húmedo calor, gimió y arqueó las caderas. ¡Cielos, era tan estrecha! Sus paredes se apretaron en torno a mi dedo en un fuerte agarre. Tenía la intención de tomarla en ese mismo instante, sobre todo después de esa increíble felación que casi hizo que me corriera en su boca. Y más ahora que veía su centro tan mojado y dispuesto que la verga me palpitó con el deseo de penetrarla.

Me tomé mi tiempo para introducir un segundo dedo e hice un movimiento de tijera para hacer hueco a lo que sabía que sería una cópula intensa. Su excitación cubrió mis dedos mientras los elevaba para encontrar su punto sagrado.

—¡Oh, Dios, Dash, fóllame! —Abrió más las piernas y montó mi mano.

Casi pierdo el control cuando se sujetó los pechos y los levantó. Los tirantes del camisón habían caído delicadamente por sus hombros y ahora estaban al descubierto. Los pezones de color arena adquirieron un tono rojizo mientras se los pellizcaba y estimulaba.

Como quería volverla tan loca que ni siquiera recordara su nombre, me incliné sobre su sexo mojado, rodeé su clítoris con la lengua y se lo chupé hasta dejarla seca.

Ella gimió, me agarró del cabello con las manos y movió las caderas contra mi rostro. Seguí masajeando su punto G hasta que su segundo orgasmo dio paso a un tercero y, finalmente, a un cuarto. Ahora estaba tan mojada que la penetración no sería demasiado dolorosa.

Retiré la mano y me concedí un momento para saborear su excitación. Cuando mi mujer se corría, sabía al más puro néctar. Podría quedarme entre sus piernas y pasar toda la noche dándome un atracón con su esencia. Algo que sin duda haría durante la luna de miel. Amber suspiró al tiempo que la besaba y succionaba, asegurándome de hundir la lengua profundamente en su interior, para suavizar las paredes de su entrada.

Saborearla, devorarla, sentirla alrededor hizo que mi falo se pusiera duro como el acero. Un hilo de líquido preseminal goteaba de la punta. Me senté a horcajadas sobre Amber y lo esparcí por el glande.

Ella observó con fascinación cómo deslizaba mi mano de arriba abajo.

—¿Estás lista para recibirme por completo? —pregunté. Necesitaba que me diera el permiso esa última vez para sellar todo lo que nos había unido y llevado a formar una vida juntos. Era el último obstáculo para convertirnos en marido y mujer. Tenía que sortearlo conmigo voluntariamente.

Agarró el satén blanco que se arremolinaba en torno a su cintura, se quitó el camisón y lo dejó caer detrás de ella. Nos quedamos tumbados de costado sobre la cama, completamente desnudos, el uno frente al otro.

—Hazme el amor, Dash —pidió.

Esa simple frase derribó cualquier reserva que me quedara. La moví sobre la cama, apoyé un antebrazo junto a su cabeza y la besé. Enredó los dedos en mi cabello mientras yo usaba mis piernas para abrir las suyas. Alineé las caderas con las de ella, de forma que nuestras partes más íntimas pudieran darse la bienvenida como si de un beso apasionado se tratara. Ajusté la pelvis y pasé una mano por su cuerpo: su corazón, su pecho, sus costillas, hasta llegar a la cadera. La abracé durante un instante y luego la solté para tomar mi pene y guiarlo hasta su resbaladiza abertura.

—Te amo, Amber. Mi pajarito. Mi amor. Mi vida. —La sujeté de las nalgas con una mano y la penetré.

Ella gritó y arqueó todo el cuerpo hacia mí. Ahogué su grito con un beso mientras movía las caderas hacia atrás para penetrarla otra vez, hundiéndome profundamente en su interior. Destellos de luz bailaron ante mis ojos. Nuestros cuerpos estaban finalmente unidos en todas las formas. Tuve que apretar los dientes para no correrme dentro de ella en el momento en que me recibió por completo. Ahora que estaba totalmente encajado dentro de ella, me quedé quieto, la besé y disfruté de su boca. La acaricié por todo el cuerpo hasta que noté cómo se relajaba.

—¿Estás bien? —pregunté entre besos.

—Sí. Aunque estaré realmente bien cuando te muevas. Necesito sentir que te mueves. —Bajó las manos por mi espalda hasta mi trasero, empujándome para introducirme aún más en ella.

—¡Amber, cielo santo! —rugí sobre su boca.

Ella rio, meció las caderas, las subió y bajó, casi como si estuviera ablandándose alrededor de mi miembro. Estaba un poco menos apretada, lo que significaba que estaba cómoda y lista para más. Cerré una mano sobre un pecho, alcé las caderas, le apreté el pezón y la embestí con más fuerza.

—Sí —siseó.

Con cada envite, la llevé un poco más lejos, hasta que sus caderas se movieron al ritmo de las mías y perdí toda noción del tiempo y del espacio. Estaba completamente dentro de mi esposa y ese era el lugar más feliz del mundo.

—Más, por favor, más —suplicó.

¿Quién era yo para negarme a tan perfecta criatura? Acomodé mi erección en su interior, me puse de rodillas y levanté su trasero en el aire. Me eché hacia atrás y la penetré. Alcé sus rodillas y las doblé hacia atrás para poder ver cómo mi falo entraba en ella una y otra vez. La más bella de las visiones, solo superada por su sonrisa.

—Dash, cariño, estoy a punto de correrme —me advirtió.

¡Joder, sí! Claro que se correría. Y más de una vez. Usé los pulgares para abrir más sus labios vaginales y me hundí tan profundamente en ella que tuve que volver a apretar los dientes por la intensa succión.

Ella gritó. Un grito de verdad cuando alcanzó el orgasmo. Cuando comenzó a recuperarse usé el pulgar para masajearle el clítoris. El pliegue que lo cubría estaba retirado. Mis fosas nasales se dilataron con orgullo masculino. Mi esposa estaba completamente absorta en el placer que solo yo podía darle.

—Dash, Dash, Dash, Dash... —pronunció mi nombre como una plegaria.

No pude contenerme por más tiempo. Mis testículos se contrajeron, un cosquilleo se apoderó de mi entrepierna y mi columna se tensó. Caí sobre mi esposa, metí una mano debajo de su espalda para sujetarla por los hombros y tomé con la otra su firme trasero.

—Aguanta, nena, este es para mí.

—Sí..., por favor. Dámelo todo —suplicó.

Algo se rompió dentro de mí. Saqué mi erección dura como la roca de mi esposa, la agarré con más fuerza y volví a embestirla. Me rodeó la cintura con las piernas y se movió conmigo. Se pegó a mi cuerpo con una pasión desenfrenada, tomando todo lo que podía darle, y yo no fui precisamente gentil. Ella me pedía más y más, y yo se lo daba.

Todo mi cuerpo se contrajo por el deseo de estallar, pero seguí conteniéndome. No quería que ese momento terminara. Nunca había sentido nada igual. Estaba follándome a mi esposa. Haciéndole el amor de todas las maneras posibles. En mente, cuerpo y espíritu. Nuestras almas estaban entrelazándose por toda la eternidad.

—Te amo —susurró cuando su cuerpo convulsionó alrededor del mío.

No tuve más opción que seguirla hacia el nirvana. ¡Joder! Seguiría a Amber adonde fuera.

—Te amo. —La besé en la boca y probé la iluminación.

En la cumbre de nuestro orgasmo, nos convertimos en uno. Mi semilla se disparó por mi falo hacia su calor. Amber me recibió y me dio la bienvenida. La habitación desapareció, nuestras frentes se tocaron y nuestros siete chakras se alinearon. En mi mente vi un arcoíris de colores y el tiempo dejó de existir. Amber y Dash se habían ido, solo quedaban nuestras almas, danzando como una sola en un estado divino de meditación tántrica. Juntos flotamos en alas de seda sobre una dicha celestial. Un final perfecto para nuestra noche de bodas.

AMBER

A la mañana siguiente me desperté temprano. Dash aún estaba dentro de mí, y yo tenía una pierna sobre su cadera. Nuestros cuerpos estaban cubiertos de fluidos y esperma, pero no me importó. Durante la noche me había tomado varias veces para llevarme a nuevas alturas, y durante los momentos en que pude dormir, había soñado con él. Mi cuerpo estaba deliciosamente dolorido, por todas partes. Después de hacerme el amor por primera vez y de que ambos cayéramos dormidos exhaustos, me había despertado y me había tomado por detrás. Más tarde, me enseñó a montarle. Me encantaba esa postura. Tener el control sexual era una nueva experiencia para mí y estaba deseando practicarla con mi marido en el futuro. Dash era todo un experto en el sexo, pero con cada postura, parecía tan sorprendido como yo con nuestra conexión, con la intensidad que proporcionaba el amor verdadero al acto físico en sí.

Estiré los dedos de los pies y disfruté de cada punzada de dolor. Seguro que si miraba mi cuerpo debajo de las sábanas, encontraría las señales que nuestra pasión me había dejado. Bajé la vista hacia Dash y divisé la marca púrpura de una mordedura en su hombro. Había otra igual en el hueco debajo de la cadera que llevaba a su pene. Ese punto de su anatomía me volvía loca de deseo. Y ahora que podía tocarlo, besarlo, lamerlo, morderlo libremente... tenía un hambre voraz. Y allí, enredada sobre nuestra cama matrimonial, con mi marido todavía abrazándome, era libre de hacerlo. Siempre que quisiera.

Pensé brevemente en la noche anterior, cuando me había penetrado por primera vez. La punzada de dolor no había sido nada comparada con la intensidad de estar llena del hombre que amaba. Me alegraba tanto no haber entregado eso a otro hombre... Dash siempre sería el único para mí en todo. Y aunque se hubiera acostado con otras mujeres, no creía que les hubiera hecho realmente el amor. Así que, en ese sentido, nuestro matrimonio, nuestra primera vez juntos, también había sido una primera vez para él.

¿El hecho de no esperar hacía que la noche de bodas de otras parejas que habían mantenido relaciones sexuales antes, probado el fruto de otros compañeros, fuera menos importante? No lo sabía. Porque de todas las cosas físicas que habíamos compartido, saber que nuestras almas se habían comprometido de todas las maneras posibles era el verdadero testimonio de nuestro sagrado comienzo. Juntos, como marido y mujer, habíamos encontrado nuestro «para siempre» y estaba convencida de que, independientemente de las experiencias sexuales o de otra naturaleza que hubiera tenido cada persona, podía saber cuándo había encontrado a su compañero de vida para toda la eternidad. Para mí, esa era la forma en la que Dios bendecía oficialmente a una pareja. Una intensa sensación de amor que te sobrepasaba y la paz final que acompañaba a la unión.

Ese era el momento en el que se encontraba la serenidad sagrada.

FIN

¿Queréis saber más de la serie La Casa del Loto?
Continuad con la historia de Mila Mercado y Atlas Powers en:

Divino Deseo
Libro tres de la serie La Casa del Loto.

AGRADECIMIENTOS

A Debbie Wolski, mi gurú del yoga, por haberme enseñado todo lo que sé sobre esta disciplina. Solo espero que este libro ayude a los lectores a tener una conexión positiva con la práctica y que ellos mismos busquen lo que el yoga puede hacer por ellos. Gracias por abrirme siempre tus puertas e invitarme a tu mundo. Te adoro.

A mi esposo, Eric, por mantenerse a mi lado durante los quince meses que duró el curso para convertirme en instructora de yoga y todos esos fines de semana perdidos escribiendo y aprendiendo más sobre mi conexión con la belleza que es este arte. Gracias por amar esta nueva faceta de mí del mismo modo que me has amado durante diecinueve años. Siento que cada día te quiero más que el anterior y me voy a dormir con la certeza de que despertaré con más amor llenando mi corazón.

A mi editora, Ekatarina Sayanova, de Waterhouse Press. Tu sabiduría no conoce límites. Incluso en este mundo, tus contribuciones no tienen precio y, como siempre, eres el *yin* de mi *yan*.

Roxie Sofia, gracias por añadir tu toque personal al proceso de edición y por hacer que la historia de Amber y Dash brille para que el mundo pueda verlos como se merecen. Como una pareja maravillosa.

A mi asistente personal, dotada de un extraordinario talento, Heather White (también conocida como «la diosa de los asistentes»). Siempre serás la mujer que lleva zapatos de tacón sexi, un espectacular diseño de Kate Spade y vaqueros ajustados. Y también la persona que me ayuda a que el mundo me vea como soy. Gracias por tu inagotable apoyo y amor.

Jeananna Goodall, Genelle Blanch, Anita Shofner; gracias por ser unas increíbles lectoras beta y, sobre todo, mejores amigas.

A las ángeles súper ardientes del equipo Audrey Carlan Street; juntas cambiamos el mundo, libro a libro. BESOS PARA TODAS, adorables damas.

¿TE GUSTÓ
ESTE LIBRO?

**escríbenos y
cuéntanos tu opinión en**

f /Sellotitania **🐦** /@Titania_ed

📷 /titania.ed

#SíSoyRomántica